PROTECTED BY MY BOSS

LIEBESROMAN (UNWIDERSTEHLICHE BRÜDER 10)

JESSICA F.

INHALT

Kapitel Eins	vii
Kapitel Zwei	xv
Kapitel Drei	xxiii
Kapitel Vier	xxxi
Kapitel Fünf	xxxix
Kapitel Sechs	xlvii
Kapitel Sieben	lv
Kapitel Acht	lxiii
Kapitel Neun	lxxi
Kapitel Zehn	lxxix
Kapitel Elf	lxxxvii
Kapitel Zwölf	xcv
Kapitel Dreizehn	ciii
Kapitel Vierzehn	cxi
Kapitel Fünfzehn	cxix
Kapitel Sechzehn	cxxvii
Kapitel Siebzehn	cxxxv
Kapitel Achtzehn	cxliii
Kapitel Neunzehn	cxlix
Kapitel Zwanzig	clvii
Kapitel Einundzwanzig	clxv
Kapitel Zweiundzwanzig	clxxiii
Kapitel Dreiundzwanzig	clxxxi
Kapitel Vierundzwanzig	clxxxix
Kapitel Fünfundzwanzig	cxcvii
Kapitel Sechsundzwanzig	ccv
Kapitel Siebenundzwanzig	ccxiii
Kapitel Achtundzwanzig	ccxxi
Kapitel Neunundzwanzig	ccxxvii
Epilog	I
Protected By My Boss Erweiterter Epilog	9
Das Training der Herrin	24

Veröffentlicht in Deutschland:

Von: Jessica F.

© Copyright 2021

ISBN: 978-1-63970-091-2

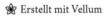 Erstellt mit Vellum

Die schöne junge Frau fiel mir bereits in dem Moment auf, als ich sie in meinem Büro sitzen sah, wo sie auf ein Vorstellungsgespräch wartete.

Aber wird mich ihre geheimnisvolle Vergangenheit auf einen gefährlichen Pfad führen, von dem es kein Zurück gibt?

Arabellas Schönheit kam tief aus ihrem Herzen. Jeder, von meinen Hunden bis zu meiner kleinen Nichte, betete sie an.

Und dann war da noch ich. Ich betete sie nicht nur an, sondern sehnte mich nach ihr. Ich gierte nach ihr. Und ich wusste, dass ich sie haben musste.

Ich war nie jemand gewesen, der lange zögerte, also begann ich, sie zu umwerben. Bis sie mir ein paar der Geheimnisse erzählte, die sie ziemlich gut vor mir verborgen hatte.

Sie war noch nie mit einem Mann zusammen gewesen.

Okay, also musste ich bei ihr besonders geduldig sein. Aber es gab immer noch Hoffnung.

Nur fand ich es unmöglich, mich noch länger zu gedulden, und sie schien genauso für mich zu empfinden.

Unsere Liebe war stark und leidenschaftlich und wurde in kürzester Zeit von einem winzigen Samenkorn zu einer prächtig erblühten Blume.

Gerade als ich dachte, wir hätten alles, war sie plötzlich weg. Spurlos verschwunden.

Hatten ihre Geheimnisse sie eingeholt und unsere Liebe zerstört?

Was ist, wenn ich sie nicht zurückbekomme …

KAPITEL EINS

CHASE

Unser Traum von der Whispering Waves Electric Company ging endlich in Erfüllung. Sobald das Firmengebäude fertig war, machten wir uns an die Arbeit, um neue Ideen und Produkte zu entwickeln und die Energie zu nutzen, die durch die Wellen des Golfs von Mexiko erzeugt wurde.

Das bedeutete, dass ich sehr viel Zeit in unserem Unternehmen verbringen würde. Als Besitzer von zwei Schäferhunden, würde ich jemanden brauchen, der mir bei allen Aufgaben half, die zu Hause mit meinen Tieren anfielen.

Auf meine Anzeige, mit der ich in der *Brownsville Newspaper* einen erfahrenen persönlichen Assistenten suchte, hatten nicht weniger als zehn Bewerber geantwortet. Mein Terminplan war voller Vorstellungsgespräche. Ich musste noch heute jemanden einstellen – ich konnte mir keinen weiteren Tag von der Arbeit, die ich eigentlich erledigen musste, freinehmen.

Ich war mir sicher, unter den zehn Leuten, die um den Job wetteiferten, jemanden zu finden, mit dem ich zurechtkam. Wir mussten uns gut vertragen, denn ein Vorteil des Jobs war, in meinem Gästehaus zu wohnen – ich brauchte jemanden, der die meiste Zeit zu Hause bei den Hunden war, sonst zerstörten sie die Einrichtung.

Ich hatte vor, die Vorstellungsgespräche in meinem Büro auf der Arbeit durchzuführen, und drückte den Knopf der Gegensprechanlage, um meinem Sekretär mitzuteilen, dass ich bereit für den ersten Bewerber war. „David, du kannst jetzt jemanden zu mir schicken."

„Der erste Bewerber ist Eugene Brady, Boss", ließ er mich wissen. „Ich habe seinen Lebenslauf eingescannt und per E-Mail an dich gesendet, damit du ihn auf deinem Computer öffnen kannst."

„Gute Idee, Amigo." David und ich waren zusammen zur Schule gegangen. Wir waren damals nicht die besten Freunde gewesen, aber ich wusste, dass seine Arbeitsmoral großartig war, also hatte ich ihn als Sekretär eingestellt. „Schicke ihn rein."

Augenblicke später öffnete sich die Tür zu meinem Büro und ein sehr großer, sehr dünner Mann kam herein. Das Erste, was mir auffiel, war das Fehlen eines Lächelns auf seinem Gesicht. Er streckte seine Hand aus, als ich hinter meinem Schreibtisch aufstand. „Eugene Brady, Mr. Duran. Es ist mir eine Freude, Sie kennenzulernen."

Ich schüttelte seine Hand und nickte. „Ich freue mich auch. Sie müssen nicht so förmlich sein. Nennen Sie mich einfach Chase."

Er nahm auf der anderen Seite meines Schreibtisches Platz, als ich mich ebenfalls setzte. „Ich ziehe es vor, professionell zu bleiben, wenn es Ihnen nichts ausmacht. Sie können mich Mr. Brady nennen, Mr. Duran."

Nein, dieser Typ wird es nicht werden.

Ich führte drei weitere Vorstellungsgespräche vor dem Mittagessen und begann, mir Sorgen zu machen. Niemand war so, wie ich es mir ausgemalt hatte. Eine Bewerberin war offensichtlich faul, weil sie in Hausschuhen zu unserem Gespräch erschien. Sie sagte, dass sie ein authentischer Mensch war und es jederzeit bequem haben wollte. Ein anderer Bewerber war sehr herrisch und fing gleich damit an, wie er mein Leben ändern würde. Da ich mein Leben nicht ändern wollte, sah ich keine Notwendigkeit, ihn für den Job einzustellen.

Nach einer Stunde Mittagspause ging ich in den Empfangsbereich meines Büros und fand dort sechs weitere Bewerber vor, die auf ihr Vorstellungsgespräch warteten. „Hallo. Ich werde versuchen, mich zu beeilen, damit Sie nicht den ganzen Tag hier sitzen müssen." Ich zeigte auf den Minikühlschrank. „Holen Sie sich ruhig etwas zu trinken." Ich zeigte auf die Tür auf der linken Seite des Raumes. „Die Toilette ist dort drüben."

Von den sechs Personen waren vier Männer und zwei Frauen. Mein Blick landete auf einer der beiden und als sie mich anlächelte, stockte mir der Atem. „Und Sie sind?"

Sie sah alle anderen im Raum an, bevor sie fragte: „Ich?"

Nickend ließ ich sie wissen, dass ich mit ihr sprach. „Ja, Sie."

„Oh, ich bin niemand. Ich meine, ich bin jemand, aber Sie kennen mich bestimmt nicht. Ich bin neu in der Stadt … das versuche ich zu sagen." Meine einfache Frage machte sie sichtlich nervös und ich bemerkte, dass sie die Jüngste in der Gruppe war.

Ich beschloss, sie nicht noch mehr in Verlegenheit zu bringen, und drehte mich um, um in mein Büro zu gehen. „David, gib mir fünf Minuten, bevor du den nächsten Bewerber zu mir schickst."

„Verstanden, Boss."

Ich setzte mich an meinen Schreibtisch und öffnete die E-Mail mit den Informationen der nächsten Person. Ihr Lebenslauf war hervorragend. Zehn Jahre Militärdienst. Drei Jahre Tätigkeit im Gastgewerbe. Und sogar Kenntnisse im militärischen Hundetraining. Dawn Rutherford schien ein wahr gewordener Traum zu sein.

Ich frage mich, ob sie das Mädchen ist, das mir aufgefallen ist.

Es klopfte an der Tür und sie öffnete sich langsam, als eine Frau – nicht mein Mädchen – fragte: „Sind Sie bereit, mich zu empfangen, Mr. Duran?" Diese Frau war viel älter als mein Mädchen.

Jetzt nenne ich sie schon ‚mein Mädchen'. Grundgütiger.

Ich stand auf und deutete auf den Stuhl auf der anderen Seite meines Schreibtisches. „Natürlich, Dawn. Und bitte nennen Sie mich Chase."

„Wie Sie möchten." Sie nahm Platz.

Als Erstes fiel mir auf, wie professionell sie gekleidet war. Gebügelte weiße Bluse, schwarze Hose und praktische schwarze Halbschuhe. Ihr kurzer blonder Bob reichte ihr bis zum Kinn und war von grauen Strähnen durchzogen. Ich musste zugeben, dass sie die erste verheißungsvolle Kandidatin war, die ich zu sehen bekommen hatte. „Also, sagen Sie mir, warum Sie denken, dass Sie eine großartige persönliche Assistentin für mich wären, Dawn."

„Als ich von den beiden Hunden las, die betreut werden müssen, wusste ich, dass ich perfekt für diesen Job geeignet bin. Ich arbeite gerne mit Hunden. Und ich würde mich freuen, sie für Sie auszubilden."

„Ich habe einen Trainer engagiert, der ein paarmal im Monat vorbeikommt, um mit ihnen zu arbeiten."

„Das ist wunderbar. Ich kann mir ansehen, was er mit ihnen macht, und die Ausbildung nach seinen Vorgaben fortsetzen. Es sei denn, Sie finden, dass meine Methoden besser sind als seine. Ich habe Hunde für das Militär ausgebildet, vor allem als Bombenspürhunde."

„Nun, ich glaube nicht, dass ich sie dazu brauchen werde", sagte ich lachend. „Aber es wäre hilfreich, jemanden zu haben, der meinen Trainer unterstützt."

„Wenn Sie mir den Job geben, wird Ihre Kleidung immer

gestärkt und gebügelt sein. Ich liebe es, Wäsche zu waschen", ließ sie mich wissen. „Ich werde sogar Ihre Unterhosen stärken."

Ich war kein Fan steifer Kleidung. „Meine Unterhosen?"

„Sicher", sagte sie mit einem Augenzwinkern. „Um Ihre Bettwäsche kümmere ich mich auch. Ich habe alles fest im Griff."

„Ich habe eine Haushälterin, die sich um das Haus und das Bettzeug kümmert. Ich würde gar nicht erwarten, dass Sie meine Wäsche waschen. Ich gebe sie einmal pro Woche in der Reinigung ab, damit Flo sie für mich waschen und ordentlich zusammenlegen kann. Gestärkte Kleidung konnte ich noch nie leiden. Aber danke für das Angebot."

„Sie werden sich daran gewöhnen", versicherte sie mir. „Mit gestärkter Kleidung zeigt sich ein Mann von seiner besten Seite. Und mit mir als Ihrer persönlichen Assistentin werden Sie sich immer von Ihrer besten Seite zeigen. Dafür werde ich sorgen."

Sie hat nicht einmal vor, sich an meine Anweisungen zu halten. Also ist sie für diesen Job doch nicht gut geeignet.

Es vergingen weitere Stunden mit Menschen, bei denen ich mir einfach nicht vorstellen konnte, sie in meinem Leben zu haben. Dann kam die zehnte Bewerberin. Die Jüngste von allen – die süße dunkelhaarige junge Frau mit den durchdringenden blauen Augen, die mir vorhin aufgefallen war. „Ich bin Arabella Loren", stellte sie sich schüchtern vor, bevor sie Platz nahm.

„Und ich bin Chase Duran. Nennen Sie mich Chase, Arabella. Das ist wirklich ein schöner Name. Wurden Sie nach jemandem aus Ihrer Familie benannt? Vielleicht nach Ihrer Großmutter?"

„Nein, nichts dergleichen." Sie lächelte bezaubernd und sah sich in meinem Büro um. „Das ist hübsch."

„Danke." Ich öffnete die E-Mail, die David mir geschickt hatte, und fand auf ihrem Lebenslauf nur das, was sie in der Highschool gemacht hatte. „Also, Arabella, diese Frage müssen Sie nicht beantworten, aber ich würde gerne wissen, wie alt Sie sind." Ihr Highschool-Abschluss war nicht datiert. Wenn er erst vor Kurzem gewesen war, konnte ich verstehen, dass sie keine früheren Beschäftigungsverhältnisse angegeben hatte.

„Ich bin dreiundzwanzig. Wie alt sind Sie?"

„Fünfunddreißig", antwortete ich und fand es seltsam, dass sie das von mir wissen wollte. Aber irgendwie war es auch charmant. „Sie haben in keinem Bereich Erfahrung, Arabella."

„Ja." Sie nickte. „Ich habe überhaupt keine Erfahrung. Aber ich lerne schnell und befolge Anweisungen gut. Und ich brauche dringend einen Job, also werde ich alles tun, was nötig ist."

„Haben Sie die ganze Anzeige gelesen?"

„Ja. Sie haben zwei Hunde und brauchen jemanden, der Ihnen bei persönlichen Aufgaben und Erledigungen hilft. Ich glaube, das kann ich." Sie sah jedoch nicht allzu überzeugt davon aus.

„Mögen Sie Hunde?"

Sie zuckte mit ihren schmalen Schultern und zog eine perfekt gewölbte Augenbraue hoch. „Ich war noch nie in der Nähe eines Hundes. Aber ich habe keine Angst vor ihnen. Ich habe Videos von Hunden gesehen und finde sie schlau. Die meisten sind auch süß."

„Meine sind unheimlich schlau. Sie sind aber auch ziemlich groß. Wissen Sie, was ein Schäferhund ist?" Ich war mir nicht sicher, ob sie meine Hunde mögen würde. Und wer auch immer diesen Job bekam, musste sie lieben.

Sie nickte. „Ich weiß nicht viel über Hunderassen, aber ich habe mir ein paar Bilder angesehen, um sicherzugehen. Sie sehen freundlich aus." Sie lächelte schüchtern. „Nun, außer wenn sie gerade jemanden verteidigen. Dann sehen sie aggressiv aus. Aber ich denke, solange man nett zu ihnen ist, werden sie auch nett sein."

„Also denken Sie nicht, dass Sie Angst vor ihnen hätten?"

Kopfschüttelnd lachte sie. Es klang engelsgleich. „Auf keinen Fall."

„Die Aufgaben, die Sie übernehmen müssten, sind überhaupt nicht schwer. Sie erledigen die Lebensmitteleinkäufe und bringen meine Hunde von Zeit zu Zeit zu ihren Tierarztterminen. Sie werden auch meine Wäsche in der Reinigung abgeben und abholen. Ich möchte außerdem, dass meine Assistentin ein paarmal in der Woche das Abendessen für mich zubereitet. Können Sie kochen?" Wenn nicht, war das nicht schlimm. Ich könnte etwas zum Abendessen bestellen, wenn ich müsste.

„Ich kann ausgezeichnet italienisch kochen."

„Sind Sie ordentlich?" Die Haushälterin kam nur einmal pro Woche. Ich wollte nicht, dass sich das Geschirr tagelang stapelte.

„Ja, ich bin ordentlich. Und ich werde Ihnen keine Umstände machen. Versprochen. Ich werde tun, was Sie wollen und wie Sie es wollen, ohne mich zu beschweren."

Sie schien mehr als bereit zu sein, mir entgegenzukommen. Aber sie war noch jung und das bedeutete, dass sie vielleicht daran interessiert war, auf Partys zu gehen. Ich konnte niemanden einstellen, der sich jede Nacht in der Stadt herumtrieb. Ich brauchte jemanden, der den ganzen Tag über wach und voller Energie war.

„Arabella, ich habe die Erfahrung gemacht, dass Leute in Ihrem Alter dazu neigen, viel auszugehen. Ich bin mir also nicht sicher, ob Sie die beste Wahl für diesen Job wären. Er erfordert jemanden, der zu jeder Tageszeit aufmerksam ist. Kein Ausschlafen nach einer wilden Nacht. Keine langen Nickerchen, um den Schlafmangel nach einer Party auszugleichen. Ein Kater und Hausarbeit passen nicht gut zusammen – darauf will ich hinaus."

Sie sank auf ihrem Stuhl zusammen, sodass ihr blaugrünes Kleid an ihrer Taille Falten warf. „Oh." Sie hob den Kopf und sagte: „Nun, so etwas mache ich nicht. Ich kenne hier niemanden. Ich bin erst vor ein paar Wochen hierhergezogen."

„Wirklich?", fragte ich überrascht. „Woher kommen Sie?"

Sofort verließen ihre Augen meine und blickten zur Seite. Sie schien intensiv über ihre Antwort nachzudenken, was definitiv seltsam war. „Von der Ostküste."

„New York?", fragte ich und versuchte, es ein wenig einzugrenzen.

Kopfschüttelnd sagte sie: „Nein. Nicht New York. Eher, ähm, Maine."

„Also kommen Sie aus Maine?"

„Nicht genau."

KAPITEL ZWEI

ARABELLA

Das Gespräch verlief großartig, bis er mir eine einfache Frage stellte.

Ich durfte niemandem sagen, woher ich kam, also wechselte ich schnell das Thema. „Ähm, ich dachte nur, ich sollte erwähnen, dass ich zurzeit keinen Führerschein habe. Ich meine, das Führerscheindokument." Er legte den Kopf schief, als ob ich eine fremde Sprache sprechen würde.

Verdammt. Ich kann nicht zulassen, dass er mich für eine Idiotin hält.

„Ich meine, ich habe irgendwann mein Portemonnaie verloren, während ich hierhergereist bin. Ich bin mit dem Bus gekommen, also musste ich oft umsteigen, und irgendwann war meine Handtasche weg. Das Busunternehmen wird mich benachrichtigen, wenn jemand sie abgibt, aber ich soll mir keine großen Hoffnungen machen."

„Also haben Sie keine offiziellen Dokumente, um Ihre Identität nachzuweisen?", fragte er mich stirnrunzelnd.

„Nein, so etwas habe ich nicht." Ich spielte nervös mit meinen Händen in meinem Schoß. „Ist das ein Problem?"

Er tippte mit seinen langen Fingern auf seinen Schreibtisch und summte leise, bevor er seine Hand durch seine sandblonden Locken schob. Seine meergrünen Augen blickten nach oben, während er über seine Antwort nachdachte. Mit seinem kurzärmeligen Tropenhemd, den Khaki-Shorts und den Bootsschuhen sah er aus wie ein Mann, der es liebte, am Strand zu leben.

Schließlich wandte er seine Augen wieder mir zu. „Erinnern Sie sich an Ihre Sozialversicherungsnummer oder Ihre Führerscheinnummer?"

„Nein." Seit meiner Ankunft in Brownsville war ich jeden Tag bei Vorstellungsgesprächen gewesen. Bisher hatte mich niemand ohne Identitätsnachweis einstellen wollen.

„Sie haben aber einen Führerschein?", fragte er mich. „Ich meine, ich weiß, dass Sie gesagt haben, dass Sie ihn nicht bei sich tragen. Aber Sie haben den Führerschein gemacht, oder?"

„Ja, das habe ich. Ich habe ihn gemacht, als ich achtzehn war." Ich musste meine Taktik ändern. Offensichtlich hatte mich meine Herangehensweise bei all den anderen Vorstellungsgesprächen nicht weitergebracht. Also dachte ich mir etwas aus. „Ich schätze, ich kann versuchen, mir eine Kopie zuschicken zu lassen. Und wenn ich zur Zulassungsbehörde gehe, bekomme ich dort bestimmt einen Ersatz."

„Das ist vielleicht nicht so einfach, weil Sie nicht aus Texas kommen und jeder Bundesstaat eine eigene Zulassungsbehörde hat. Aber wenn Sie es zumindest versuchen, kann ich vielleicht darüber hinwegsehen – vorerst. Sie werden aber irgendwann einen Führerschein brauchen. Und wenn Sie in Texas bleiben wollen – wovon ich ausgehe, weil Sie hier einen Job suchen –, müssen Sie sich sowieso einen texanischen Führerschein besorgen."

Ja! Er ist bereit, darüber hinwegzusehen!

Das war mehr, als alle anderen gesagt hatten. „Ja, ich werde auf jeden Fall versuchen, etwas in diese Richtung zu unternehmen."

„Ich stelle Ihnen für den Job ein Auto zur Verfügung. Ich habe einen Range Rover, um meine Hunde zu transportieren. Wer auch immer den Job bekommt, hat Zugang zu diesem Auto. Ich schätze, wenn Sie aus irgendeinem Grund angehalten werden, können Sie der Polizei einfach Ihren Namen und den Bundesstaat sagen, in dem Sie Ihren Führerschein gemacht haben. Dann können die Polizisten Sie in ihrer Datenbank ausfindig machen."

„Ich werde nicht angehalten", versicherte ich ihm. „Ich bin eine vorsichtige Autofahrerin. Aber ich denke, dass Sie recht haben, und ich glaube nicht, dass es ein Problem sein wird. Solange Sie damit einverstanden sind." Ich freute mich sehr, dass ein Auto bei dem Job dabei sein würde. Seit ich in der Stadt war, ging ich überall zu Fuß hin.

„Es ist aber ein Problem, dass Sie Ihre Sozialversicherungsnummer nicht haben. Wie soll ich Sie bezahlen?"

Das war der andere Grund dafür gewesen, dass mich niemand eingestellt hatte. Aber diesmal hatte ich Nachforschungen angestellt. „Sie können mich einfach als Vertragsmitarbeiterin bezahlen. Am Ende des Jahres muss ich dann das Geld, das ich verdient habe, selbst versteuern."

Lächelnd nickte er. „Das könnte ich machen. Aber sobald Sie einen Ersatz für Ihre Sozialversicherungskarte bekommen oder sich an die Nummer erinnern, werde ich Sie richtig einstellen."

Er war weitaus zuvorkommender als jeder andere potenzielle Arbeitgeber, mit dem ich gesprochen hatte. „Danke."

„Sie haben den Job noch nicht, Arabella." Er kaute auf seiner Unterlippe herum und mir fiel auf, wie stark sein Kiefer war. Er war ein sehr attraktiver Mann. Ich liebte seine perfekt gebräunte Haut und da die beiden obersten Knöpfe seines Hemdes offen waren, konnte ich auch seine muskulöse Brust sehen. Er war das, was wir zu Hause eine dreifache Versuchung nannten – heiß, muskulös und wohlhabend.

„Ja, das weiß ich." Ich senkte demütig den Kopf, da ich nicht so tun wollte, als hätte ich den Job schon. „Ich bin nur dankbar, dass Sie mich dafür in Betracht ziehen, obwohl ich Ihnen von meinem fehlenden Identitätsnachweis erzählt habe. Jedes andere Vorstellungsgespräch wurde abrupt beendet, sobald ich von meinem verlorenen Portemonnaie erzählt habe."

„Wie viele Vorstellungsgespräche hatten Sie schon?"

„Ich hatte in den letzten zwei Wochen täglich eins oder zwei." Ich wusste, dass sich das schlecht anhörte.

„Wo wohnen Sie, Arabella?", fragte er besorgt.

„In einem Motel." Ich konnte ihm nicht in die Augen sehen, denn der Ausdruck des Mitleids auf seinem schönen Gesicht war mir peinlich. „Schon okay. Ich habe genug Bargeld für eine weitere Woche. Und der Manager hat gesagt, ich könnte dort arbeiten, wenn mir das Geld ausgeht, um für die Unterkunft zu bezahlen."

Chase verstummte einen Moment lang, als er wieder nach oben schaute. „In einem Motel zu leben erscheint mir unsicher."

Ich hatte beängstigende Dinge gehört, seit ich dort angekommen war. Aber ich würde mich nicht beschweren. „Es ist gar nicht so schlimm. Ich schließe meine Tür ab und gehe nach Einbruch der Dunkelheit nicht nach draußen." Ich versuchte, beruhigend zu lächeln.

Seine grünen Augen blickten in meine. „Zu dem Job gehört eine Unterkunft. Ein kleines Häuschen hinter dem Haupthaus. Dort gibt es nur ein Schlafzimmer und ein Badezimmer, aber eine voll ausgestattete Küche und ein Wohnzimmer. Kabelfernsehen ist sowohl im Wohnzimmer als auch im Schlafzimmer verfügbar und Sie können auf meinem gesamten Anwesen WLAN nutzen."

Das klang für mich wie ein wahr gewordener Traum und bei dem Gedanken, wieder in einem richtigen Haus zu wohnen, konnte ich nicht anders, als ihn anzustrahlen. „Es wäre schön, ein Zuhause zu haben."

Er beugte sich vor. „Arabella, warum sind Sie überhaupt nach Brownsville gekommen?"

Weil ich möglichst weit weg wollte.

Das war eine weitere Frage, der ich ausweichen musste. „Ich will nicht respektlos sein, aber ich würde lieber nicht über etwas so Persönliches sprechen, das nichts mit dem Job zu tun hat." Ich betete, dass ich meine Chance auf den Job, den ich so dringend brauchte, nicht gerade ruiniert hatte. Ich könnte damit nicht nur Geld verdienen, sondern hätte auch ein Haus und ein Auto.

Dieser Job würde im Wesentlichen all meine Probleme lösen und ich wollte ihn unbedingt haben.

Seufzend lehnte er sich in seinem Stuhl zurück. „Sie haben wahrscheinlich recht. Lassen Sie uns also über die Aufgaben sprechen, die der Job mit sich bringt. Meine Hunde werden zweimal täglich zur gleichen Zeit gefüttert. Wenn Sie etwas so Wichtiges wie Ihre Handtasche nicht im Auge behalten können, wie kann ich dann erwarten, dass Sie daran denken, meine Hunde rechtzeitig zu füttern?"

Ich wusste, dass der Verlust meiner Handtasche schrecklich verantwortungslos wirkte. Tatsächlich aber hatte ich sie gar nicht verloren. Das konnte ich ihm allerdings nicht sagen. „Sind Sie schon einmal mit dem Bus gefahren?"

„Nein." Er verschränkte die Arme vor seiner breiten Brust. „Möchten Sie mir erzählen, was vorgefallen ist?"

Ich konnte ihm von meiner Reise erzählen. „Ich bin viermal umgestiegen. Wenn man mit dem Bus reist, dauert es doppelt so lange, bis man irgendwo ankommt. Es gibt zahlreiche Haltestellen, wo Leute ein- und aussteigen, sodass viel los ist. Und dann musste ich immer wieder aus einem Bus aussteigen und auf den nächsten warten. Es hat drei Tage gedauert, hierherzukommen. Auf langen Fahrten bekomme ich manchmal Reisekrankheit, sodass ich nicht schlafen konnte. Die Reise war schrecklich anstrengend und mir war schwindelig von der Tortur."

Schaudernd holte ich tief Luft und versuchte, die Erfahrung

zu vergessen. Wenn ich mein Unbehagen etwas übertrieben darstellte, um sein Mitgefühl zu erregen, dann nur, weil ich den Job so dringend brauchte. „Ich muss meine Handtasche vergessen haben, als ich aus einem Bus ausgestiegen bin, um in einen anderen einzusteigen", fuhr ich fort. „Entweder auf dem Sitz oder auf der Toilette. Es war auch nicht so, dass ich Zeit hatte, zurückzugehen und nachzusehen, als ich bemerkte, dass sie fehlte, weil der Bus bereits abgefahren war."

„Vielleicht findet sie jemand. Man kann nie wissen", sagte er optimistisch.

Ich musste ihn enttäuschen. „Es ist vierzehn Tage her, dass ich ihren Verlust gemeldet habe. Was glauben Sie, wie meine Chancen stehen, sie zurückzubekommen?"

„Okay, gering bis nicht vorhanden", stimmte er zu. „Ich verstehe jetzt ein bisschen besser, wie Sie das Wichtigste, das Sie bei sich hatten, verlieren konnten. Aber Sie müssen mich noch davon überzeugen, dass Sie für Tiere Verantwortung übernehmen können. Meine Hunde sind meine Babys. Ich bin nicht verheiratet und habe keine Kinder, also sind sie meine Familie. Und so behandle ich sie auch. Von meinem zukünftigen persönlichen Assistenten wird erwartet, dass er sie genauso gut behandelt wie ich. Es ist unbedingt erforderlich, sie pünktlich zu füttern und dafür zu sorgen, dass sie immer Zugang zu sauberem, frischem Wasser haben."

Er ist Single? Ohne Kinder?

„Haben Sie nicht gesagt, dass Sie fünfunddreißig sind?", fragte ich, bevor ich mich aufhalten konnte.

„Oh, also denken Sie, ich sollte inzwischen verheiratet sein?" Ein Grinsen umspielte seine Lippen. „Und dass ich ein paar Kinder haben sollte?"

„Es tut mir leid. Das geht mich nichts an." Ich kniff den Mund zusammen, nur um dann doch weiterzusprechen. „Aber ja, die meisten Menschen in Ihrem Alter sind verheiratet und haben

Kinder. Waren Sie jemals verheiratet? Hat es schlecht geendet? Ist sie gestorben?"

Sein Gelächter hallte durch die Luft, tief, ehrlich und höllisch sexy. „Arabella, Sie wissen wirklich, wie man bei einem Vorstellungsgespräch einen guten Eindruck hinterlässt", sagte er sarkastisch.

Mir wurde schlecht. Ich wusste, dass ich zu viel gesagt hatte. Er wäre ein Narr, jemanden wie mich einzustellen. Jemanden, der keine Ahnung hatte, wann er die Klappe halten sollte. Jemanden, der keinerlei Erfahrung hatte. Jemanden, der nicht einmal ehrlich darüber war, woher er kam oder warum er so weit weg von zu Hause gezogen war. „Es tut mir leid."

„Das muss es nicht", sagte er, als sein Lachen verstummte. „Sie sind nicht die Erste, die mich fragt, warum ich noch Single bin. Und ich bezweifle ernsthaft, dass Sie die Letzte sein werden. Wenn Sie die Wahrheit wissen wollen, verrate ich Sie Ihnen. Ich habe einfach noch nicht die richtige Frau für mich getroffen. Ich bin mir aber sicher, dass sie irgendwo da draußen ist. Bis dahin leisten mir meine Hunde Gesellschaft. Und ich verabrede mich ab und zu. Im Moment aber nicht ernsthaft. Ich halte mir gerne meine Optionen offen."

Ich hob abwehrend meine Hände, um ihm zu zeigen, dass wir aufhören konnten, über sein Privatleben zu reden. „Das geht mich nichts an. Tut mir leid, dass ich damit angefangen habe. Gerade habe ich Ihnen gesagt, dass ich nicht über mein Privatleben sprechen möchte, und jetzt frage ich Sie über Ihres aus. Das war unhöflich von mir und es tut mir wirklich leid."

„Ich nehme Ihre Entschuldigung an. Können Sie mir sagen, ob Sie schon einmal Rechnungen bezahlt haben?"

„Ähm, ich bezahle die Motelrechnung. Und ich habe mein Busticket bezahlt." Ich wusste, dass das wenig beeindruckend klang.

„Ich meine monatliche Rechnungen. Sie wissen schon, Rechnungen, die jeden Monat kommen. Wie die Stromrechnung", erklärte er. „Solche Rechnungen."

„Nein." Noch etwas, in dem ich keine Erfahrung hatte. Es gab so viele Dinge, die ich noch nie getan hatte.

„Das ist ganz einfach. Wenn ich Ihnen beibringen würde, wie es geht, könnten Sie bestimmt damit umgehen, oder? Die meisten meiner Rechnungen werden sowieso automatisch abgebucht, aber bei einigen bekomme ich Benachrichtigungen auf mein privates E-Mail-Konto. Glauben Sie, Sie könnten meine privaten E-Mails im Auge behalten und die Rechnungen bezahlen, sobald sie eingehen?"

„Ich bin sicher, dass ich das könnte." Obwohl ich es noch nie zuvor gemacht hatte, fand ich es nicht allzu schwierig. Die meisten Menschen – Menschen, die ein normales Leben führten – taten so etwas die ganze Zeit. „Ich könnte mir ein Notizbuch besorgen und aufschreiben, was ich wann tun soll. Ich war gut in der Schule. Ich habe meine Hausaufgaben immer pünktlich abgegeben."

„Das klingt so, als ob Sie Ihre Zeit gut einteilen können. Das ist eine großartige Fähigkeit. Mir gefällt, dass Sie bereits über Möglichkeiten nachdenken, die Arbeit effizienter zu gestalten."

Er lächelte mich an und mein Herz schlug wild in meiner Brust.

Ich konnte nur hoffen, dass es bedeutete, dass er mir eine Chance geben würde.

KAPITEL DREI

CHASE

Das Mädchen wohnte in einem Motel und da es mit dem Bus in die Stadt gekommen war, nahm ich an, dass es kein Auto hatte. „Was haben Sie als Transportmittel benutzt, Arabella?"

Ihre Wangen röteten sich, als sie nach unten sah. „Meine Füße."

„Es ist Mitte Juli. Die Temperaturen bewegen sich um die vierzig Grad. Und Sie wollen mir erzählen, dass Sie bei dieser Hitze jeden Tag zu Vorstellungsgesprächen gelaufen sind?" Ich dachte daran, wie weit mein Büro von so ziemlich allem entfernt war. „Warten Sie. Wie sind Sie hierhergekommen? Wir befinden uns fünfzehn Meilen außerhalb der Stadt."

„Zu Fuß." Sie strich mit der Hand über ihre dunklen Haare, die glatt und glänzend waren und so aussahen, als wäre sie gerade in einem Friseursalon gewesen, anstatt viele Meilen durch die glühende Hitze zu laufen. „Ich habe meine Haare zu einem festen Knoten zusammengebunden, um sie von meinem Hals fernzuhalten, und ich habe mich frischgemacht, sobald ich hier angekommen bin." Sie zeigte mir ihre Handtasche – offensichtlich erst kürzlich gekauft – und schüttelte sie leicht, während ein bezauberndes Lächeln auf ihrem Gesicht erschien. „Niemand ahnt, welche Wunder die Handtasche einer Frau birgt."

Sie hatte recht – ich konnte es kaum glauben. Sie war fünfzehn Meilen gelaufen, um zu diesem Vorstellungsgespräch zu kommen, aber sie sah so aus, als wäre sie dabei keine Sekunde ins Schwitzen geraten. Das erforderte viel Mut, Planung und Hingabe. „Wann mussten Sie Ihr Motel verlassen, um pünktlich hier zu sein?"

„Früh", sagte sie mit einem Nicken. „Ein paar Leute hielten an, um mich zu fragen, ob ich eine Mitfahrgelegenheit brauche, aber ich fahre nicht gerne bei Fremden mit, also habe ich abgelehnt."

Trotz der Möglichkeit, in ein klimatisiertes Auto zu steigen und den Rest des Weges hierher gefahren zu werden, hatte sie sich entschieden, bei Temperaturen um die vierzig Grad weiterzulaufen. „Ich muss Ihnen sagen, dass Sie bewundernswerte Eigenschaften haben, Arabella Loren. Ihre Ehrlichkeit über Ihren fehlenden Identitätsnachweis zeugt von einem guten Charakter. Und dass Sie auf der Suche nach einem Job durch die ganze Stadt gelaufen und dann hierhergekommen sind, um mit mir zu sprechen, ist ziemlich beeindruckend."

Mit einem Schulterzucken sagte sie: „Ich habe einfach das getan, was nötig war. Kein Grund, mich für beeindruckend zu halten."

Wie falsch sie damit lag. „Nun, das denke ich aber. Also werde ich Ihnen eine Chance auf diesen Job geben." Ihr Gesicht hellte sich auf, aber ich war noch nicht fertig. „Moment. Es gibt eine Probezeit. Wir werden sehen, ob Sie in den ersten drei Monaten mit Ihren Aufgaben zurechtkommen. Sie müssen die Sache mit Ihrem Führerschein und Ihrer Sozialversicherungsnummer in Ordnung bringen. Und Sie müssen sich bei meinen Hunden beweisen. Außerdem will ich sehen, wie zuverlässig Sie bei all den anderen Pflichten sind, die ich Ihnen übertrage."

Einen Moment lang sah sie aufgebracht aus, aber dann

strahlte sie mich an und sprang auf. „Ich mache es! Danke! Sie werden es nicht bereuen, das schwöre ich Ihnen."

„Wollen Sie nicht zuerst wissen, wie hoch der Lohn ist?", fragte ich, als ich ebenfalls aufstand.

„Ich weiß bereits, dass bei dem Job ein Haus und ein Auto inklusive sind, also ist es mir egal, wie viel Geld Sie mir zahlen. Bei diesen Vergünstigungen würde ich den Job auch umsonst machen."

Das sagte mir, wie verzweifelt sie wirklich war. Ich konnte sehen, dass sie nicht annähernd bereit war, mir von ihrer Situation zu erzählen, aber ich wusste, dass es schlimm sein musste. Das ganze Land zu durchqueren, nur um sich in Brownsville niederzulassen, war nichts, was eine dreiundzwanzigjährige Frau tun würde, wenn sie sich nicht in einer ausweglosen Lage befände.

„Arabella, Sie müssen auch Geld verdienen." Ich umrundete den Schreibtisch. „Fünfhundert Dollar pro Woche." Ich zog die Debitkarte aus der Tasche, die ich bei meiner Bank für meinen neuen persönlichen Assistenten angefordert hatte. Sie würde sie brauchen, um Besorgungen zu machen und meine Rechnungen online zu bezahlen. „Kann ich mich darauf verlassen, dass Sie diese Karte sicher aufbewahren und sie nicht verlieren?"

Sie lächelte und streckte ihre Hand aus. „Ich habe mir ein neues Portemonnaie gekauft, das zu meiner neuen Handtasche passt. Die Antwort lautet also *Ja*. Auf mich können Sie sich absolut verlassen."

Ich reichte ihr die Karte und lächelte. „Damit können Sie alles kaufen, was ich brauche, und die Rechnungen bezahlen, von denen ich Ihnen erzählt habe. Ich weiß, dass es kurzfristig ist, aber können Sie heute schon anfangen?" Ich wollte nicht, dass sie noch eine Nacht in dem Motel verbrachte. Ich machte mir Sorgen über ihre Sicherheit dort.

„Sicher, ich kann sofort anfangen", sagte sie selbstbewusst.

„Ich kann Ihnen nicht genug dafür danken, dass Sie mir diese Chance geben."

„Also, wie wäre es, wenn ich Sie jetzt zu mir nach Hause fahre? Ich kann Ihnen meine Hunde vorstellen und Ihnen zeigen, wo Sie wohnen werden. Und dann werde ich Ihnen die Schlüssel für den Range Rover geben, damit Sie zum Motel fahren, Ihre Sachen abholen und sie in Ihr neues Zuhause bringen können."

„Mein neues Zuhause", flüsterte sie. Ihre Augen trübten sich bei einer Emotion, die ich nicht genau benennen konnte. „Sie haben keine Ahnung, wie wundervoll das für mich klingt."

Ich hatte eine Ahnung, weil das Mädchen so gut wie obdachlos war. „Kommen Sie." Ich führte sie aus dem Büro. David starrte mich mit hochgezogenen Augenbrauen an. „Sie ist die Richtige, David."

„Das kann ich sehen. Willkommen an Bord. Chase ist der beste Boss, den ich je hatte. Sie werden mir wahrscheinlich bald zustimmen, Arabella."

„Das werde ich ganz bestimmt tun, David." Das Mädchen strahlte, als wir mein Büro verließen.

„Hier sind wir", sagte ich, als wir meinen Truck erreichten. „Steigen Sie ein." Ich öffnete die Beifahrertür für sie.

„Wow. Dieser Truck ist riesig." Sie sah sich um und überlegte offenbar, wie sie hineinklettern sollte. „Ich mag die rote Farbe."

„Er hat Allradantrieb und jede Menge PS." Ich stand da, beobachtete sie und hielt mein Lachen zurück, während sie versuchte herauszufinden, woran sie sich beim Einsteigen festhalten könnte. Schließlich wies ich sie darauf hin. „Halten Sie sich an diesem Griff fest, dann setzen Sie einen Fuß hier unten auf das Trittbrett und ziehen sich hoch."

„Ah, ich verstehe." Sie packte den Griff und versuchte, sich hoch genug zu ziehen, um ihren Fuß einen Meter über dem Boden auf das Trittbrett zu stellen. Hüpfend und keuchend fiel sie schließlich nach hinten und ich fing sie auf. „Tut mir leid."

„Wie wäre es, wenn ich Sie hochhebe?"

Sie nickte, also packte ich sie an der Hüfte und hob sie hoch, um sie in den Truck zu setzen, bevor wir in der Nachmittagssonne einen Hitzschlag bekamen. „So ist es richtig. Schnallen Sie sich an."

Ich stieg ebenfalls ein und wir fuhren los. Irgendwie hatte ich den Drang, ihr dabei zu helfen, sich sicher und umsorgt zu fühlen. Es war offensichtlich, dass sie seit dem Umzug hierher isoliert war. „Wissen Sie, ich habe mir überlegt, heute Abend im Garten zu grillen. Möchten Sie sich mir anschließen?"

Sie sah mich mit funkelnden Augen an. „Sie sind ein sehr netter Mensch, Chase."

„Ich versuche es. Ist das ein Ja?"

Nickend strich sie ihr Kleid glatt. „Ja. Und vielen Dank. Ich kann einen Sechserpack kaltes Bier besorgen, wenn ich nachher meine Sachen hole. Das trinken die Leute normalerweise beim Grillen, oder?"

Ihr Lächeln war strahlend, aber ich wunderte mich über ihre Frage. War sie wirklich noch nie auf einem Grillfest gewesen?

„Sie müssen nichts kaufen. Jeder gute Texaner hat immer ein paar eiskalte Flaschen Bier im Kühlschrank. Ich bin ziemlich gut damit eingedeckt."

„Nun, ich muss aber etwas beitragen – ich kann Sie nicht alles machen lassen. Wie wäre es mit einem Dessert?" Sie schien entschlossen zu sein, ihren Beitrag zu leisten.

„Ich mag Sie immer lieber, Arabella. Hier ist der Deal – ich koche und Sie räumen auf. Ich hasse es aufzuräumen."

„Einverstanden." Ihre Brust hob und senkte sich bei einem schweren Seufzer. „Das fühlt sich gut an. Ein Neustart. Ja, das fühlt sich richtig an."

„Für mich auch." Ich fuhr durch das Tor und die Einfahrt zum Haus hinauf. „Das ist es. Mein Zuhause. Und jetzt ist es auch Ihr Zuhause."

„Das Tor gefällt mir." Sie sah sich um. „Ist ringsum ein hoher Zaun?", fragte sie.

„Er umgibt das gesamte fünf Morgen große Grundstück. Ich kann nicht zulassen, dass meine Hunde entwischen, deshalb ist es hier extrem sicher." Ich zeigte auf die Überwachungskamera an der Garage. „Es gibt überall Kameras. Außer in den Badezimmern und Schlafzimmern. Manche Orte erfordern Privatsphäre."

Ich parkte neben all den anderen Fahrzeugen in der Garage. Als sie meine Sammlung sah, klappte ihr die Kinnlade herunter. „Wow. Chase, Sie haben so ziemlich alles. Ein Motorrad." Ich beobachtete, wie ihr Kopf sich drehte, als sie eine Bestandsaufnahme machte. „Ein Strandbuggy! Wow!"

„Gleich bitten Sie mich, Sie in meinem Buggy mitzunehmen." Lachend stieg ich aus dem Truck und ging zu ihr. „Kommen Sie, ich habe Sie."

„Dieser Truck ist so groß." Sie legte ihre Hände auf meine Schultern, als ich ihre Taille umfasste, um ihr nach unten zu helfen.

Ich versuchte, das Kribbeln zu ignorieren, das durch meine Hände schoss. Sie war nicht hier, um mein Mädchen zu sein. Sie war gekommen, um für mich zu arbeiten. „Das Gästehaus verfügt über eine Einzelgarage. Dort parkt der Range Rover. Sind Sie bereit, meine Hunde kennenzulernen?"

„Ja." Sie lächelte, als sie mir ins Haupthaus und dann zu den Glasschiebetüren folgte. Wir schauten in den Garten, wo meine Hunde sehnsüchtig auf meine Ankunft warteten. Arabella kniete nieder und legte ihre Hände an die Fensterscheibe, als die Hunde auf der anderen Seite des Glases auf sie zukamen. „Wir werden bestimmt bald beste Freunde."

Ich konnte spüren, wie sich das Lächeln auf meinem Gesicht ausbreitete, als ich ihre unschuldige Vorfreude beobachtete.

Die Hunde wedelten mit dem Schwanz und wirkten genauso begeistert davon, sie zu sehen, wofür ich dankbar war. „Sie scheinen Sie schon zu mögen. Möchten Sie mit mir rausgehen?"

Sie stand auf und strich mit der Hand über das Glas, sodass die Hunde ihr folgten. „Natürlich."

Ich entriegelte die Schiebetür und öffnete sie. Meine Hunde gingen in die Sitzposition, genau wie es ihnen beigebracht worden war. „Der stattliche Rüde mit dem roten Halsband heißt Jürgen." Ich streckte meine Hand aus und er legte seine Pfote hinein. Ich schüttelte seine Pfote und drehte mich zu Arabella um. „Jürgen, diese hübsche junge Dame heißt Arabella. Kannst du ihr die Hand schütteln?"

Sobald ich seine Pfote losließ, drehte er sich um und bot sie ihr an. Sie ergriff sie lächelnd. „Freut mich, dich kennenzulernen, Jürgen."

Er bellte einmal und sie kicherte.

„Das ist seine Art zu sagen, dass es ihm auch so geht", erklärte ich ihr.

Ich ging zu meinem anderen Hund. „Und dieser Prachtkerl ist Günter." Ich tat das Gleiche bei ihm und er schüttelte mir die Hand. „Günter, kannst du Arabella auch die Hand schütteln?"

Er hielt ihr seine Pfote hin und sie sah ihn mit Bewunderung in den Augen an. „Wie schlau ihr beide seid. Mit euch befreundet zu sein wird bestimmt interessant."

Ich mochte, wie sie es formulierte. „Wissen Sie, ich habe ein immer besseres Gefühl dabei, Sie einzustellen."

„Das freut mich." Die Hunde stellten sich zu beiden Seiten neben sie und sie streichelte ihre Köpfe. „Ich liebe sie jetzt schon."

„Sie scheinen Sie auch zu lieben." Ich hatte ein großartiges Gefühl, was sie betraf. „Kommen Sie, lassen Sie mich Ihnen Ihr neues Zuhause zeigen." Wir machten uns auf den Weg zu dem Gästehaus und die Hunde liefen hinter ihr her und sahen bereits ganz verliebt aus. „Aber denken Sie daran, dass es nichts Besonderes ist. Nur das eine Schlafzimmer und ein Badezimmer." Ich gab den Code ein, öffnete die Tür und trat einen Schritt zurück, um sie vor mir eintreten zu lassen.

Ihre Augen weiteten sich, als sie sich umsah. „Die Arbeitsplatten sind aus Granit." Sie blickte auf den Boden. „Glänzender Parkettboden, weiße Ledersofas ... Das ist so schön, Chase. Es sieht so aus, als hätten Sie all das von einem Innenarchitekten machen lassen."

„Ja, ich habe jemanden engagiert." Sie sah so aus, als ob sie hierher gehörte. „Glauben Sie, Sie können sich hier heimisch fühlen?"

Sie legte den Kopf schief und sah mich an. „Wissen Sie was? Ich glaube schon."

„Dann kommen Sie mit. Ich bringe Sie zum Auto, damit Sie Ihre Sachen holen können." Ich schloss die Tür und tippte den Code ein, um sie zu verriegeln. „Der Code ist leicht zu merken – viermal die Zwei."

„Ist das auch bei Ihrem Haus so?", fragte sie, als wir zu der Einzelgarage gingen.

„Nein, bei mir ist es viermal die Vier." Ich öffnete das Garagentor mit dem Schlüsselanhänger und reichte ihn ihr. „Hier – die Schlüssel für den Range Rover. Wie Sie gesehen haben, können Sie die Garage mit dem Knopf am Anhänger öffnen. Diese Tür führt direkt in die Küche, sodass Sie beim Kommen oder Gehen nicht in die heiße Sonne treten müssen. Dieser Anhänger funktioniert auch am Tor. Also verlieren Sie ihn nicht."

Sie umfasste ihn mit ihrer Hand und sah mich mit leuchtenden Augen an. „Ich werde nichts verlieren. Das schwöre ich Ihnen, Chase. Ich bin so dankbar für alles, was Sie mir heute gegeben haben. Ich werde mein Bestes für Sie tun. Machen Sie sich keine Sorgen deswegen."

„Seit Sie Ihren neuen Job angetreten haben, spüre ich schon, wie meine Sorgen weniger werden." Ich zwinkerte ihr zu und bemerkte eine leichte Röte auf ihren Wangen. *Sie ist so liebenswert.* „Also, nur zu, holen Sie Ihre Sachen und kommen Sie danach hierher zurück. Ich werde den Grill anmachen und uns ein paar saftige Steaks braten. Klingt das gut?"

„Das klingt fantastisch." Sie öffnete ihre Arme, trat vor und umarmte mich.

Und das fühlt sich fantastisch an.

KAPITEL VIER

ARABELLA

Als ich am nächsten Morgen mit einem Lächeln im Gesicht aufwachte, strich ich mit den Händen über das bequeme Bett, in dem ich geschlafen hatte. Kein lauter Verkehr, keine Motelzimmertüren, die quietschend auf- und wieder zuknallten, keine seltsamen Klopfgeräusche, nur herrliche Ruhe, als ich mit vollem Magen eingeschlafen war.

In den letzten Wochen hatte ich auf jeden Cent achten müssen, sodass ich so wenig wie möglich gegessen hatte. Aber das war jetzt vorbei. Chase hatte die besten Steaks gegrillt, die ich je gegessen hatte, und dazu riesige Ofenkartoffeln serviert – sogar der Salat war köstlich gewesen.

Er hatte mir eine Einkaufsliste dagelassen. Es war meine erste Aufgabe nach dem Füttern der Hunde. Ich duschte schnell, zog Shorts und ein T-Shirt an, schlüpfte in Flip-Flops und sah dann nach den Hunden. „Jürgen, Günter, kommt her, Jungs."

Mit wedelnden Schwänzen kamen sie hechelnd um das Haus gerannt. Ich hätte schwören können, dass sie lächelten. Mein Herz schlug schneller, als sie zu mir rannten. Da sie so gut ausgebildet waren, blieben sie direkt vor mir stehen und setzten sich. „Ihr beide seid so brav." Ich streichelte sie, bevor ich ihre Näpfe und ihr Futter aus dem kleinen Lagerraum holte, der alles enthielt, was sie brauchten.

Als die Hunde satt und glücklich waren, fuhr ich zum Supermarkt. Lebensmittel einkaufen war nichts, was ich je zuvor getan hatte. Das war die Aufgabe meiner Mutter gewesen. Aber es machte Spaß, also gewöhnte ich mich schnell daran. Außerdem half es, dass Chase mir eine detaillierte Liste der Marken gegeben hatte, die er mochte.

In der Kaffeeabteilung fand ich ein Regal mit Tassen und eine davon fiel mir ins Auge. Ich griff danach und legte sie in den Einkaufswagen. *Bester Boss aller Zeiten* stand darauf in dicken Buchstaben und ich wusste, dass ich sie für meinen großartigen neuen Boss kaufen musste.

Als ich die Gänge durchstöberte, hatte ich eine Idee. Da Chase am Vorabend das Essen zubereitet hatte, würde ich heute das berühmte Lasagne-Rezept meiner Großmutter für ihn kochen. Sie und ich hatten es zusammen gekocht, seit ich alt genug gewesen war, ihr mit einem Löffel dabei zu helfen, die Soße umzurühren. Das Rezept kannte ich auswendig.

Sie hatte nie Fertignudeln verwendet, also würde ich das auch nicht tun. Ich fand einen Nudelschneider und ein Nudelholz, dann suchte ich Grießmehl, die einzige Sorte, die meine Großmutter verwendet hatte, um hausgemachte Nudeln zuzubereiten. Es war eine ziemlich lange Suche, bis ich ganz oben im Regal eine Tüte fand.

Als ich mich danach streckte, erschien hinter mir ein Mann. „Kann ich Ihnen helfen?"

Ich zuckte zusammen. „Oh! Ich habe Sie nicht bemerkt."

Ich sah sein rotes T-Shirt und sein Namensschild, was bedeutete, dass er im Supermarkt arbeitete. „Tut mir leid. Lassen Sie mich das machen." Er griff nach dem Grießmehl und reichte es mir. „Wir verkaufen nur wenig davon. Ist das etwas, das Sie häufig brauchen?"

„Ich habe es immer gerne zur Hand." Ich legte es neben der Tasse in den Einkaufswagen, um die Artikel, die ich mit meinem eigenen Geld kaufen wollte, getrennt von den Artikeln zu halten, die ich mit Chases Karte bezahlen würde.

„Dann werde ich mehr davon bestellen." Er lächelte mich an. „Schönen Tag noch."

„Ja, Ihnen auch. Und danke." Ich war nicht daran gewöhnt, dass die Leute ohne Grund so nett waren. Es war schön. Die Gastfreundschaft der Südstaatler war aus gutem Grund im ganzen Land berühmt.

Ich besorgte die restlichen Zutaten für die Lasagne, lächelte, grüßte alle und war einfach glücklich. Es fühlte sich an, als wäre es ewig her, dass ich glücklich gewesen war.

Chase hatte meine Welt auf den Kopf gestellt, als er mir den Job gegeben hatte. Ich hatte angefangen, mir Sorgen zu machen, dass ich vielleicht unter einer Brücke leben müsste, wenn mein Geld aufgebraucht war. Ich hatte mir sogar vorgestellt, ein Stück Pappkarton aus einem Müllcontainer ziehen zu müssen und darauf etwas zu kritzeln, mit dem ich Fremde um Essen oder Geld anbetteln könnte.

Aber diese schreckliche Vorstellung war nicht mehr Teil meiner Gedanken. Ich hatte ein Dach über dem Kopf, genug zu essen und Geld. Diese Sicherheit gab mir ein sehr gutes Gefühl.

Ich hatte mich seit jener Nacht nicht mehr sicher gefühlt. Aber jetzt war ich weit weg von dort. Niemand konnte mich finden. Dafür hatte ich gesorgt. Ich hatte mein Handy zurückgelassen und in einem Dollar Store ein Prepaid-Handy gekauft, bevor ich die Stadt verlassen hatte. Ich hatte meine Spuren gut verwischt.

Mein altes Leben hatte endlich begonnen, zu verblassen, und die Zukunft sah besser aus, als ich es mir jemals erträumt hatte.

Während ich pfeifend nach Hause fuhr, fühlte ich mich so wunderbar, dass ich es kaum glauben konnte.

Als ich zum Haus zurückkam, stellte ich fest, dass ein kleines schwarzes Auto in der Nähe der Haustür geparkt war. Ich hielt daneben an und griff nach den Lebensmitteln, die in Chases Küche gehörten.

Ich benutzte den Code, um ins Haus zu gelangen, trug die Tüten hinein und hörte einen Staubsauger. *Ist das seine Haushälterin?*

Er hatte erzählt, dass einmal pro Woche eine Frau zum Putzen kam. Und er hatte einen Gartenservice angeheuert, der alle zwei Wochen jemanden zum Rasenmähen vorbeischickte. Er hatte mir erklärt, dass einfach jemand auftauchen, sich um den Garten kümmern und ihm später eine Rechnung schicken würde. Ich wusste also, dass ich mir keine Sorgen machen musste, wenn das geschah.

Ich brachte die Einkäufe in die Küche und begann, sie wegzuräumen – Chase hatte mir auch sein Haus gezeigt, also wusste ich, wo alles hingehörte.

Während ich den Gefrierschrank befüllte, hörte ich eine Frauenstimme fragen: „Und wer sind Sie?"

Ich drehte mich um und lächelte. „Hi. Ich bin Arabella."

„Und wie sind Sie hereingekommen?", fragte sie weiter, als sie ihre Hände in die Hüften stemmte.

„Chase hat mir den Code gegeben."

„Was machen Sie da?" Sie deutete auf die Lebensmittel. „Glauben Sie, nur weil Sie Sex mit dem Mann haben, können Sie hier einziehen?"

Einen Moment lang verblüffte mich ihre vulgäre Annahme. „Oh, ähm, ich verstehe." Ich schüttelte den Kopf. „So ist es nicht. Ich arbeite für Chase. Ich bin seine persönliche Assistentin – er hat mich gestern eingestellt."

„Davon hat er mir nichts erzählt." Sie verschränkte ihre Arme vor der Brust.

„Tut mir leid, wie heißen Sie?“

„Mary. Mary Rodriguez. Ich arbeite seit fünf Jahren für Mr. Chase. Er hatte in all der Zeit nie eine persönliche Assistentin, warum sollte ich also glauben, dass er jetzt eine braucht?“

„Er hat mir gesagt, dass er mit der Arbeit sehr beschäftigt ist und deshalb jemanden braucht, der sich um seine persönlichen Angelegenheiten kümmert. Es tut mir leid, dass er Ihnen das nicht erzählt hat.“ Ich machte mich wieder daran, die Einkäufe wegzuräumen, weil ich ihre Art nicht mochte.

„Sie haben einen Akzent, der nicht von hier ist. Woher kommen Sie?“ Sie ließ mich einfach nicht in Ruhe.

„Von der Ostküste.“ Ich versuchte, ihre neugierigen Blicke zu ignorieren, während ich mit meiner Aufgabe fortfuhr.

„Und warum sind Sie jetzt hier im Süden?“

„Ich wollte mehr von der Welt sehen“, log ich.

„Sie sind nach Brownsville in Texas gekommen, um mehr von der Welt zu sehen?“

„Ja.“ Mir gefiel nicht, wie sie mich verhörte.

„Sie sind jung. Wo ist Ihre Familie?“

„Zu Hause.“

„Warum sollten Ihre Eltern Sie so weit weggehen lassen?“

„Weil ich eine erwachsene Frau bin.“ Ich schnaubte, um ihr zu zeigen, dass ihre Fragen zu persönlich waren und ich das nicht tolerieren würde.

Sie ignorierte den Hinweis und sagte: „Nun, es kommt mir verdächtig vor. Hoffentlich sind Sie nicht hier, um Mr. Chase auszunutzen. Er ist ein netter Mann. Vielleicht zu nett. Vielleicht zu vertrauensselig.“

Das dachte ich auch. Aber das würde ich vor ihr nicht zugeben. „Hören Sie, er ist ein netter Mann und ich bin niemand, der andere ausnutzt. Ich bin hier, um zu arbeiten und Geld zu verdienen. Ich verstehe, dass Sie mich noch nicht kennen, aber Sie werden sehen, dass ich vertrauenswürdig und fleißig bin.“

Sie sah mir direkt in die Augen. „Ich weiß nichts über Sie. Ich weiß nichts über Ihre Familie. Man kann viel über einen Menschen erfahren, wenn man sich seine Familie ansieht, sage ich immer. Aber Sie haben hier keine Familie. Wie können Sie also erwarten, dass ich eine Wildfremde mit offenen Armen willkommen heiße?"

„Ich erwarte nicht, dass Sie mich überhaupt willkommen heißen." War diese Frau noch nie zuvor einer Fremden begegnet? „Wir arbeiten zufällig am selben Ort, mehr nicht." Ich hätte nicht gedacht, dass Kollegen so nervig sein konnten.

„*Este chica debe pensar que soy un idiota*", murmelte sie.

Ich hatte keine Ahnung, was sie gerade gesagt hatte, und es war mir egal. „Wenn Sie mich entschuldigen, ich muss jetzt ein paar Sachen bei mir verstauen." Ich würde nicht in Chases Haus zurückkehren, bis diese Frau weg war. Sie hatte ein paar graue Strähnen in ihren dunklen Haaren, also nahm ich an, dass sie Mitte Fünfzig war und glaubte, für Chase die Mutterrolle einnehmen zu müssen.

Ihre dicken, dunklen Augenbrauen hoben sich. „Bei Ihnen?"

„Ich wohne im Gästehaus." Ich verließ die Küche und musste feststellen, dass sie mir folgte.

„Sie wohnen *hier*?", fragte sie besorgt.

„Ja." Ich ging aus der Haustür zum Auto. „Das gehört zum Job."

„Und Sie fahren seinen Range Rover?" Sie verdrehte die Augen, als sie noch ein paar Worte murmelte, die ich nicht verstand: „*Querido Dios.*"

„Ja, er hat mir dieses Auto überlassen, damit ich seine Besorgungen erledigen und seine Hunde herumfahren kann." Nicht, dass es sie etwas anging. „Auch das gehört zum Job."

„Welche Referenzen haben Sie?", rief sie, als sie aus der Tür ging und mir immer noch folgte. „Ich brauche Telefonnummern, damit ich sie überprüfen kann. Offenbar kann Mr. Chase nicht klar denken, weil er von Ihrer Schönheit geblendet ist."

Damit hatte sie vielleicht recht. Aber mir war nur wichtig,

dass ich jetzt einen Job, eine Unterkunft und ein Auto hatte und mehr von meinem Geld dafür verwenden konnte, mir besseres Essen zu kaufen.

Ich drehte mich um und sah sie an. „Bei allem Respekt, ich glaube nicht, dass das Ihre Aufgabe ist. Wenn Chase gewollt hätte, dass jemand meine Referenzen überprüft, hätte er selbst danach gefragt." Ich stemmte die Hände in meine Hüften. „Ich habe noch viel zu erledigen, Mary, also können Sie wieder an die Arbeit gehen."

„Für Sie immer noch *Miss* Mary, *chica irresppetuosa.*"

„Was auch immer das bedeutet", murmelte ich, als ich ins Auto stieg, um es in meiner eigenen Garage zu parken.

KAPITEL FÜNF

CHASE

Wir kamen bei der Arbeit nicht voran, weil wir auf die Lieferung bestimmter Produktionsteile warten mussten, also konnte ich früher als erwartet Feierabend machen. Ich wollte sowieso unbedingt nach Hause. Ich wollte sehen, wie es Arabella an ihrem ersten Arbeitstag ergangen war.

Ich parkte in der Garage, ging durch die Küchentür ins Haus und schaute dann aus dem Fenster, um zu sehen, was meine Hunde machten. Arabella spielte gerade Frisbee mit ihnen. Ihr fröhliches Lachen sagte mir, dass sie meine Jungs bereits liebte. Ich konnte nicht anders, als zu lächeln, während mein Herz in meiner Brust schneller schlug.

Sie ist wirklich etwas ganz Besonderes.

„Mr. Chase, Sie sind zu Hause", sagte meine Haushälterin Mary und erschreckte mich.

Ich wirbelte herum und mir wurde klar, wie tief ich in meinen Gedanken über Arabella versunken gewesen war. So tief, dass ich Marys Auto, das vor dem Haus stand, nicht einmal bemerkt hatte. „Mary! Sind Sie immer noch hier?"

Mit grimmiger Miene nickte sie. „Ich bin mit meiner Arbeit fertig, aber ich habe darauf gewartet, dass Sie nach Hause kommen, weil ich mit Ihnen reden muss."

„Worüber?" Ich ging zum Kühlschrank, holte mir ein Bier und trank einen Schluck, während ich auf ihre Antwort wartete.

„Über das junge Mädchen, das Sie anscheinend als Ihre persönliche Assistentin eingestellt haben." Sie stand auf der anderen Seite der Kücheninsel und sah mich streng an. „Ich hatte keine Ahnung, dass Sie jemanden einstellen wollten."

„Diese Entscheidung habe ich letzte Woche getroffen." Ich wusste nicht, warum es sie etwas anging. Dann fiel mir das Gästehaus ein. Wahrscheinlich glaubte sie, es künftig jede Woche putzen zu müssen. „Oh, Sie möchten wahrscheinlich eine Gehaltserhöhung, weil jetzt jemand im Gästehaus wohnt. Sicher, wie viel wollen Sie?" Es war nur fair, ihr Gehalt zu erhöhen, wenn sie mehr arbeiten musste.

Ihre dicken Augenbrauen hoben sich und ihre Hand legte sich auf ihr Herz, als sie mich entrüstet anstarrte. „Sie wollen, dass *ich* für eine andere Mitarbeiterin putze?"

Das wollte ich nicht. Nicht, wenn es sie beleidigte. „Nur, wenn Sie wollen. Ich meine, Arabella kann das Gästehaus auch selbst putzen. Aber wenn Sie mehr Geld verdienen möchten, können Sie das übernehmen." Das Letzte, was ich wollte, war, dass Mary kündigte. Das würde bedeuten, dass ich eine neue Haushälterin suchen müsste, und ich hatte erst kürzlich erkannt, dass ich keine Lust auf Vorstellungsgespräche hatte.

„Sie kann selbst putzen", knurrte sie. „Mich beunruhigt, dass sie nicht von hier ist und niemand etwas über sie oder ihre Familie weiß. Und ich mache mir Sorgen, dass Sie sie nur eingestellt haben, weil sie hübsch ist."

Ich runzelte die Stirn, weil mir das Misstrauen in ihrer Stimme nicht gefiel. Mary war schon immer ein bisschen wie eine Glucke gewesen, aber ich hatte bisher nie etwas dagegen gehabt, dass sie neugierig war. „Ich hatte meine Gründe, sie einzustellen, und ihr Aussehen spielte bei dieser Entscheidung keine Rolle." Aber es schadete bestimmt nicht, dass sie gut aussah.

Ich hatte Arabella eingestellt, weil ich dachte, dass sie eine Chance verdient hatte, und weil ich wusste, dass sie ein Zuhause, ein Auto und Geld brauchte. „Wo sie herkommt oder wer ihre Familie ist, ist mir egal. Meine größte Sorge war, ob sie mit meinen Hunden auskommen würde. Aber sie verstehen sich offensichtlich großartig." Ich zog den Vorhang zurück, damit sie sehen konnte, wie Arabella mit den Hunden spielte. „Sehen Sie?"

„Diese Hunde spielen mit jedem. Das hat gar nichts zu bedeuten. Was ist, wenn sie Sie bestiehlt? Was ist, wenn sie Leute ins Haus lässt, während Sie bei der Arbeit sind, und sie Sie bestehlen? Oder in Ihrem Haus randalieren?" Es war offensichtlich, dass sie Arabella nicht über den Weg traute.

Also musste ich fragen: „Hat sie etwas gesagt, das Sie denken lässt, dass sie so etwas tun würde?"

„Nein. Aber wenn man eine Person oder die Familie, aus der sie stammt, nicht kennt, kann man sich nicht sicher sein. Ich passe nur auf Sie auf, Mr. Chase. Sie sind ein guter Mann und Sie waren sehr freundlich zu mir und meiner Familie. Ich möchte nicht tatenlos dabei zusehen, wie jemand Sie ausnutzt. Ich habe sie nach Referenzen gefragt, aber sie hat mir keine gegeben. Hat sie Ihnen Referenzen gegeben? Haben Sie dort angerufen?"

„Ich weiß Ihre Sorge zu schätzen, Mary. Sie wollen mir bestimmt nur helfen, aber ich kann selbst mit Arabella umgehen." Damit war das Gespräch für mich beendet. „Ich gehe jetzt duschen. Wir sehen uns nächste Woche."

Sie stand da und sah mir nach, als ich wegging. Dann hörte ich sie schnauben, bevor sie mein Haus verließ. Die Frau meinte es gut. Sie war Mutter von fünf Kindern, die alle bereits erwachsen und ausgezogen waren. Aber Mary und ihr Mann hielten sie immer noch an der kurzen Leine. Keines von ihnen hatte Brownsville verlassen und sie lebten gerne so. Das war in Ordnung, aber nicht für jeden das Richtige.

Ich wusste nicht, warum Arabella von ihrer Familie und wahrscheinlich auch von ihren Freunden weggezogen war. Aber das ging mich sowieso nichts an. Sie hatte einen Job zu erledigen und das Einzige, worüber ich mir Sorgen machen musste, war, ob sie gut darin war oder nicht.

Nachdem ich geduscht und mich umgezogen hatte, ging ich nach draußen und fand Arabella auf dem Rasen vor, wo sie ein Buch las, während die Hunde neben ihr lagen. „Wow. Die beiden lieben Sie wirklich."

Als die Hunde meine Stimme hörten, sprangen sie auf und rannten zu mir. Sie waren glücklich, mich zu sehen, aber immer noch ehrfürchtig genug, um sich vor mir hinzusetzen und darauf zu warten, dass ich ihnen Aufmerksamkeit schenkte. „Wie geht es meinen braven Jungs?" Ich kraulte ihre Köpfe. „Hattet ihr heute Spaß mit Arabella?"

„Wenn sie Ihnen etwas anderes erzählen, lügen sie", sagte Arabella, als sie aufstand. „Wir hatten Spaß. Ich wollte Sie fragen, ob ich die beiden irgendwann zu einem Spaziergang am Strand mitnehmen kann. Ich habe versucht, sie mit ihren Leinen über das Grundstück zu führen, und sie waren großartig. Langsam habe ich den Dreh raus."

„Ja, natürlich, Sie können sie überallhin mitnehmen. Das wird eine großartige Übung für sie sein." Es war schön zu sehen, dass sie die Initiative ergriff.

„Trinken Sie Kaffee?", fragte sie mit einem schelmischen Grinsen.

„Manchmal. Warum?" Ich ging zum Gartentisch, nahm dort Platz und dachte darüber nach, was ich an diesem Abend essen würde.

„Warten Sie hier", sagte sie und rannte zum Gästehaus. Als sie zurückkam, hielt sie eine Kaffeetasse in der Hand. „Hier, das habe ich heute beim Einkaufen gesehen und an Sie gedacht."

„*Bester Boss aller Zeiten*", las ich die Worte auf der Tasse. Ich lächelte. „Ich habe Ihren Lebenslauf gesehen, erinnern Sie sich? Ich weiß, dass ich der einzige Boss bin, den Sie je gekannt haben, Arabella. Aber ich hoffe, dass ich dieser Tasse gerecht werden kann."

„Das haben Sie schon getan." Sie setzte sich mir gegenüber. „Ich habe Ihnen Lasagne zum Abendessen gemacht. Sie ist schon fertig und wird im Ofen warmgehalten." Sie zuckte mit den Schultern und fuhr fort: „Wenn Sie Hunger haben, sagen Sie einfach Bescheid. Wir können hier oder bei mir essen. Oder wo auch immer."

„Lasagne?" Ich hatte noch nie selbstgemachte Lasagne gegessen. „Von Grund auf selbst gemacht? Auch die Pasta?"

„Ja. Und die Soße. Den Käse habe ich aber gekauft. Ich weiß nicht, wie man Käse macht – noch nicht." Bei ihrem Lächeln wurde mir warm. „Es gibt auch eine schöne Flasche Rotwein im Kühlschrank. Ich habe alles mit meinem eigenen Geld gekauft, sogar die Tasse. Ich möchte nicht, dass Sie denken, dass ich Ihr Geld dafür benutzt habe."

„Sie hätten ruhig mein Geld benutzen können, um das alles zu kaufen. Schließlich haben Sie für mich gekocht." Ich stand auf und griff nach ihrer Hand. „Kommen Sie, lassen Sie uns essen gehen. Es hört sich so an, als ob Sie den ganzen Tag hart gearbeitet haben."

Sie nahm meine Hand und ich spürte, wie Energie in Wellen durch meinen Arm direkt in meine Brust strömte. Weil das nicht passieren sollte, ließ ich ihre Hand los.

Als sie neben mir herging, bemerkte ich, dass sie ihre Hände aneinander rieb, und fragte mich, ob sie auch die Funken gespürt hatte. Nicht, dass ich sie danach fragen würde.

Wir kannten uns seit etwas mehr als einem Tag – ich würde nicht damit anfangen, meinen Charme bei ihr spielen zu lassen. Aber ich war mir nicht sicher, wie lange ich mich noch zurückhalten konnte.

Als ich das Gästehaus betrat, sah ich, dass alles makellos

sauber war. „Sie haben Pasta und Soße gemacht und trotzdem funkelt Ihre Küche."

„Ich putze, während ich koche. Das hat mir meine Großmutter beigebracht. Sie hasste schmutzige Küchen und ich mag auch keinen Dreck, also folge ich ihrem Beispiel."

Ich fand es vielversprechend, dass sie von einer Verwandten sprach. „Haben Sie oft mit ihr gekocht?"

„Sie wohnte bei meinen Eltern, als ich geboren wurde, und blieb dort, bis sie starb, als ich sechzehn war. Sie hat bei uns zu Hause gekocht. Und ich habe ihr mindestens zwei- oder dreimal pro Woche geholfen. Meine Mutter half ihr an den anderen Tagen. Aber wenn die ganze Familie vorbeikam, standen wir alle in der Küche, um ein riesiges Festmahl zuzubereiten. Als Italiener war uns die Familie immer sehr wichtig."

Sie stellte ein Glas Rotwein vor mich, sobald ich mich an den Esstisch setzte. „Danke."

Wenn ihr die Familie so wichtig ist, warum ist sie dann von all ihren Verwandten weggezogen?

„Nonna war die Mutter meines Vaters. Mein Großvater starb, bevor ich geboren wurde – sie kam am Tag seines Todes zu uns, um bei meiner Mutter und meinem Vater zu wohnen. Es war nur ein paar Jahre, nachdem meine Eltern geheiratet hatten. Meine Mutter wurde wenige Monate später mit mir schwanger. Meine Nonna hat mir immer gesagt, dass ich der Engel war, den ihr Mann gesandt hat, um ihr Herz mit Liebe zu füllen, bis es Zeit für sie war, ihn im Himmel zu treffen."

„Also waren Sie ihr Lieblingsenkel?" Das fand ich süß.

„Ich schätze schon. Sie hatte noch andere Enkel, aber mit mir hat sie zusammengelebt. Ich bin ein Einzelkind. Meine Mutter hatte eine komplizierte Schwangerschaft und wäre beinahe bei meiner Geburt gestorben. Also ließ mein Vater sie vom Arzt sterilisieren, damit sie keine weiteren Kinder bekommen konnte. Meine Mutter wusste, dass ich ihr einziges Kind sein würde, und meine Großmutter dachte, dass ich direkt vom Himmel zu ihr geschickt worden war, also wuchs ich mit dem Gefühl auf, sehr geliebt zu werden."

„Sie haben gesagt, dass Ihre Großmutter gestorben ist, aber was ist mit Ihrer Mutter?" Es fiel mir schwer zu glauben, dass ihre Mutter sie einfach gehen lassen würde, wenn sie der Mittelpunkt ihrer Welt war.

Sie hörte auf, das Essen anzurichten, und senkte den Blick. Dann wischte sie mit dem Handrücken über ihre Augen. „Sie ist nicht mehr bei uns."

Ich wusste, dass ich nicht weiterfragen sollte, aber meine Neugier erlaubte mir nicht, zu schweigen. „Wann ist sie gestorben?" Ich stand auf und ging zu ihr. Dann strich ich mit meiner Hand über ihre Schultern, um sie wissen zu lassen, dass ich da war, wenn sie mich brauchte.

Sie drehte sich zu mir um, legte ihre Arme um mich und vergrub ihren Kopf in meiner Brust. Wimmernd sagte sie: „Vor kurzem." Ihr Körper zitterte, als sie weinte, und ich hielt sie fest, um ihren Schmerz zu lindern.

Ich begriff, dass sie vor dem Schmerz, ihre geliebte Mutter zu verlieren, weggelaufen war. Arabella wusste wahrscheinlich nicht, wie sie in ihrem Elternhaus weiterleben sollte, wenn ihre Mutter nicht mehr da war.

Aber was ist mit ihrem armen Vater, den sie zurückgelassen hat? Weiß er überhaupt, wo sie jetzt ist?

KAPITEL SECHS

ARABELLA

Nach einer Woche im Job wusste ich, dass ich es schaffen würde. Chase und ich hatten wenig Zeit miteinander verbracht, da er in seinem Unternehmen viel zu tun hatte. Er brauchte offenbar wirklich meine Hilfe. Jeden Abend kam er spät nach Hause und ging sofort ins Bett, nur um am nächsten Morgen früh aufzustehen und loszufahren, noch bevor ich ihn zu Gesicht bekam. Seine Hunde wären verrückt geworden, wenn ich mich nicht um sie gekümmert hätte.

Ich war gerade dabei, mein Frühstücksgeschirr wegzuräumen, als ich eine Textnachricht von Chase erhielt, in der er mich bat, die Hunde für ihre jährliche Tollwutimpfung zum Tierarzt zu bringen. Nachdem ich ihm geantwortet hatte, dass ich das sofort erledigen würde, machte ich mich daran, die Hunde fertig zu machen.

Da sich die Hunde so gut benahmen, dauerte es nicht lange, sie in den Heckbereich des Range Rovers zu setzen und zu ihrem Impftermin zu fahren. „Weil ihr heute zum Tierarzt müsst, gehen wir danach am Strand spazieren. Und wenn ihr richtig brav seid, kaufe ich euch ein Eis."

Ihr Gebell zeigte mir, dass sie glücklich waren – auch wenn sie kein Wort von dem verstanden hatten, was ich gesagt hatte. Minuten später kamen wir in der Tierarztpraxis an. Ich nahm sie von der Leine und ließ mich von ihnen in das Gebäude führen, das sie anscheinend gut kannten.

„Hi, ich habe Jürgen und Günter für ihre Tollwutimpfung hergebracht. Chase Duran ist ihr Besitzer."

Der junge Mann, der hinter der Rezeption stand, lächelte mich an. „Dafür, dass Sie so zierlich sind, gehen Sie sehr sicher mit diesen großen Hunden um."

„Nur weil sie so gut ausgebildet sind." Ich strich mit der Hand über Günters Kopf. „Ich habe sie erst vor einer Woche kennengelernt, aber die beiden haben mein Herz gestohlen."

Der Mann lächelte mich auf eine Weise an, die mir sagte, dass er es verstand. „Ich bin Kyle, einer der Tierärzte hier. Wenn Sie mir folgen, erledigen wir das schnell."

Ich folgte ihm nach hinten in einen Untersuchungsraum und sah mich fasziniert um. „Wie lange mussten Sie studieren, um Tierarzt zu werden?"

„Ein paar Jahre." Er holte zwei Spritzen und eine Ampulle mit etwas, das vermutlich der Tollwutimpfstoff war. „Denken Sie darüber nach, mit Tieren zu arbeiten?" Er sah mich an. „Ich habe Ihren Namen nicht verstanden."

„Arabella. Und nein, nicht wirklich. Ich meine, ich weiß es nicht. Ich habe nicht viel Erfahrung mit Haustieren. Diese beiden sind meine ersten – zum Glück läuft es großartig."

Ich wusste, dass ich darüber nachdenken musste, was ich auf lange Sicht machen wollte, also stellte ich allen möglichen Menschen Fragen zu ihren Berufen. So sehr ich meinen Job bisher auch liebte – es wäre keine Lösung, für den Rest meines Lebens Chases persönliche Assistentin zu sein.

Kyle überprüfte bei beiden Hunden das Maul. „Sieht gesund aus. Ich kann sehen, dass Sie ihre Zähne putzen. Gut gemacht."

„Chase hat mir gezeigt, wie es geht."

Er schaute mich aus dem Augenwinkel an und fragte: „Vor diesen beiden hatten sie also keine Erfahrung mit Tieren? Hatten Sie keine Angst vor ihren scharfen Zähnen?"

„Nicht, nachdem ich Chase zugesehen hatte." Bei ihm hatte es so einfach gewirkt. Und ich hatte gemerkt, dass es mir auch leichtfiel. Aber das hatte ich wohl den Hunden zu verdanken.

„Man muss Tiere wirklich lieben, um diesen Job zu machen. Nicht viele unserer Patienten sind so gut ausgebildet und erzogen wie diese beiden." Er hielt seinen rechten Arm hoch und ich sah, dass ein Verband um sein Handgelenk gewickelt war. „Ein Pitbull hat mich gestern erwischt. Sein Besitzer hat es kaum geschafft, ihn dazu zu bringen, mich loszulassen."

Nein, eine Karriere als Tierärztin ist nichts für mich.

„Das ist schrecklich."

„Es war keine schöne Erfahrung, so viel steht fest. Aber ich weiß, dass Bisse und Kratzer einfach dazugehören. Ein Job wie dieser hat viele gute, aber auch schlechte Seiten." Er nahm eine der Spritzen, kniff die Haut an Jürgens Nacken zusammen und injizierte den Impfstoff. Jürgen zuckte nicht einmal zusammen. „Was machen Sie in Ihrer Freizeit?"

„Ich koche sehr gerne. Als Italienerin bereite ich am liebsten italienische Gerichte von Grund auf selbst zu. Ich mache sogar meine eigene Pasta. Aber das kann keine Karriere sein."

„Ich liebe italienisches Essen! Allerdings ist es nicht leicht, hier ein gutes Restaurant zu finden. Nirgendwo gibt es authentisches italienisches Essen. Alles wird aus tiefgefrorenen, vorverpackten Zutaten hergestellt. Ich habe einen Sommer in New York verbracht und herausgefunden, wie echtes italienisches Essen schmecken soll. Man könnte sagen, ich habe mich regelrecht darin verliebt. Ich denke, Sie könnten sich hier einen treuen Kundenstamm aufbauen, wenn Sie ein Restaurant eröffnen würden." Er gab Günter, der ebenfalls keine Regung zeigte, seine Spritze. „Aber ich weiß, dass das viel Geld kostet."

„Ja, bestimmt." Ich hatte weder das erforderliche Kapital noch war ich kreditwürdig genug, um so etwas zu tun.

Er strich mit den Händen über die Köpfe der Hunde und sah mich an. „Der Chefarzt kommt in ein paar Minuten, um sich Günter und Jürgen kurz anzusehen. Danach sind wir hier alle fertig und Sie können bei der Mitarbeiterin an der Rezeption die Impfung bezahlen. Ich werde diese Jungs wohl erst in einem Jahr wiedersehen – es sei denn, sie brauchen mich vorher."

„Es war schön, Sie kennenzulernen, Kyle. Ich hoffe allerdings, dass es wirklich ein Jahr dauert, bis wir uns wiedersehen. Ich möchte nicht, dass den beiden etwas Schlimmes passiert."

„Das verstehe ich gut. Bis dann, Arabella."

Nachdem ich den Termin erledigt und die Tierarztpraxis verlassen hatte, fuhr ich direkt zum Strand, um die Hunde dort wie versprochen herumtoben zu lassen. Es war nicht einfach, mit ihnen Schritt zu halten, da ich einfach nicht so schnell laufen konnte wie sie, aber da sie so gut ausgebildet waren, passten sie sich bald meinem Tempo an.

Die Sonne, die salzige Meeresluft und der Sand unter meinen nackten Füßen waren einfach herrlich. Die letzte Woche war für mich unheimlich befreiend gewesen. Nicht nur, weil ich mich jetzt sicher genug fühlte, um wirklich zu leben, sondern weil ich endlich mit jemandem über den Tod meiner Mutter gesprochen hatte.

Es war überhaupt nicht so, dass ich das geplant hatte, aber es war so leicht, mit Chase zu reden. Vielleicht wusste er einfach, wie man die richtigen Fragen stellte. Ich hatte keine andere Erklärung dafür, dass ich den Drang verspürt hatte, ihm von meiner Familie zu erzählen. Aber es fühlte sich gut an, endlich jemandem anvertraut zu haben, dass meine Mutter nicht mehr lebte.

Das war mir bisher bei niemandem gelungen. Die Erleichterung, die mich erfüllt hatte, nachdem mir die Worte über die Lippen gekommen waren, war erstaunlich gewesen. Und Chases starke Arme um meinen Körper hatten sich unbeschreiblich gut angefühlt.

Ich war schon einmal umarmt und auch geküsst worden. Aber diese Momente waren kurz, heimlich und sehr selten gewesen. Mein Leben war ganz anders gewesen als der Alltag meiner Altersgenossen. Der Besuch einer kleinen privaten Mädchenschule hatte es damals fast unmöglich gemacht, Jungen in meinem Alter kennenzulernen. Nach meinem Abschluss hatte ich weiterhin zu Hause gewohnt. Meine Mutter hatte nicht gewollt, dass ich aufs College ging, bis ich genug Zeit gehabt hatte, um herauszufinden, was ich wirklich studieren wollte.

Ich hatte mir allerdings keine großen Gedanken darüber gemacht. Im Nachhinein wünschte ich, ich hätte mehr Zeit damit verbracht, etwas zu finden, das mich genug interessierte, um aufs College zu gehen. Für mich wäre alles anders gekommen, wenn ich in jener Nacht nicht zu Hause gewesen wäre. Wenn ich in einer anderen Stadt studiert und nicht bei meinen Eltern gewohnt hätte, wäre mein Leben ganz anders verlaufen.

„Hallo“, ertönte eine Männerstimme von hinten und erschreckte mich.

Die Hunde blieben stehen, drehten sich um und bellten den Mann an, der neben mir auftauchte. Er entfernte sich schnell von mir, als die beiden ihm gegenüber eine aggressive Haltung einnahmen.

Ich lächelte und liebte insgeheim, wie die Hunde mich beschützten. „Schon gut, Jungs. Er geht gleich weiter.“ Sie stellten sich knurrend vor mich, bis er sich entfernte. Ich tätschelte ihre Köpfe. „Brav.“

Seit ich für Chase arbeitete, fühlte ich mich sicher. Sein Anwesen war gut geschützt und seine Hunde zögerten nicht, mich bei Bedarf zu verteidigen. Es ließ mich glauben, dass niemand in der Lage sein würde, so viele Sicherheitsbarrieren zu durchdringen und zu mir zu gelangen.

Das war mir sehr wichtig.

Ich war zweitausend Meilen von meinem Zuhause entfernt, aber bis ich in Chases Gästehaus eingezogen war, hatte es sich nicht so weit angefühlt. Jetzt schienen es Millionen Meilen zu sein. Es fühlte sich an, als ob die Gefahr, gefunden zu werden, kaum noch bestand.

„Ihr habt euch einen Leckerbissen verdient", sagte ich zu den Hunden, als ich den vertrauten Klang der Musik aus dem Lautsprecher eines Eiswagens hörte. „Kommt, lasst uns zurück zum Auto gehen und eure Näpfe holen, damit ich sie für meine Beschützer mit süßen Leckereien füllen kann."

Ich bemerkte, dass die beiden nicht aggressiv reagierten, als ich den Eisverkäufer fragte, ob er etwas hatte, das Hunde essen konnten. Sie saßen nur da und warteten geduldig auf ihre versprochene Belohnung. Ich begann zu denken, dass der Mann, der hinter mir aufgetaucht war und mich angesprochen hatte, möglicherweise böse Absichten gehabt hatte, die sie irgendwie spüren konnten.

Der Eisverkäufer reichte mir zwei sogenannte Cool Dog Cones und sagte: „Ich stelle die Eistüten selbst aus gesundem Hundefutter her, das ich in Wasser einweiche und dann mit einem Waffeleisen in die gewünschte Form bringe. Sie werden mit kaltem, gekochtem Hühnerfleisch gefüllt, das meine Frau jeden Morgen frisch püriert. Hunde sind ganz verrückt danach."

„Das ist sehr kreativ von Ihnen und Ihrer Frau." Ich nahm die Eistüten – die fast wie normale Vanilleeistüten aussahen – und trug sie zurück zum Auto, wo ich sie in die Näpfe legte. Aber bevor ich sie den Hunden gab, machte ich ein Foto für Chase.

Ich fotografierte weiter, während die Hunde ihre Leckereien verschlangen. Dann schickte ich ihm alle Bilder und Nachricht.

-Ich habe einen Eiswagen gefunden, der Eistüten für

Hunde verkauft. Können Sie glauben, dass sie aus Hundefutter bestehen und das Eis darin frisch gekochtes Hühnerfleisch ist? Hier ist wirklich ein großartiger Ort, um Haustiere zu haben! -

Nachdem sie gefressen hatten, nahm ich sie mit nach Hause und badete sie, um das Salzwasser aus ihrem Fell zu entfernen. Als ich damit fertig war, war ich genauso durchnässt wie sie. „Anscheinend ist es Zeit für eine Dusche für mich."

Ich ließ sie im Garten in die warme Sonne, damit sie trockneten, ging wieder hinein und duschte kalt. Als ich aus der Dusche stieg, bemerkte ich, dass Chase endlich die Textnachricht gesehen hatte, die ich ihm ein paar Stunden zuvor geschickt hatte.

Er ist ein sehr beschäftigter Mann.

In ein Handtuch gewickelt, stand ich vor meinem Schrank und überlegte, was ich anziehen sollte. Es war fast sieben Uhr abends und ich war mir nicht sicher, ob ich mich einfach fürs Bett fertig machen und allein ein Sandwich essen sollte.

Bei Chases langen Arbeitszeiten erwartete ich sowieso nicht, ihn an diesem Abend zu sehen. Also machte ich den Schrank wieder zu und drehte mich um, um ein Nachthemd aus der Kommode zu holen.

Mein Handy vibrierte und ich sah, dass Chase geantwortet hatte.

-Ich würde Sie gerne einladen, weil Sie Ihre erste Woche mit Bravour überstanden haben. Möchten Sie in etwa einer Stunde mit mir essen gehen? -

Das klingt nach einem Date.

Ich zitterte bei dem Gedanken. Aber dann kehrte ich zurück in die Realität und mir wurde klar, dass er einfach ein ausgezeichneter Boss war, mehr nicht.

-Das wäre wunderbar. Danke. Ich werde bereit sein. -

Seine Antwort mit einem Daumen-hoch-Emoji sagte mir, dass seine Einladung rein freundschaftlich war und nichts mit

Romantik zu tun hatte. Obwohl ich wusste, dass es besser so war, war ich ein wenig enttäuscht.

Alles in meinem Leben war besser, seit ich Chase Duran kennengelernt hatte. Außerdem war er der heißeste Mann, der mir jemals begegnet war. Wie könnte ich nicht Gefühle für ihn entwickeln?

Ich ging zurück zum Schrank und suchte mir ein rotes Sommerkleid mit dünnen schwarzen Trägern aus. Dann schlüpfte ich in schwarze High Heels und begann damit, meine Haare zu stylen und mich zu schminken. Er hatte vielleicht keine romantischen Absichten, aber ich wollte nicht mit einem so attraktiven Mann wie Chase ausgehen, ohne zumindest zu versuchen, so gut auszusehen wie er.

Ich war jung und Single und fühlte mich endlich frei – es würde Spaß machen, heute Abend ein paar Männern die Köpfe zu verdrehen.

KAPITEL SIEBEN

CHASE

Arabellas blaue Augen funkelten im Schein der Lichterketten über unserem Tisch, während sie an einem Blue Hawaiian nippte. „Das ist das erste Mal, dass ich um diese Zeit unterwegs bin. Abends ist es viel angenehmer als tagsüber." Sie stellte das hohe Cocktail-Glas auf den Tisch. „Wann wird es hier in Brownsville kühler?"

„Irgendwann zwischen Ende September und Anfang November. Und es kann bis Januar oder März andauern. Ich kann mich aber nicht erinnern, wann die Temperatur das letzte Mal nahe am Gefrierpunkt war." Ich lehnte mich auf meinem Stuhl zurück und blickte in den Sternenhimmel. „Also, ich nehme an, Sie sind froh darüber, dass ich um einen Tisch draußen gebeten habe, anstatt drinnen zu essen."

„Ich bin sehr froh darüber. Es ist so erfrischend." Sie beobachtete, wie ein Paar die Tanzfläche betrat. „Ich habe mich schon gefragt, wozu diese kleine Terrasse dient."

„Wir können auch tanzen", schlug ich vor und dachte dann,

dass das für mich als Boss und sie als meine Angestellte vielleicht zu intim wäre. „Wenn Sie wollen."

Sie starrte ihren Cocktail an und sagte: „Ich habe noch nie getanzt."

„Noch nie?" Ich wusste, dass ich verblüfft klang, und versuchte, meine Antwort abzumildern, indem ich hinzufügte: „Nun, das ist in Ordnung."

„Ich war auf einer Mädchenschule. Dort gab es keine Tanzveranstaltungen. In der Oberstufe wurden einmal die Schüler der nahegelegenen Jungenschulen eingeladen, aber sie schienen nicht wirklich an uns interessiert zu sein. Nicht, dass wir Mädchen es gewesen wären. Es war nicht so, als hätten wir eine Ahnung gehabt, wie wir mit dem anderen Geschlecht in Kontakt treten könnten."

Noch ein Detail über ihre Vergangenheit – gut.

Fasziniert von der Vorstellung, dass jemand auf eine reine Mädchenschule ging, musste ich ihr ein paar Fragen stellen. „Wie war es, als die Mädchen in die Pubertät kamen und neugierig auf Sex wurden? Haben sie Jungen in die Schlafsäle geschmuggelt oder waren … andere Dinge im Gange?"

Ihre Augen begegneten eine Sekunde lang meinen, bevor sie ein amüsiertes, wenn auch ungläubiges Lachen ausstieß. „Chase, fragen Sie mich etwa, ob ich mit anderen Mädchen experimentiert habe?"

Mit einem Schulterzucken lächelte ich, aber ich war gespannt auf ihre Antwort. „Ich meine, Mädchen waren alles, was Sie hatten, um neue Dinge auszuprobieren, oder?"

„Wir haben nicht in der Schule *gewohnt*, Chase." Sie lachte, als sie den Kopf schüttelte. „Und nur weil wir gewisse Bedürfnisse hatten, bedeutet das nicht, dass wir sie miteinander ausleben mussten." Sie verdrehte die Augen, aber das Lächeln auf ihren Lippen sagte mir, dass sie nicht beleidigt war.

„Oh. Ich schätze, die Fantasie ist mit mir durchgegangen. Ich habe Sie mir mit Zöpfen und einer dieser Minirock-Schuluniformen bei nächtlichen Kissenschlachten vorgestellt", scherzte ich.

Sie lachte. „Unsere Uniformen waren alles andere als sexy. Weite blaue Hosen mit knallpinken, langärmeligen Blusen und Halbschuhen. Die Haare mussten immer zu einem ordentlichen Knoten hochgesteckt werden. Kein Make-up, kein Schmuck und keine Zuneigungsbekundungen jeglicher Art."

„Klingt streng." Ich hätte es gehasst, auf so eine Schule zu gehen.

„Es war extrem streng", bestätigte sie. „Aber ich hatte dort viele wirklich gute Freundinnen, bis wir alle nach unserem Abschluss getrennte Wege gegangen sind. Meine beiden besten Freundinnen sind an der Westküste aufs College gegangen und ich bin zu Hause geblieben."

„Warum sind Sie nicht mit ihnen gegangen?"

„Ich wusste damals nicht, was ich werden wollte, und meine Mutter war dagegen, dass ich aufs College ging, bevor ich mich endgültig für ein Studienfach entschieden hatte. Also bin ich zu Hause geblieben, während sich alle, mit denen ich zur Schule gegangen war, in die Welt hinausgewagt haben."

„Das muss einsam gewesen sein." Meine Brüder waren meine besten Freunde, also konnte ich mir nicht vorstellen, wie es sich für sie angefühlt haben musste, von ihren Freundinnen getrennt zu sein. „Ist niemand geblieben?"

Sie schüttelte den Kopf. „Niemand, dem ich nahestand."

„Wissen Sie, Arabella, meine Brüder und ich hatten heute ein Meeting und wir haben beschlossen, dass wir uns künftig an den Wochenenden freinehmen, damit wir bei all der Arbeit kein Burnout erleiden. Das bedeutet, dass Sie auch am Wochenende freihaben, da ich dann zu Hause bin, mich selbst um die Hunde kümmere und alle anfallenden Aufgaben allein erledige. Dadurch haben Sie viel Zeit, Ihren eigenen Interessen nachzugehen und Kontakte zu knüpfen." Jeder brauchte Freunde.

„Mir geht es gut", sagte sie grinsend. „Ich habe meine Jungs."

„Die Hunde?"

„Ja. Sie sind großartige Gesellschaft." Sie sah auf, als die Kellnerin die Vorspeise brachte. „Wow, das ist herrlich."

„Austern Rockefeller", sagte die Kellnerin und stellte das große Tablett ab. „Ich bin gleich mit neuen Getränken für Sie beide zurück."

„Danke", sagte ich und rückte meinen Stuhl näher an den Tisch. „Und können Sie bitte Cholula-Soße mitbringen?"

„Natürlich", sagte die Kellnerin, bevor sie uns verließ.

„Ich verleihe meinen Austern gerne etwas Schärfe." Ich machte mich daran, ein paar Zitronenscheiben über dem Spinat auszupressen und geschmolzenen Queso Blanco über die frischen Austern zu träufeln. „Das wird Ihnen bestimmt schmecken, Arabella."

Sie beugte sich vor, um das Tablett genau zu betrachten. „Ich muss sagen, dass ich skeptisch war, als Sie das bestellt haben. Aber jetzt, da ich es vor mir habe, kann ich verstehen, warum dieses Gericht so beliebt ist. Die Farben sind spektakulär und es riecht köstlich."

Die Kellnerin brachte unsere Getränke und die scharfe Soße. „Sind Sie bereit, Ihr Hauptgericht zu bestellen?"

Ich schüttelte den Kopf. „Lassen Sie uns zuerst das hier essen. Wir haben es heute Abend nicht eilig."

„Lassen Sie sich Zeit. Ich komme später wieder."

Voller Vorfreude rieb sich Arabella die Hände. „Okay, zeigen Sie mir, wie man diese Dinger isst."

„Zuerst muss ich Sie als Neuankömmling in diesem Bundesstaat fragen, ob Sie scharfe Soße mögen. Echte Texaner essen sie zu so ziemlich allem", neckte ich sie.

„Nun, ich mag sie auf Tacos. Also probiere ich die erste Auster in der Variante, die Ihnen am besten schmeckt."

Ich lächelte. „Ich liebe es, wenn jemand bereit ist, etwas Neues zu versuchen." Es war eine meiner Lieblingseigenschaften, aber sie war schwer zu finden – besonders bei den Frauen, mit denen ich in letzter Zeit ausgegangen war.

Nicht, dass das hier ein Date ist.

„Man kann nicht wissen, ob man etwas mag oder nicht, bis man es probiert hat."

„Das ist wahr." Ich griff nach der scharfen Soße und gab etwas davon auf die Austern. Dann suchte ich mir eine aus. „Nehmen Sie sich auch eine Auster."

„Ich habe noch nie etwas direkt aus der Schale gegessen." Ihr Gesichtsausdruck verriet mir jedoch, dass sie es genoss. „Das ist richtig cool. Was jetzt? Ich meine, wir beißen nicht in die Schale, oder?"

„Nein, das tun wir nicht. Dieses ganze Ding wird direkt aus der Schale in Ihren Mund gleiten. Kauen Sie es nicht!"

„Warum nicht?"

„Die Textur ist nicht so toll. Und manchmal explodiert die Auster und ihr salziger, nach Meer schmeckender Saft schreckt die meisten Menschen ab."

„Okay, nicht kauen. Verstanden." Sie betrachtete die Größe der Auster, die sie sich in den Mund stecken wollte. „Also wollen Sie, dass ich das alles auf einmal schlucke?"

„Das ist die beste Methode." Ich wusste, dass es unmöglich aussah, aber es funktionierte. „Beobachten Sie mich zuerst und probieren Sie es dann selbst aus."

Mit auf mich gerichtetenAugen nickte sie. „Okay, also los."

Ich ließ meine Auster in meinen Mund gleiten, schluckte sie ganz herunter und trank dann von meinem Bier. „Ganz einfach."

„Ich bin dran." Sie leckte über ihre rosa Lippen, öffnete den Mund und ließ ihre Auster mit geschlossen Augen hineingleiten. Nachdem sie schnell geschluckt hatte, öffneten sich ihre Augen weit und sie trank von ihrem Cocktail. „Oh, wow!"

An ihrem Gesichtsausdruck konnte ich erkennen, dass es ihr schmeckte, aber ich wollte es von ihr hören. „Was denken Sie?"

„Es ist verrückt. Ich meine, ich habe nicht gekaut und die Auster war nicht lange auf meiner Zunge, aber der Geschmack war herrlich. Die scharfe Soße hatte einen leichten Butterge-schmack, die Zitrone hat im Spinat und in der salzigen Auster subtile Aromen hervorgebracht und der Queso Blanco hat dem Ganzen eine glatte Textur verliehen."

„Also mögen Sie es?" Ich grinste, als sie nach der scharfen Soße griff und sie auf eine weitere Auster gab.

„Da ich mir schon Nachschub besorge, lautet die Antwort Ja." Sie aß noch eine Auster und trank dann einen Schluck. „Das ist köstlich. Ich kann kaum glauben, dass etwas so Hässliches so gut schmecken kann. Ich bin froh, dass Sie all das zusätzliche Zeug bestellt haben, sodass ich mir die ekelhafte rohe Auster nicht ansehen musste. Ich glaube nicht, dass ich dieses widerliche Ding sonst über die Lippen bekommen hätte."

„Ja, das denke ich auch. Austern sind scheußlich." Ich aß noch eine und freute mich, dass sie eine meiner Lieblingsvorspeisen mochte.

Sie nahm die Speisekarte und begann, sie durchzublättern. „Ich möchte noch mehr neue Dinge ausprobieren. Aber nur, wenn Sie sie schon ausprobiert haben und mögen. Ich vertraue Ihrem Geschmack, Chase."

„Wenn Sie meinem Geschmack vertrauen, vertrauen Sie mir vielleicht auch auf der Tanzfläche." Die Austern schienen bereits ihre Magie zu entfalten, denn plötzlich wollte ich Arabella unbe-dingt in den Armen halten und mich mit ihr im Takt wiegen.

Sie aß noch eine Auster und stand dann auf. „Kommen Sie." Sie streckte ihre Hand aus und ich ergriff sie schnell.

Als wir die Tanzfläche betraten, waren dort schon einige andere Paare. Ein nettes, langsames Lied wurde gespielt, als ich meinen Arm um ihre Taille legte, ihre Hand sanft umfasste und etwas Abstand zwischen unseren Körpern ließ, während ich mich hin und her bewegte. „Ganz einfach, nicht wahr?"

„Ja." Sie seufzte, als sie sich vorbeugte und ihren Kopf an meine Schulter legte, sodass wir uns näherkamen.

Aus dem lockeren Knoten, zu dem ihre Haare hochgesteckt

waren, hatten sich einzelne Strähnen gelöst. Der Kokosduft ihrer Locken begleitete unsere tropische Nacht unter den Sternen. „Ich mag den Duft Ihrer Haare."

„Danke", sagte sie leise. „Ich mag auch, wie Sie riechen."

Es war schön, mit ihr zusammen zu sein. Sie war risikofreudig, lustig und aufgeschlossen.

„Wissen Sie, Sie sollten wirklich darüber nachdenken, andere Leute zu treffen, damit Sie ein paar Freunde haben, Arabella." Ich wollte nicht daran denken, dass sie die meiste Zeit zu Hause saß und niemanden außer den Hunden zum Reden hatte. „Sie sollten einem Verein beitreten oder so. Was sind Ihre Interessen?"

Sie zog ihren Kopf von meiner Schulter, um mich anzusehen. „Ich möchte keinem Verein beitreten."

Es war mir wichtig, dass sie in dieser Stadt Spaß hatte – aus Gründen, die ich mir noch nicht näher ansehen wollte. „Hm, warum nicht? Sie kochen gerne und sind großartig darin. Ich meine, ich habe nur die Lasagne probiert, aber sie hat fünf Sterne verdient. Vielleicht sollten Sie einem Kochclub beitreten. Oder Sie könnten malen lernen. Es gibt eine Gruppe, die sich jeden Sonntag unten am Strand trifft und dort Bilder malt. Die Mitglieder sind sehr gut. Einige von ihnen stellen ihre Werke sogar im Kunstmuseum aus. Ich wette, Sie könnten auch großartig malen."

„Ich weiß nicht. Ich habe es noch nie versucht." Sie legte ihren Kopf wieder an meine Schulter. „Und wenn ich es jemals versuchen sollte, möchte ich es nicht mit Leuten tun, die schon sehr gut darin sind. Das ist viel zu einschüchternd."

„Wenn ich Ihnen alles kaufe, was Sie zum Malen brauchen, könnten Sie zuerst zu Hause üben." Ich wusste, dass ich sie bedrängte, aber ich konnte mich nicht beherrschen.

Ich wollte, dass sie diese Stadt als ihre Heimat betrachtete. Ich wollte, dass sie Gründe hatte zu bleiben, anstatt wieder quer durchs Land zu ziehen.

„Chase, ich mag keine Gruppen." Sie wich von mir zurück, als das Lied endete. „Danke für den Tanz. Das war viel einfacher, als ich jemals gedacht hätte, aber ich schätze, das lag an meinem Tanzpartner." Einen Moment lang standen wir beide einfach nur da und lächelten uns wie zwei Narren an.

Als ich in ihre Augen blickte, wusste ich, dass ich in Schwierigkeiten steckte.

KAPITEL ACHT

ARABELLA

Als ich an meinem ersten freien Tag seit einer Woche aufwachte, starrte ich an die Decke und fragte mich, wie ich ihn verbringen sollte. Es war schön, immer etwas zu tun zu haben. Auch wenn manche Leute denken mochten, dass meine Aufgaben nichts Besonderes waren, hatte ich noch nie so viel Verantwortung übernommen. Und ich liebte es.

Chase brauchte auch einmal Zeit allein mit seinen Hunden. Und ich war mir sicher, dass es Dinge gab, die er für sich tun musste, ohne mich in der Nähe zu haben. Keine Ahnung, was das für Dinge waren. Ohne zu wissen, was ich mit meinem Tag anfangen wollte, stieg ich aus dem Bett, um zu duschen und mich anzuziehen. Shorts und ein Babydoll-Oberteil schienen angemessen für einen freien Tag im Gästehaus zu sein.

Ich machte mir Kaffee, Rührei und Toast und setzte mich dann an die Küchentheke, um beim Frühstück auf meinem Handy herumzuscrollen.

Als ich die kostenlose Testversion eines virtuellen Buchclubs fand, wusste ich, wie ich mein Wochenende verbringen würde. Kostenlose E-Books zu lesen klang ziemlich gut für mich.

Ich blätterte einige Horrorromane durch, aber keiner davon interessierte mich. Dann sah ich mir die humorvollen Liebesromane genauer an. Ich war in der Stimmung für ein bisschen Humor und Romantik. Schnell hatte ich einen vielversprechenden Roman gefunden, also legte ich mich auf die Couch und begann damit, ihn zu lesen.

Nach einer Stunde gelangte ich zu einer ziemlich sinnlichen Liebesszene, bei der mein ganzer Körper pulsierte, während mein Herz schneller schlug. „Ist Sex wirklich so?", murmelte ich vor mich hin.

Ich musste mich fragen, ob es tatsächlich sein könnte, dass sich zwei Menschen zusammen so großartig fühlten. Das Buch beschrieb Sex als Reise ins Paradies, während man sicher in den Armen seines Geliebten lag. Ich hatte so wenig Erfahrung, dass ich unmöglich wissen konnte, ob es wirklich so war.

Es erinnerte mich an die vergangene Nacht. Chase hatte mich in seinen starken Armen gehalten und wir hatten im Takt der langsamen Musik getanzt. Ich hatte meinen Kopf an seine Schulter gelehnt, so wie es die Frauen in Filmen taten. Es hatte sich so richtig und erstaunlich gut angefühlt.

Ich hatte seinen Körper an meinem Körper spüren können, obwohl unsere Kleidung uns voneinander getrennt hatte. Aber ich sehnte mich danach zu wissen, wie es sich anfühlen würde, Haut an Haut zu tanzen und einander zu streicheln.

Meine Güte, hier drin ist es plötzlich verdammt heiß geworden!

Als ich aufstand, um die Klimaanlage einzuschalten, wurde mir klar, dass mit Erregung eine gewisse Hitze einherging. Und wenn mir schon heiß dabei wurde, über die Möglichkeiten nachzudenken, wie heiß würde mir erst werden, wenn Chase und ich uns jemals so berührten?

Werde ich in Flammen aufgehen?

Als die Luft im Haus kühler wurde, ging ich zurück zur

Couch, um mit dem Buch fortzufahren. Die Charaktere begannen das Vorspiel. Als Oralsex beschrieben wurde, dachte ich, ich würde ohnmächtig werden.

So etwas hatte ich noch nie gelesen. Das letzte Mal, dass ich ein Buch gelesen hatte, war in meinem letzten Jahr auf der Highschool gewesen und *Die Früchte des Zorns* war alles andere als romantisch oder sexy. Nichts hatte mich darauf vorbereitet, welche Reaktion mein Körper auf geschriebene Worte haben könnte. Es war verrückt.

Schnell las ich weiter und spürte das gleiche Kribbeln in meinem Körper wie die erfundenen Charaktere, die sich immer echter anfühlten. Dann stellte ich mir vor, an der Stelle der weiblichen Hauptfigur zu sein.

„Seine Fingerspitzen strichen über meine Taille und schickten glühende Funken durch meinen ganzen Körper. Benommen gab ich mich der Ekstase hin, als er meine Schenkel küsste und seine Zunge meine Perle fand."

Ich hörte ein Keuchen und merkte, dass es von mir kam. Mein Höschen war durchnässt und ich hatte keine Ahnung, wie das passiert war. „Was ist los mit mir?"

Obwohl ich wusste, dass ich mein Höschen wechseln und vielleicht sogar duschen musste, las ich weiter. *„Feucht, bereit und willig, wölbte ich ihm meinen Körper entgegen und flehte ihn an, mich mit mehr als seiner talentierten Zunge zu füllen."*

Erst jetzt wurde mir klar, dass meine Empfindungen ganz natürlich waren. Also las ich immer weiter, bis ich spürte, wie mein Inneres so zitterte, wie es die Charaktere beschrieben. Dann erlebten sie zusammen eine Explosion reiner Lust, die sie in die unendlichen Weiten des Universums katapultierte, bevor sie langsam zur Erde zurückkehrten.

Im Gegensatz zu den Charakteren, die sich befriedigt und erfüllt fühlten, fühlte ich mich ganz anderes. *Frustriert.*

Ich hatte niemanden, mit dem ich so etwas ausprobieren konnte. Und ich würde jemanden brauchen, der wusste, was er tat, da ich keine Ahnung hatte, wie ich so etwas für mich oder einen Partner verwirklichen könnte.

Als ich meine Hand zwischen meine Beine schob, fühlte sich alles geschwollen an – und das beunruhigte mich. „Mein Gott! Was habe ich mir angetan?"

Geschwollene Körperteile bedeuteten nie etwas Gutes. Also rannte ich ins Badezimmer und füllte die Wanne mit kaltem Wasser. Ich zog meine Kleider aus, damit ich im Wasser sitzen und hoffentlich die Schwellung lindern konnte.

Als ich nach unten schaute, bemerkte ich, dass sogar meine Brüste und Brustwarzen geschwollen waren. „Mit mir stimmt etwas nicht."

Ich schloss meine Augen, atmete tief durch und beruhigte mich. Bald half das kalte Wasser und mein Körper wurde wieder normal. Ich stieg aus der Wanne, trocknete mich ab und zog frische Kleider an, bevor ich wieder ins Wohnzimmer ging.

Mein Handy lag auf der Couch, genau dort, wo ich es zurückgelassen hatte. Ich hob mahnend den Zeigefinger. „Schamloses Ding."

Aber so schamlos es auch gewesen sein mochte, es hatte sich gut angefühlt. Bis auf den fehlenden Höhepunkt. Das war gar nicht gut gewesen.

Als ich eine Flasche kaltes Wasser aus dem Kühlschrank holte, hörte ich die Hunde lauter denn je bellen und knurren. Ich rannte zur Tür und zog den Vorhang an dem Fenster direkt daneben beiseite. Ich wollte nicht in eine gefährliche Situation geraten. Aber ich musste wissen, warum sie so aggressiv klangen.

Mit offenem Mund starrte ich in den Garten. „Was zur Hölle ist da draußen los?"

Ein Mann rannte in einem dick gepolsterten Schutzanzug, der seinen ganzen Körper bedeckte, herum, während Chase den Hunden den Befehl gab, den Eindringling anzugreifen. Sobald die Hunde den Mann packten, rief Chase sie zurück. Gehorsam stellten sie sich vor ihn, ohne den Mann, der am Boden lag, aus den Augen zu lassen.

Ich konnte die Stärke der Hunde kaum fassen. Chase gab ihnen eine Belohnung, während der Mann ein paar Meter weit wegging. Dann hörte ich, wie er rief: „Ich möchte, dass Sie mich jetzt angreifen, Chase. Ich will sehen, was die Hunde von selbst machen. Geben Sie Ihnen keine Befehle, es sei denn, ich fordere Sie dazu auf."

Nickend rannte Chase auf den Mann zu und stieß ihn zu Boden. Ich sah zu den Hunden, die gehorsam sitzen blieben, aber so aussahen, als würden sie sofort losstürmen, wenn es ihnen befohlen wurde. Ihre Augen verließen Chase nie, während die beiden Männer am Boden kämpften.

Mein Herz klopfte so wild, dass ich dachte, es könnte aus meiner Brust springen, während ich Chase beobachtete. Ich hatte Angst, dass er verletzt werden könnte, aber ich fand, dass er so knallhart aussah, als könnte ihm niemand etwas antun. Er hatte jede Menge Muskeln – die Shorts und das ärmellose T-Shirt ließen daran keinen Zweifel.

„Verdammt, er ist heiß!"

Als der andere Mann rücklings auf dem Boden lag, stand Chase auf und ging weg. Aber dann sprang der Mann plötzlich auf und nahm Chase in den Schwitzkasten.

Ich sah, wie die Hunde anfingen zu bellen. Ich hatte das Gefühl, dass sie Chase fragten, ob er Hilfe brauchte. Es war verrückt.

Die Art, wie der Mann Chase gepackt hatte, machte es ihm unmöglich zu sprechen. Chase schaffte es, eine Hand freizubekommen, und hielt sie hoch. Dann ballte er die Faust. Die Hunde stürmten los. Einer biss in den Arm des Mannes, der andere in sein Bein. Sie zerrten gleichzeitig an ihm und er verlor schließlich das Gleichgewicht und fiel zu Boden.

Chase taumelte zurück und versuchte, auf den Beinen zu bleiben, während die Hunde den Mann festhielten. Er wischte sich den Schweiß von der Stirn und rief die Hunde zurück.

Ich konnte mich nicht länger beherrschen und lief aus der Tür. „Wow!"

Die Hunde rannten zu mir. Aber nicht so, wie sie es normalerweise taten. Sie blieben vor mir stehen, rückten so nah wie möglich an mich heran und starrten den Mann in dem Schutzanzug an.

Chase sah mit großen Augen zu mir. „Wow. Die beiden beschützen Sie, Arabella."

Er sah den Mann an. „Können Sie sie auch einmal angreifen, um zu sehen, wie die beiden reagieren, Max?

„Zuerst müssen Sie ins Haus gehen, damit sie nicht darauf warten, dass Sie ihnen sagen, was sie tun sollen", verlangte Max.

„Ist das sicher?", fragte ich.

„Ihnen wird nichts passieren", sagte Chase, als er sein Haus betrat. Ich sah, wie er sich hinter die Vorhänge stellte, um uns zu beobachten.

Der Mann rannte direkt auf mich zu und die Hunde bellten laut und warnten ihn, wegzubleiben. Aber er kam trotzdem immer näher.

Die Laute, die sie ausstießen, waren erschreckend. Ich war froh, dass sie nicht auf mich wütend waren. Sie klangen, als könnten sie einen Menschen töten, wenn es zu meinem Schutz nötig war.

Max war ungefähr einen Meter von mir entfernt, als Jürgen und Günter sich auf ihn stürzten. Sie befolgten keinen Befehl, sondern griffen instinktiv an. Dieses Mal waren sie nicht so strategisch wie bei dem Angriff zuvor. Sie gingen knurrend auf ihn los und gaben sich nicht damit zufrieden, ihn festzuhalten. Stattdessen zerrten sie ihn von mir weg.

Als ich die Hunde beobachtete, sah Jürgen plötzlich zu mir und unsere Blicke trafen sich. Ich hätte schwören können, dass ich in diesem Moment eine Männerstimme hörte, die sagte: „Lauf."

Also drehte ich mich um, rannte ins Gästehaus und sah aus dem Fenster. Die Hunde hielten Max immer noch fest. Sie zerrten nicht mehr an ihm, aber sie wollten ihn auch nicht loslassen.

Chase kam wieder nach draußen. „Gute Arbeit, Jungs. Ihr könnt ihn jetzt loslassen. Er würde Arabella nicht wirklich etwas antun."

Sie wichen zögernd zurück und wagten es nicht, ihre Augen von Max zu lösen. Der Mann stand auf und stolperte zurück. „Heilige Scheiße!"

„Ich bringe sie in ihren Zwinger", sagte Chase. „Sie haben sich eine Pause verdient."

Als ich wieder hinausging, fragte ich den mutigen Mann: „Sind Sie verletzt?"

„Die Polsterung verhindert das." Er wies mit dem Kopf zu Chases Hintertür. „Würden Sie diese Tür für mich öffnen und mir aus dem Schutzanzug heraushelfen?"

„Sicher." Ich rannte vor ihm her, öffnete die Tür und folgte ihm hinein. „Ich bin Arabella, die persönliche Assistentin von Chase. Ihr Name ist Max, richtig?"

„Ja." Er drehte sich um. „Da hinten ist ein Klettverschluss. Machen Sie ihn bitte auf?"

Chase kam herein, als ich Max dabei half, den Schutzanzug auszuziehen. „Die Hunde lieben Sie, Arabella."

Ich lächelte ihn an, weil ich wusste, dass er recht hatte. Und wenn ein kleiner Teil von mir sich wünschte, ich könnte das Gleiche über den Besitzer der Hunde sagen – nun, diesen Teil verdrängte ich schnell.

KAPITEL NEUN

CHASE

Etwas an Arabella zog mich immer wieder in ihren Bann. Sie hatte etwas an sich, das die anderen Frauen, mit denen ich zusammen gewesen war, einfach nicht hatten. Sie wirkte gleichzeitig furchtlos und zerbrechlich, was seltsam, aber liebenswert war. Um ehrlich zu sein, wollte ich jede freie Minute mit ihr verbringen.

Als der Sonntagmorgen dämmerte, machte ich mich an die Arbeit und bereitete ein Frühstück zu, das sie verzaubern würde. Danach hatte ich vor, den ganzen Tag mit ihr zu verbringen. Es war mir egal, was wir machten, aber ich wollte keine Sekunde davon ohne sie verschwenden.

Ich hatte ihr geschrieben, dass sie kommen und mit mir frühstücken sollte, wenn sie aufstand. Eine halbe Stunde später kam sie durch die Hintertür herein. „Ich bin am Verhungern. Was gibt es?"

„Meine Spezialität." Ich ging zum Ofen, um das warmgehaltene Essen herauszuholen, damit wir es gemeinsam genießen konnten. „Quiche Lorraine."

Ihre Augen leuchteten auf, als sie das Essen sah, das ich auf den Tisch stellte. „Das sieht so lecker aus, Chase." Sie ging zum Kühlschrank und holte Orangensaft. „Möchten Sie ein Glas?"

„Gern." Ich zögerte. „Arabella, können wir uns duzen?" Sie starrte mich überrascht an. Dann nickte sie lächelnd und nahm zwei Gläser aus dem Schrank. Mir gefiel, dass sie sich in meiner Küche auskannte. Bei uns gab es nie einen unangenehmen Moment. „Ich habe auch Kaffee gemacht, wenn du willst. Ich habe schon eine Tasse."

„Großartig." Sie stellte die Gläser mit dem Orangensaft auf den Tisch, bevor sie sich eine Tasse Kaffee einschenkte. „Also, was ist überhaupt in Quiche Lorraine?"

„Speck", sagte ich, als ich mich hinsetzte und die Quiche in Stücke schnitt. „Viel Speck, Eier, Milch und Käse. Und als Farbtupfer habe ich Schnittlauch hinzugefügt." Ich legte jeweils ein Stück auf unsere Teller.

Sie setzte sich mit ihrer dampfenden Kaffeetasse in der Hand und sah sich alles an. „Es gibt auch Hash Browns und Obst. Du hast wirklich ein fantastisches Frühstück zubereitet, Chase."

„Hoffentlich." Für sie hatte ich mich selbst übertroffen. „Sei ruhig ehrlich zu mir, wenn es dir nicht schmeckt."

Nickend probierte sie den ersten Bissen Quiche und als sich ihre Augen schlossen, wusste ich, dass sie begeistert war. „Mmmmh."

„Gut." Ich aß ebenfalls meine Quiche. „Das hier ist mein liebstes Sonntagsfrühstück."

„Ich liebe es auch", sagte sie und sah sich dann um. „Jetzt fehlen nur noch frische Brötchen."

„Verdammt!" Ich sprang auf, ging zu dem zweiten Ofen und seufzte erleichtert, als ich sah, dass die Brötchen braun, aber nicht schwarz waren. „Danke, dass du das erwähnt hast."

Sie stand auf und ging zum Kühlschrank. „Ich hole Butter. Möchtest du auch Marmelade?"

„Verdammt ja, das möchte ich." Ich legte die Brötchen in einen Korb und brachte sie zum Tisch. „Erdbeere, bitte."

„Gibt es etwas Besseres?" Sie stellte die Marmelade und die Butter auf den Tisch und setzte sich dann wieder. „Lass uns weiteressen."

Eine Stunde später lagen wir satt und zufrieden auf der Couch und sahen fern. „Wir sollten aufstehen und nach draußen gehen, Arabella. Ich muss all die Kalorien verbrennen."

„Ich auch. Wie wäre ein Ausflug zum Strand?" Sie stand auf und streckte sich, sodass ihre Brüste hervortraten.

Ich wandte schnell meine Augen ab, bevor sich in meiner Jogginghose eine Wölbung abzeichnete, und antwortete: „Gute Idee. Wir nehmen die Hunde mit. Ich treffe dich am Range Rover." Ich dachte, wir könnten genauso gut ins Wasser gehen, da wir ohnehin am Strand wären. „Ziehe dir einen sexy Bikini an. Ich will, dass alle anderen Männer neidisch werden."

Ihre Wangen röteten sich, als sie mich anlächelte. „Ach ja?"

Ich wertete es als großen Erfolg, dass sie so bezaubernd auf meine gewagte Bemerkung reagierte. Das Letzte, was ich wollte, war, dass sie mich als ihren deutlich älteren, perversen Boss betrachtete.

„Ja."

Später, nachdem ich die Hunde hinten in den Range Rover gesetzt hatte, stockte mir der Atem, als Arabella in die Garage kam. Sie trug einen schwarzen Bikini, der nur von einem dünnen, durchsichtigen weißen Spitzenkleid bedeckt wurde. Ihre dunklen Haare hatte sie zu einem lockeren Knoten hochgesteckt und einzelne Locken fielen über ihren Rücken und ihre Schultern. Sie setzte sich auf den Beifahrersitz und schien gar nicht zu bemerken, wie unglaublich heiß sie war.

Ich nahm Platz, sah sie über meine Sonnenbrille hinweg an und pfiff anerkennend. „Hey, schöne Frau."

Sie schlug mir auf den Arm. „Hör auf." Aber sie lächelte. „Lass uns losfahren. Ich sehne mich danach, durch die Brandung zu laufen."

Ich sehnte mich nach viel mehr. „Dein Wunsch ist mir Befehl."

Ich parkte am Strand, wir stiegen aus und sie half mir mit den Hunden. Dann zog ich mein Hemd und meine Flip-Flops aus, sodass ich nur noch meine Badeshorts anhatte.

Sie nahm ihre Sonnenbrille ab und musterte mich. „Ich glaube, ich werde alle Mädchen neidisch machen. Könntest du noch mehr Muskeln haben, Chase Duran?"

Ich wollte mit stolz geschwellter Brust vor ihr posieren, entschied mich aber stattdessen dafür, sie zu necken. „Wahrscheinlich nicht." Dann spannte ich so viele Muskeln gleichzeitig an, wie ich konnte, und brachte sie zum Lachen.

Ich musste zugeben, dass wir Aufmerksamkeit erregten, als wir mit den Hunden am Strand herumrannten. Nach fünfzehn Minuten fragte sie: „Ist dir heiß?"

In mehr als einer Hinsicht.

„Warum? Ist dir heiß?"

Ein Schweißtropfen rollte über ihre Wange. „Ja. Heute Nachmittag ist es hier draußen glühend heiß."

„Möchtest du ins Wasser?"

Sie zuckte mit den Schultern. „Möchtest *du* ins Wasser?"

Als ich mich umschaute, stellte ich fest, dass wir den Strand so weit entlang gegangen waren, dass kaum jemand in der Nähe war. „Sicher. Die Hunde kommen allein zurecht. Wir können sie von der Leine lassen, damit sie auch herumplanschen können."

Sie zog ihr Kleid aus und ich bekam ihren Körper in all seiner Pracht zu sehen, als sie in ihrem Bikini ins Wasser ging. Ich folgte ihr und sie drehte sich um und besprizte mich mit Wasser. „Ich habe dich nass gemacht", neckte sie mich.

Ich hob sie hoch und lachte. „Oh, das wirst du mir büßen. Ich bringe dich an die tiefste Stelle."

Sie hing kreischend an meinem Hals und trat um sich, als wollte sie, dass ich sie herunterließ. Aber das vergnügte Lächeln auf ihrem Gesicht verriet mir, dass sie glücklich war. „Ich kann selbst laufen, weißt du."

„Wo ist der Spaß daran?" Ich ging immer weiter, bis ich bis zur Brust im Wasser stand. Dann ließ ich sie los und sie ging unter.

Sie kam schnell wieder nach oben und bespritzte mich mit noch mehr Wasser. „Willst du spielen?"

Auf eine Weise, die du dir nicht vorstellen kannst, Baby.

Da ich größer war als sie, konnte ich stehen, während sie schwimmen musste. Also streckte ich die Hand aus und drückte sie unter Wasser. Sie tauchte jedoch nicht gleich wieder auf und als ihre Hände meine Badeshorts packten und daran zerrten, verlor ich das Gleichgewicht, während eine Welle uns überrollte.

Wir kamen beide lachend an die Oberfläche und kehrten zurück in das seichte Wasser, wo die Hunde spielten. Eine weitere Welle kam auf uns zu und ich nahm ihre Hand, als wir hochsprangen, damit sie uns nicht mitriss. „Ich habe dich."

„Danke. Ich wette, diese Welle hätte mich auf den Ozean hinausgetragen." Sie ließ meine Hand nicht los, als wir uns dem Ufer näherten.

Mir gefiel, wie perfekt ihre Hand in meine passte. Mir gefiel alles an ihr. Als die nächste Welle kam, zog ich sie näher an mich heran. „Ich will dich nicht verlieren, weißt du?"

Bei dem Funkeln in ihren blauen Augen bekam ich weiche Knie. „Das will ich hoffen."

Eine weitere Welle prallte unerwartet gegen uns und sie legte ihre Hand auf meine Brust, um sich abzustützen. Mein Herz beschleunigte sich bei ihrer Berührung und sie kicherte und tippte auf meine Brust, als hätte sie es bemerkt. „Hat dir das Angst gemacht, Chase? Dein Herz schlägt wie verrückt."

Das hat nichts mit Angst zu tun.

Ich spürte, wie ich eine Erektion bekam. Da ich sie nicht erschrecken wollte, blieb ich dort stehen, wo das Wasser bis zu meinen Hüften reichte, sodass sie nicht sehen konnte, welche Wirkung sie auf mich hatte. „Ich schätze, hier ist es sicher."

Günter paddelte auf uns zu und Jürgen war nicht weit hinter ihm. Sie schwammen im Kreis um uns herum und brachten Arabella zum Lachen. „Hey, ihr beiden. Was macht ihr hier?"

Die meisten Frauen hätten Angst vor meinen Hunden gehabt. Sie waren alles andere als süße, kleine Welpen. Sie waren ausgewachsene Schäferhunde, die für den Kampf trainiert waren – das hatte sie am Vortag während ihrer Ausbildung selbst gesehen. Trotzdem betrachtete Arabella sie, als wären sie harmlose Teddybären, die nicht einmal einer Fliege etwas zuleide tun könnten.

„Du scheinst die beiden verzaubert zu haben."

Sie ging etwas weiter ans Ufer und die Hunde kamen mit ihr. Lachend bespritzte sie sie mit Wasser und sie begannen, auf und ab zu springen, um Arabella ebenfalls zu bespritzen. Ich ließ mich nicht lange bitten und machte mit.

Wir lachten, bis wir außer Atem waren, und legten uns dann an den Sandstrand, während die Hunde am Ufer entlang rannten und Fangen spielten.

„Sie sind so ein süßes Paar", sagte eine Frau hinter uns.

Auf unsere Ellbogen gestützt, drehten Arabella und ich uns um. Ein älteres Paar war Händchen haltend den Strand hinauf zu uns gekommen. „So waren wir auch einmal", sagte der Mann. „Bevor das Alter uns ausgebremst hat."

Arabellas Augen trafen meine. „Ist das so?"

„Früher haben wir im Wasser getobt, genau wie Sie es getan haben", sagte die Frau. „Viel Spaß. Genießen Sie es, solange Sie können. Bye." Sie gingen an uns vorbei.

Ich stieß Arabellas Schulter an und fragte: „Glaubst du auch, dass wir ein süßes Paar sind, Arabella?"

Lachend legte sie sich zurück und schloss die Augen. „Was glaubst du?"

Ich beugte mich über sie und strich mit einem Finger über ihre Schulter. „Ich glaube, sie haben recht."

„Hmm", sagte sie und hielt die Augen geschlossen. „Ich weiß nicht viel über Paare, weil ich noch nie Teil eines Paares war, aber normalerweise kommen sie nicht innerhalb einer Woche zusammen. Und wir haben von diesen sieben Tagen nur ein paar zusammen verbracht."

Aber manchmal weiß man einfach, dass man den richtigen Menschen gefunden hat.

„Warte." Ich hatte kaum verstanden, was sie gesagt hatte. „Du hattest also noch nie eine Beziehung?"

Sie schüttelte einmal den Kopf.

Das faszinierte mich. „Wurdest du schon einmal geküsst?"

Sie nickte.

„Hast du schon …" Ich versuchte, die richtigen Worte zu finden, um eine so persönliche Frage zu stellen. Aber bevor ich etwas sagen konnte, waren die Hunde wieder da, leckten unsere Gesichter ab und unterbrachen mich.

Wir wurden beide von ihnen abgelenkt. „Wir sollten die Hunde nach Hause bringen, damit ich sie baden kann. Danach können wir beide uns frischmachen und essen gehen", sagte ich, anstatt die Frage zu beenden, die mir nicht aus dem Kopf ging.

Sie setzte sich auf und streichelte Jürgen. „Hast du noch nicht genug von mir? Ich meine, heute ist dein freier Tag. Du musst ihn nicht ganz mit mir verbringen."

Angst machte sich in mir breit. „Hast du denn genug von mir?"

„Nein!" Sie stand auf und wischte den Sand von ihrem perfekt gerundeten Hintern. „Ich möchte nur nicht deinen Plänen im Weg stehen, Chase."

„Du stehst überhaupt nichts im Weg." Ich stand auch auf, griff nach unseren Sonnenbrillen und setzte meine auf. Dann hob ich ihr Kleid vom Boden auf, schüttelte den Sand ab und reichte ihr ihre Sachen, bevor wir mit den Hunden zurück zum Auto gingen.

„Ich bin überzeugt, dass du Zeit mit anderen Menschen

verbracht hast, bevor ich für dich gearbeitet habe." Sie zog das Kleid wieder an und setzte ihre Sonnenbrille auf.

„Ja." Ich war mir nicht sicher, wie ich sagen sollte, was ich dachte. Wir kannten uns tatsächlich erst eine Woche und ich war ihr Boss. Ich war nicht blind für die Situation – ich hatte ihr geholfen, als sie dringend Hilfe gebraucht hatte, aber sie sollte nichts tun, was sie nicht tun wollte, nur weil sie mir dankbar war.

Ich versuchte nicht, etwas zu überstürzen. Aber ein Teil von mir wollte sie sofort zu meiner Frau machen. Ich war begierig auf all die guten Dinge, die vor uns lagen. Also nahm ich ihre Hand, als ich ihr Jürgens Leine reichte. „Ich möchte den Rest des Tages und den größten Teil der Nacht mit dir verbringen. Aber nur, wenn du das auch willst. Und sage nicht Ja, nur weil du für mich arbeitest. Wenn du das nicht willst, können wir so tun, als hätte ich nie gefragt."

„Dann lautet meine Antwort Ja. Ich will auch mehr Zeit mit dir verbringen. Du bist ziemlich großartig."

Genau wie du, meine süße Arabella.

KAPITEL ZEHN

ARABELLA

„Nimm meine Hand, Arabella." Chase reichte mir die Hand, nachdem er das Deck seines Bootes betreten hatte.

In den Wellen schaukelte es auf und ab und ich hatte Angst, ins Wasser zu fallen, wenn ich nicht im richtigen Moment den Schritt an Deck wagte. „Ich war noch nie auf einem Boot, Chase. Das macht mich irgendwie nervös."

„Ich lasse dich nicht fallen", sagte er und senkte den Kopf, um meinen Blick zu treffen. „Das verspreche ich dir. Komm schon, nimm meine Hand. Du kannst mir vertrauen."

Ich schloss die Augen, streckte meine Hand aus und spürte, wie er sie nahm und mich zu sich zog. Einer meiner Füße berührte das Deck, dann auch der andere, und schließlich öffnete ich meine Augen. „Ich habe es geschafft!"

„Ja, das hast du." Er führte mich zu einem Sitzplatz und ließ meine Hand nicht los. „Du sitzt hier, mir gegenüber. Sobald wir ruhigere Gewässer erreichen, lasse ich dich das Boot fahren."

„Ich weiß nicht, Chase." Ich sah mich auf dem Sitz um und

konnte keinen Sicherheitsgurt finden. „Ich sehe nichts, womit ich mich anschnallen kann."

Lachend setzte er sich hinter das Steuerrad. „Das musst du auch nicht." Doch noch während er das sagte, zog er etwas aus einem Fach neben sich und reichte es mir. „Das ist eine aufblasbare Schwimmweste. Wenn du aus irgendeinem Grund über Bord gehst, musst du hier ziehen. Dann füllt sie sich mit Luft und hält dich über Wasser, bis ich zurückkomme, um dich zu retten."

„Was?" Das klang viel gefährlicher, als mir lieb war. „Chase, besteht wirklich die Möglichkeit, dass ich von diesem Boot falle?"

„Nun, es ist unwahrscheinlich, aber solche Dinge passieren." Er zog auch eine Schwimmweste an. „Befestige sie an deiner Taille."

Schnell tat ich, was er sagte, aber ich fühlte mich überhaupt nicht sicher. „Versprich mir, nicht wie ein Verrückter zu fahren."

„Das werde ich nicht. Ich bin niemand, der anderen Menschen gern Angst macht. Wir machen eine gemütliche Bootsfahrt. Du sollst den Abend mit mir genießen, nicht hassen. Ich liebe Bootsfahrten." Er startete den Motor und betätigte den Schalthebel neben sich. Langsam glitten wir rückwärts aus dem Anlegeplatz. „Das ist der Gashebel. Man verwendet ihn, um sich vorwärts und rückwärts zu bewegen. Der Trick besteht darin, dass man ihn nach vorn schieben muss, um rückwärts zu fahren." Er zog den Gashebel nach hinten, und wir bewegten uns vorwärts. „Und zurück, um vorwärts zu kommen. Verstanden?"

„Ja. Genau andersherum wie in einem Auto. Beim Autofahren bin ich mir allerdings auch noch nicht ganz sicher." Der Wind peitschte durch meine Haare, die ich offengelassen hatte. Dankbar dafür, dass ich ein Gummiband um mein Handgelenk trug, falls ich es brauchte, machte ich mir einen Pferdeschwanz, damit sie mir nicht in die Augen wehten.

Ich wollte alles sehen. Die Landschaft war wunderschön, als wir uns von dem Yachthafen entfernten und zu der Bucht fuhren. Das Sonnenlicht glitzerte auf dem blauen Wasser, fing jede noch so kleine Wellenbewegung ein und verzauberte mich, wie nur die Natur es konnte.

Chases dunkelblonde Locken wehten perfekt im Wind. Er sah aus, als wäre er dafür geschaffen worden, auf dem Wasser zu sein. Mit seiner dunklen Pilotenbrille und seinem enganliegenden Langarm-Shirt sah er aus wie ein Model aus einem Sportmagazin.

„Siehst du den Leuchtturm?", fragte er und zeigte nach vorn.

Ich wandte meine Augen von ihm ab und sah in die Richtung seiner Hand. „Wow, das ist so schön."

„Ja, es ist einer meiner Lieblingsorte." Er fuhr darauf zu und wurde langsamer, als er sich dem Ufer näherte. „Wenn man nachts die Unterwasserbeleuchtung einschaltet, kann man alle möglichen Meerestiere sehen. Das zeige ich dir später, wenn es dunkel wird."

„Bleiben wir so lange hier draußen?" Ich wusste, dass er am nächsten Tag früh aufstehen musste, um zur Arbeit zu gehen.

„Wenn ich spätestens um Mitternacht ins Bett komme, ist das okay." Er fuhr vom Leuchtturm weg und beschleunigte.

Wasser spritzte neben mir hoch und ich streckte meine Hand aus, um es zu spüren. Der Wind, der an uns vorbeirauschte, war zu laut, um zu reden, aber schon allein mit Chase zusammen zu sein machte mich glücklich.

Er drehte sich zur Seite und zeigte auf etwas in der Ferne. Je näher wir der Stelle kamen, desto leichter war zu erkennen, dass dort eine Gruppe von Delfinen herumtollte.

Ich hatte sie noch nie in freier Wildbahn gesehen. Ihre Größe überraschte mich, als sie sich uns anschlossen und neben uns her schwammen. „Das ist so cool!"

Sein Lächeln ließ mein Herz höherschlagen. „Freut mich, dass es dir gefällt", rief er über den Wind hinweg.

Ich liebe es.

Während ich die Delfine beobachtete, dachte ich über das Leben nach und darüber, wie angenehm es sein konnte. Ich hatte mein Leben bis zu der letzten Woche mit Chase nicht wirklich genossen. Ich hatte es gelebt, aber eher schlecht als recht. Es gab so viele Dinge, die ich noch nie gemacht hatte.

Es war nicht so, dass ich Angst vor neuen Erfahrungen hatte, aber ich hatte immer Angst davor gehabt, wie mein Vater darauf reagieren würde. Also hatte ich neue Erfahrungen einfach vermieden.

Die Delfine verließen uns für ein größeres Boot und Chase wurde langsamer. „Jetzt bist du dran."

Als ich mich umschaute, sah ich nur Wasser. „Ich habe keine Ahnung, wohin ich fahren soll."

„Fahre einfach herum. Lerne das Boot kennen. Es heißt Espiritu Marino. Das ist Spanisch für *Geist des Meeres*."

„So spricht man also das aus, was auf der Rückseite des Bootes steht."

Er stand auf und stellte sich hinter den Sitz, den er freigemacht hatte. „Komm schon. Ich werde direkt hinter dir sein, bis du den Dreh raushast."

Obwohl ich mir nicht sicher war, wie ich das Boot fahren sollte, freute ich mich darauf, es zu lernen. „Okay, also los." Ich setzte mich, sah mir alles an und fragte dann: „Also ziehe ich dieses Ding zurück, um vorwärts zu fahren?"

„Den Gashebel. Ja."

Ich legte meine Hand auf den Hebel. Chase bedeckte meine Hand mit seiner und beugte sich vor. „Ich helfe dir, damit du dich daran gewöhnst. Am Anfang ist es vielleicht ein bisschen schwierig, aber es macht viel Spaß."

Der Drang, meinen Kopf zu drehen und ihn zu küssen, überwältigte mich fast. Er roch nach Seeluft und Seife von *Irish Spring* – es war berauschend. „Zeig mir, wie es geht, Chase."

Mit seiner Hilfe legte ich den Hebel zurück und es ging los – natürlich langsam. „Drehe das Steuerrad, damit du ein Gefühl dafür bekommst, wie sich das Boot bewegt. Es hat keine Reifen wie ein Auto, also bewegt es sich anders."

„Es fühlt sich irgendwie geschmeidig an."

Er zog meine Hand weiter zurück und das Boot fuhr schneller, aber nicht zu schnell. „Du machst das großartig."

„Wirklich?" Ich war mir nicht so sicher.

„Ja, wirklich." Er trat hinter mir hervor, um sich dorthin zu setzen, wo ich vorhin gesessen hatte. „Gut, Mädchen. Fahre einfach herum und achte auf andere Boote."

„Ich werde mich von anderen Booten fernhalten." Ich bewegte das Steuerrad, sodass sich das Boot im Kreis drehte, und liebte, wie es sich anfühlte – fast so, als würden wir über das Wasser schweben. „Früher bin ich jedes Jahr in der Weihnachtszeit im Central Park Eislaufen gegangen. Das hier fühlt sich fast genauso an."

„Du hast also so nahe an New York gewohnt, dass du oft dorthin fahren konntest?"

Ich biss die Zähne zusammen und wusste, dass ich zu viel gesagt hatte. Als ich sah, dass sich vor mir etwas durch das Wasser bewegte, wechselte ich das Thema. „Ist das eine Flosse, Chase?"

„Wo?" Er stand auf und sah in die Richtung, in die ich zeigte. „Ja. Fahre ganz langsam."

Mein Herz raste, als ich der Flosse näherkam. „Chase, ist das ein Hai?"

„Ja."

„Oh Gott. Wie groß ist er?" Meine Hände zitterten immer mehr. Und als neben mir eine weitere Flosse aus dem Wasser ragte, rief ich panisch: „Da ist noch einer!"

„Sie können dich nicht erreichen, Arabella", sagte er grinsend.

„Bist du dir sicher?" Ich hatte genug Horrorfilme gesehen, um Angst zu haben. „Was ist mit dem, der in *Der weiße Hai* all die Leute gefressen hat?"

„Der war viel größer. Das hier sind Scharfspitzenhaie. Sie werden nur etwa ein Meter fünfzig lang. Natürlich würde ich nicht empfehlen, mit ihnen zu schwimmen, aber hier oben im Boot passiert uns nichts."

Da war ich mir nicht so sicher. „Wir sind ungefähr einen Meter über ihnen. Sie könnten bestimmt so hoch springen, wenn sie wollen." Drei weitere Flossen tauchten auf und ich war fertig mit den Nerven. „Können wir nicht einfach aus diesem Schwarm herausfahren?"

„Das Boot hat einen Innenbordmotor", sagte er, als ob ich wissen sollte, was das bedeutete. „Du kannst durch sie hindurchfahren, ohne sie zu verletzen."

Vorsichtig tat ich es und war froh, als ich keine Flossen mehr um uns herum sah. „Okay, ich liebe Delfine, aber ich bin nicht verrückt nach Haien."

„So geht es den meisten Menschen."

Die Sonne sank langsam und er ging wieder ans Steuerrad. „Lass uns zum Leuchtturm fahren, bevor die Sonne untergeht. Die Aussicht von dort ist viel besser." Er beschleunigte und wir rasten zurück. Schließlich hielt er an und warf den Anker aus. Während das Boot auf den sanften Wellen schaukelte, sahen wir zu, wie die Sonne mit der Bucht verschmolz.

„Jeder Sonnenuntergang, den ich hier sehe, ist noch schöner als der davor", flüsterte ich, als die letzten Lichtstrahlen den Himmel verließen.

Als ich meinen Kopf drehte, bemerkte ich, dass er mich ansah. „Kann ich ehrlich zu dir sein, Arabella?"

„Natürlich."

Er streckte die Hand aus und strich mit seinen Knöcheln über meine Wange. „Ich mag dich sehr."

Hitze breitete sich in mir aus. „Ich mag dich auch sehr."

„Und ich möchte dich küssen."

Meine Lippen kribbelten bei dem Gedanken daran. „Dann solltest du darüber nachdenken, es zu tun."

Er nahm mein Gesicht in seine großen Hände und kam näher. Ich schloss meine Augen und wartete. Nichts hätte mich auf das vorbereiten können, was passierte, als unsere Lippen sich berührten. Es war, als würde in meinem Kopf und meinem Körper ein Feuerwerk explodieren.

Meine Arme bewegten sich wie von selbst und legten sich um seinen Hals, als seine Zunge zwischen meine Lippen wanderte. Seine Hände lösten sich von meinem Gesicht, glitten auf meinen Rücken und zogen meinen Körper an seinen.

Mir wurde heiß, als unser Kuss immer weiterging. Das war überhaupt nicht das, was ich erwartet hatte. Es war ganz anders als die Küsse, die ich zuvor erlebt hatte. Es war nicht übereilt. Es war nicht gierig. Stattdessen war es liebevoll und zärtlich.

Aber wir kannten uns erst eine Woche. Es konnte nicht Liebe sein – nicht so schnell. Das bildete ich mir bestimmt nur ein. Dann löste er seine Lippen von meinem Mund und lehnte seine Stirn an meine. „Das war noch besser, als ich gedacht hatte, Arabella."

„Ja", stimmte ich ihm zu. Es war an der Zeit, ihn über einige Dinge zu informieren. „Chase, du solltest wissen, dass ich ein ziemlich behütetes Leben geführt habe."

Er umfasste sanft mein Gesicht mit seinen Händen. „Bei mir bist du in Sicherheit. Ich werde dir nicht wehtun." Er küsste meine Stirn und dann meine Nasenspitze. „Du kannst mir vertrauen. Wir werden nichts tun, wofür du nicht bereit bist." Er zog eine Spur von Küssen über meinen Hals und ich schmolz in seinen Armen dahin.

Ich stöhnte, aber ich musste ihm noch etwas sagen, bevor wir uns von der Leidenschaft mitreißen ließen. „Du solltest wissen, dass ich noch Jungfrau bin und noch nie einen Orgasmus hatte", platzte ich heraus.

Da, ich habe es gesagt.

KAPITEL ELF

CHASE

Sie ist Jungfrau? Und sie hatte noch nie einen Orgasmus? Heilige Scheiße!

Das änderte alles. Ich musste es mit ihr viel langsamer angehen, jetzt, da ich wusste, dass sie völlig unschuldig war. „Wow."

Sie sah mich niedergeschlagen an, als ich sie losließ und an meinen Platz zurückkehrte. „Stört dich das, Chase?" Sie blickte zum Himmel auf, an dem die ersten Sterne funkelten, und wirkte plötzlich schüchtern.

„Es stört mich nicht." Ich war mir nicht sicher, was ich fühlte, aber ich fühlte mich nicht gestört. „Arabella, ich will nur nichts überstürzen. Wenn ich der erste Mann bin, dem du so viel von dir gibst, dann will ich deiner würdig sein. Wir kennen uns erst seit einer Woche. Du verdienst etwas Besseres, nachdem du so lange gewartet hast. Wir müssen uns erst kennenlernen, bevor wir mehr tun."

Ihre Augen wanderten zu meinen. „Es tut mir leid, dass ich etwas gesagt habe."

Ich nahm ihre Hand in meine. „Ich bin froh darüber. Das ist

überhaupt nicht schlimm. Ich möchte nur, dass alles für dich richtig ist. Du sollst nichts tun, das du später bereust." Ich küsste ihre Handfläche. „Also, lass uns damit anfangen, einander besser kennenzulernen. Ich weiß, dass du ein Einzelkind bist. Was ist mit deinem Vater? Hast du in letzter Zeit mit ihm gesprochen?"

Sie sah weg, fast so, als würde sie mir ausweichen. „Chase, stört es dich, wenn wir nach Hause zurückkehren?", fragte sie. „Ich fühle mich nicht wohl. Ich glaube, ich habe zu viel Sonne abbekommen."

Ich hatte keine Ahnung, wie ich sie kennenlernen sollte, wenn sie meinen Fragen immer wieder auswich. „Sicher." Aber ich würde sie nicht auf dem Wasser lassen, wenn sie sich nicht wohlfühlte.

Zwanzig Minuten später saßen wir in meinem Truck und waren auf dem Heimweg. Sie war die ganze Fahrt über völlig still. Als wir aus dem Truck stiegen und zum Haus gingen, fragte sie: „Würdest du mir verraten, ob dich das, was ich gesagt habe, abgeschreckt hat?"

„Es hat mich nicht abgeschreckt." Ganz im Gegenteil.

„Bist du dir sicher?", fragte sie, während sie ihr Gewicht von einem Fuß auf den anderen verlagerte. „Weil ich das Gefühl hatte, dass wir uns nähergekommen waren, aber dann musste ich den Mund aufmachen und alles ruinieren, und plötzlich bist du auf Distanz gegangen." Die Worte kamen erstickt aus ihrem Mund.

Ich nahm ihre Hand und führte sie ins Haus. „Arabella, ich will nur, dass alles schön für dich ist, das ist alles. Ich will es nicht auf die leichte Schulter nehmen. Und ich will auch nicht, dass du es auf die leichte Schulter nimmst." Ich wusste, dass ich nicht gut darin war, zu erklären, wie ich mich fühlte. „Ich war schon einmal mit einer Jungfrau zusammen. Meine erste Freundin und ich waren beide unerfahren, als wir beschlossen, Sex zu haben. Ich war achtzehn und sie war sechzehn. Ich hatte schon Orgasmen gehabt, sie aber nicht. Wenn ich jetzt darüber nachdenke, wie ich mich damals verhalten habe, schäme ich mich. Ich will nichts von dem, was du und ich zusammen tun, später bereuen."

„Aber ich bin nicht sechzehn. Ich bin eine erwachsene Frau. Ich bin dreiundzwanzig und schon lange kein Kind mehr. Ich mag unschuldig sein, aber ich weiß, was passiert, wenn Menschen Sex haben." Sie nahm auf dem Sofa Platz und ich setzte mich neben sie. „Ich bin sehr neugierig, Chase. Und ich mag dich wirklich sehr."

„Ich mag dich auch sehr. Wenn das nicht so wäre, würde ich dir einfach die Kleider vom Leib reißen, ohne darüber nachzudenken, wie du dich dabei fühlst. Du hast länger auf diese Erfahrung gewartet als viele andere. Es sollte etwas Besonderes sein, nicht etwas Spontanes. Und wir sollten beide zuerst mehr voneinander erfahren."

Ihre Schultern sanken und sie seufzte. „Ich verstehe nicht, warum das wichtig sein soll. Du machst daraus eine Riesensache, aber das ist gar nicht nötig. Am wichtigsten ist, dass wir uns zueinander hingezogen fühlen. Ich habe das Gefühl, dass ich dir vertrauen kann."

„Das kannst du auch." Es war mir sehr wichtig, dass sie das wusste. „Wenn du mir vertraust, warum willst du mir dann nicht mehr über deine Familie erzählen und darüber, woher du kommst?"

„Weil nichts davon eine Rolle spielt." Sie löste ihren Pferdeschwanz und ließ ihre Haare über ihren Rücken und um ihre Schultern fallen.

Der saubere Duft ihres Shampoos stieg mir in die Nase und ich musste mich beherrschen, um sie nicht zu packen, aufs Sofa zu werfen und zu küssen. Aber ich wusste, wohin das führen würde. „Gibt es einen Grund, warum du nicht darüber sprechen willst?"

„Ich will es einfach nicht." Sie zog ihre Sandalen aus, legte ihre Füße hoch und drehte sich zu mir um. „Was ich wirklich will, ist mehr von dem, was wir vorhin gemacht haben. Ich verstehe, dass du nicht weiter gehen möchtest. Ich wurde schon geküsst, aber es hat sich nie so angefühlt."

„Wie oft wurdest du schon geküsst?", fragte ich und strich mit meiner Hand durch ihre seidigen Haare.

„Ein paarmal." Sie nahm meine Hand und legte sie auf ihre Wange. „Aber keiner dieser Küsse kam an den heran, den du mir gegeben hast."

Basierend auf dem, was sie mir erzählt hatte, ging ich davon aus, dass sie noch nie wirklich mit jemandem experimentiert hatte – nicht richtig. „Du sagst also, dass du noch nie jemanden so geküsst hast, wie wir es getan haben?"

„Die Küsse, die ich hatte, waren heimlich und schnell." Sie küsste meine Fingerspitzen. „Du bist der Erste, mit dem ich mehr erlebt habe. Warum willst du nicht auch mein Erster für alles andere sein?"

„Ich sage nicht, dass ich das nicht will. Ich will es. Wirklich. Aber es soll etwas Besonderes für dich sein." Sie hatte mich in Flammen gesetzt und ich hatte das Gefühl, dass sie sich dessen bewusst war.

Sie legte meine Hand zwischen ihre Brüste und fragte: „Kannst du das fühlen?"

Ihr Herz pochte wild. „Das ist ganz normal. Du bist erregt. Das bin ich auch."

„Dann küsse mich und lass uns so weit gehen, wie du willst."

„Baby, ich bin kein Engel. Wenn ich einmal anfange, höre ich nicht mehr auf. Enthaltsamkeit ist nicht das, was ich mir unter einer guten Zeit vorstelle. Du musst also verstehen, dass es für mich unmöglich ist, mehr mit dir zu wagen, ohne bis zur Ziellinie zu gehen."

Ein Lächeln umspielte ihre Lippen. „Ich weiß, wie wir damit umgehen können."

„Ach ja? Und wie?" Ich musste hören, wie diese unschuldige, jungfräuliche Frau mit meinem Verlangen nach einem Orgasmus umgehen wollte, wenn wir noch erregter wurden – ohne es zu weit zu treiben.

Ihre Augen wanderten zu meiner Leistengegend. „Du könntest mir beibringen, wie Oralsex funktioniert, und ich könnte dir den Höhepunkt verschaffen, den du brauchst."

Bei ihren Worten bekam ich eine Erektion. „Das ist …", ich versuchte, an sie zu denken und nicht nur an mich selbst, „… sehr nett von dir." Mir wurde heiß, als ich mir vorstellte, was passieren könnte. Ihr Kopf, wie er sich auf und ab bewegte, während sie meinen harten Schwanz leckte, bis er in ihrem Mund explodierte … „Und um ehrlich zu sein, ist es faszinierend. Aber es wäre nicht richtig, wenn ich dich darum bitten würde."

„Aber du hast mich nicht darum gebeten. Ich habe es dir angeboten." Ihre Wangen wurden rot. „Ich habe ein Buch gelesen, in dem das Paar Oralsex hatte. Also kenne ich die technischen Details. Alles, was ich tun muss, ist, die Unterseite zu lecken." Sie zeigte auf die Wölbung in meinen Shorts. „Du weißt schon, von deinem Penis. Ich bedecke meine Zähne mit den Lippen und bewege meinen Mund auf und ab, ohne zu saugen. Ist das richtig so? Soll ich wirklich nicht saugen?"

Mein Schwanz schmerzte, als sie mit solcher Unschuld darüber sprach. „Du hast keine Ahnung, was du gerade mit mir machst. Das ist kein einfaches Thema."

Ihre Augen wanderten zu meiner Erektion. „Heißt das, wenn ich nur darüber rede, das mit dir zu tun, reagierst du schon?" Ihre Atmung beschleunigte sich. „Faszinierend", murmelte sie, als wäre sie eine Wissenschaftlerin, die eine neue Entdeckung gemacht hatte.

Ich fühlte mich körperlich so unwohl wie nie zuvor. „Arabella, du solltest mich nicht mit dem Mund befriedigen, bevor du selbst einen Orgasmus hattest. Es wäre nicht richtig." Es sah so aus, als würde ich auf Enthaltsamkeit zusteuern, egal was wir taten.

„Das denke ich nicht. Was wäre daran falsch?"

Ich konnte nicht glauben, dass dieses Mädchen mir ein so

großartiges Angebot machte. „Ich glaube, daran wäre vieles falsch. Du scheinst dir nicht bewusst zu sein, wie intim das ist."

„Aber ich *will* intim mit dir sein, Chase. Das will ich wirklich." Sie stand auf und ging vor mir auf die Knie. „Ich sehe, dass du Erlösung brauchst. Und ich bin gespannt darauf, wie es funktioniert." Ihre Augen verengten sich. „Es sei denn, du bist deshalb so distanziert, weil du keine echte Beziehung mit mir haben willst."

„Das ist es nicht. Wir mögen die gleichen Dinge. Wir verstehen uns fantastisch. Das Einzige, was mich beunruhigt, ist die Tatsache, dass du mir nicht viel über dich erzählst."

„Ich habe dir ein paar Dinge erzählt. Und du hast mir auch nicht viel über dich verraten. Also, warum sollte das ein Problem sein?"

Zu sehen, wie sie zwischen meinen Beinen kniete, machte mich wahnsinnig vor Verlangen nach ihr. Sie hatte keine Ahnung, wie schwer es mir fiel, mich zurückzuhalten – oder dieses Gespräch zu führen. „Ich habe drei Brüder. Einen älteren und zwei jüngere. Du weißt schon, dass wir zusammen ein Unternehmen besitzen. Mom und Dad sind letzten Winter nach Florida gezogen, um näher bei Moms Eltern zu sein, die auch dort leben. Du bist dran."

„Wenn ich anfange, über mein Leben zu sprechen, wird es meine Stimmung ruinieren. Willst du das wirklich?" Sie strich mit ihren Händen über meine Beine. „Weil ich glaube, dass du das überhaupt nicht willst. Ich glaube, du willst meinen Mund auf deinem Schwanz spüren."

„Arabella!" Sie machte mich verrückt. Sie mochte beim Sex unerfahren sein, aber sie lernte schnell, was Verführung anging.

„Ich bin es leid, so unschuldig zu sein, Chase."

„Oh verdammt!" Ich bewegte mich blitzschnell, schob sie zurück auf den Boden und legte mich auf sie. Mein Mund eroberte ihre Lippen, während ich meine Erektion gegen sie drückte. Unsere Kleidung trennte uns, sodass ich nicht in sie eindringen konnte.

Ihr Stöhnen und die Art, wie sie ihre Hände unter mein Shirt schob, um mit ihren Nägeln über meinen nackten Rücken zu streichen, weckten in mir den Wunsch nach mehr. Sie spreizte ihre Beine und wölbte sich mir entgegen, während ich mich gegen sie wiegte.

Schließlich löste sie ihren Mund von meinem und flüsterte: „Ich will dich verwöhnen."

Ich sah ihr in die Augen und stellte fest, dass sie vor Erregung funkelten. „Bist du dir ganz sicher?"

„Ich war mir noch nie in meinem Leben so sicher. Bring mir bei, wie ich dir Vergnügen bereiten kann."

Mein ganzer Körper zitterte vor Verlangen nach ihr. Ich schlang meine Arme um sie und rollte mich herum, sodass sie auf mir lag. „Also gut."

Ihre Augen leuchteten eifrig, als sie von mir rutschte und sich zwischen meinen Beinen niederließ. „Sag Bescheid, wenn ich etwas falsch mache."

„Ich glaube nicht, dass du irgendetwas falsch machen kannst." Ich konnte es kaum erwarten, ihren Mund auf mir zu spüren.

Sie knöpfte meine Shorts auf und enthüllte langsam und vorsichtig meinen Schwanz. „Oh mein Gott!" Sie sah mich mit großen Augen an. „Er ist riesig!"

„Ich weiß." Ich musste lachen. „Das ist einer der Gründe, warum ich sicherstellen möchte, dass du bereit bist, bevor wir tatsächlich Sex haben."

Sie öffnete ein paarmal den Mund, als würde sie ihren Kiefer dehnen. Dann legte sie beide Hände um meinen Schwanz und beugte sich vor. Sie küsste die Spitze und ich verlor fast den Verstand, während ich vor Vorfreude keuchte.

Ihre Zunge wanderte die Unterseite meiner Erektion hinauf und als sie stöhnte, spürte ich die Vibration. Ihre Hand umfasste meine Hoden und spielte sanft mit ihnen. „Ist das okay, Chase?"

„Ja", seufzte ich. „Es ist mehr als okay, Baby."

Ihr Mund öffnete sich und sie nahm mich Zentimeter für

Zentimeter in sich auf. Feuer durchfuhr mich, als ich ganz in ihr war. Ihr Mund bewegte sich nach oben und dann wieder nach unten und sie begann zu stöhnen, als würde sie es genauso sehr genießen wie ich.

Ich hob meinen Kopf und sah ihr zu. Ihr jungfräulicher Mund auf meinem harten Schwanz fühlte sich besser an als alles zuvor. Ich konnte nicht zulassen, dass sie mir so viel Vergnügen bereitete, ohne den Gefallen zu erwidern. „Wolltest du schon einmal die 69er-Stellung ausprobieren?"

KAPITEL ZWÖLF

ARABELLA

Die 69er-Stellung?

Ich nahm meinen Mund von Chase, um zu fragen: „Dabei haben wir beide Oralsex, nicht wahr?" Er schien zu zögern, mehr zu tun, als mich zu küssen, also wollte ich das klarstellen.

„Ja." Er setzte sich auf und zog sein Hemd aus, während er keuchte, als wäre er gerade eine Meile gelaufen. „Willst du das?"

Er saß nackt wie am Tag seiner Geburt vor mir und in seinen blauen Augen leuchtete ein Feuer. Mit rasendem Herzen nickte ich und zog mich hastig aus.

Es war das erste Mal, dass ich nackt vor einem Mann war. Als seine Augen über meinen Körper wanderten, zitterte ich. Er hätte genauso gut seine Hände benutzen können, so stark reagierte meine Haut.

Ich schloss meine Augen. „Hier bin ich. Nackt."

„Du bist wunderschön. Einfach perfekt." Ich fühlte seine Hände auf meinen. „Komm her, Baby."

Er zog mich herunter, sodass ich auf seinem Schoß saß, und ich spürte, wie sich seine Erektion gegen meinen Hintern drückte. „Ich weiß, dass ich nicht perfekt bin." Ich kniff in die Speckrolle, die sich an meinem Bauch gebildet hatte, als ich mich hingesetzt hatte. „Ich bin nicht dünn …"

„Du bist kurvig", sagte er und küsste meine Wange. „Perfekt kurvig."

Ich legte meine Hand auf seine steinharten Bauchmuskeln und fragte: „Wie ist dein Körper so geworden?"

„Durch jede Menge Training und Nahrungsergänzungsmittel." Seine Lippen streiften meine Wange.

„Kannst du mir dabei helfen, meinen Körper so straff und fest zu machen wie deinen?" Wenn es wirklich eine Chance gab, mit ihm zusammen zu sein, wollte ich neben diesem Adonis nicht unattraktiv aussehen.

„Ja. Aber nur, wenn du das möchtest. Ich finde deinen Körper wunderschön." Er streichelte meinen Bauch.

Ich fühlte mich benommen, als ich das hörte – es war überwältigend, von einem Mann wie ihm bewundert zu werden. „Also, diese 69er-Sache … Ich habe keine Ahnung, wie das geht. Ich meine, ich bin nicht von einem anderen Planeten, also weiß ich, wie es aussieht. Ich weiß allerdings nicht, wie man dorthin kommt."

„Ich will, dass du dir ganz sicher bist." Er strich über meine Haare. „Weil du so unerfahren bist, bin ich bereit, etwas mit dir zu tun, was ich in meinen fünfunddreißig Jahren noch nie gemacht habe."

Er gab mir das Gefühl, etwas Besonderes zu sein. „Was denn?"

„Ich werde eine Beziehung mit dir eingehen, *bevor* wir weitermachen. Also, was sagst du? Willst du mein Mädchen sein? Mein einziges Mädchen? Und werde ich dein einziger Mann sein?"

Der Schock machte es mir schwer, zu atmen oder zu denken. „Du willst mich? Nur mich?"

Nickend beugte er sich vor und liebkoste meinen Nacken. „Ich will nur dich. Willst du nur mich?"

Ich vergrub meine Hände in seinen dicken Locken und

versuchte, mich zu beruhigen. Ich konnte kaum glauben, dass dies tatsächlich geschah. „Wenn das ein Traum ist, möchte ich nie wieder aufwachen."

Er sah mich mit einem schiefen Grinsen an. „Ist das ein Ja?"

„Es ist ein ganz klares Ja." Ich quietschte fast vor Aufregung. „Oh mein Gott! Mein erster Freund!"

Als seine Augen weich wurden, schmerzte mein Herz. Er beugte sich vor und eroberte meine Lippen mit einem sanften Kuss. Ich spürte, wie seine Erektion gegen meinen Hintern stieß, und wurde feucht für ihn. Er hatte das, was wir taten, zu etwas Besonderem für mich gemacht – für uns beide.

Unser Kuss wurde leidenschaftlicher und er legte sich rücklings auf den Boden und hielt mich auf sich fest. Mein Mund sehnte sich nach mehr von der Männlichkeit, die ich gekostet hatte, also beendete ich den Kuss und bewegte mich an seinem Körper hinunter, bis ich zwischen seinen ausgestreckten Beinen lag.

„Ich will, dass du aufstehst, Arabella."

Ich war mir nicht sicher, was ich machen sollte, also tat ich, was er sagte. „In Ordnung. Was jetzt?"

Er lockte mich mit seinem Finger zu sich. „Komm her und stelle dich über mein Gesicht."

Obwohl meine Wangen rot wurden, überwältigte mich das sehnsüchtige Verlangen, seinen Mund auf mir zu spüren. Ich trat so weit vor, dass ich über seinem Gesicht stand. „Was jetzt?"

„Drehe dich in die andere Richtung. Auf diese Weise wird dein Kopf dort an meinem Körper sein, wo er sein muss."

Ich drehte mich um und spürte, wie ich überall Gänsehaut bekam. „Irgendeine Idee, wie ich zu dir nach unten kommen soll?"

„So wie es dir angenehm ist."

Ich brachte mich in Position – meine Hände waren auf beiden Seiten seines Körpers, mein Rücken war gewölbt und meine Beine waren ausgestreckt. „Willst du, dass ich mich auf meinen Händen nach vorn bewege, bis sich unsere Körper berühren?"

„Ja. Geh auf die Knie, sodass mein Gesicht direkt zwischen deinen Schenkeln ist."

Himmel. Werde ich das wirklich tun?

„Im Ernst?" Meiner Meinung nach klang das irgendwie unangenehm für ihn.

„Ja."

Ich ging auf meine Knie und legte meine Ellbogen zu beiden Seiten seines Hinterns auf den Boden, sodass mein Gesicht genau dort war, wo es sein sollte. Als sein Mund meine intimste Stelle berührte, hatte ich das Gefühl, ich wäre gestorben und auf dem Weg in den Himmel. „Oh Gott!"

Er legte seine Hände auf meine Pobacken und zog mich zu sich herunter, bevor er mich küsste, leckte und verwöhnte. Gierig senkte ich meinen Mund, um das Gleiche bei ihm zu tun.

Völlig hingerissen, hatte ich keine Ahnung, wie viel Zeit verging. Als er am Ende in meinem Mund zum Orgasmus kam, reagierte mein ganzer Körper, während ich die heiße Flüssigkeit trank.

Alles kribbelte und pulsierte und dann explodierte etwas in mir, sodass ich schrie: „Ja! Oh Gott, ja!" Ich fühlte, wie sich seine Zunge in mir bewegte, und das herrliche Gefühl dauerte an. Mein Körper zitterte und ich konnte keinen klaren Gedanken fassen – so etwas hatte ich noch nie zuvor empfunden. Ich hätte nie gedacht, dass ich zu so etwas fähig war.

Schließlich ließ das Gefühl nach und ich rollte mich von ihm herunter und versuchte, wieder zu Atem zu kommen, während mein Herz wild schlug. Sobald ich auf dem Boden lag, begann ich zu weinen. Tränen liefen über meine Wangen, aber ich machte keinen Laut.

Was wir getan hatten, war wunderschön gewesen. Ich hatte etwas mit ihm geteilt und er mit mir. Wir hatten uns gegenseitig eine Erfahrung geschenkt, die nicht von dieser Welt war.

Ich spürte, wie sein heißer Körper neben meinen glitt. Seine Hand strich über meine Wange. „Geht es dir gut?"

Ich öffnete meine Augen und blickte zu dem wundervollsten Mann auf, den ich je gesehen hatte. „Mir geht es mehr als gut."

Er strich mit einer Fingerspitze über meine Lippen und flüsterte: „Mir auch. Du hast keine Ahnung, wie schwer es mir fällt, dich jetzt nicht hochzuheben und zu meinem Bett zu tragen. Ich könnte dich stundenlang lieben, Baby."

„Könnten wir das wirklich stundenlang tun?" Ich wusste nicht, ob ich das Durchhaltevermögen hatte, so lange Zeit so intensiv zu empfinden.

„Ja – und du kannst deinen süßen Hintern darauf verwetten, dass wir es tun werden. Nur nicht heute Nacht." Er küsste mich sanft und zärtlich. „Komm. Ich begleite dich zum Gästehaus."

Zehn Minuten später standen wir vor der Tür zu meinem neuen Zuhause. Wir hatten uns angezogen, aber unsere zerzausten Haare deuteten darauf hin, was wir gerade getan hatten. Seine Locken waren völlig durcheinander. Ich strich mit meinen Händen durch seine Haare, um sie ein wenig zu bändigen. „Danke für den heutigen Tag und vor allem für diese Nacht, Chase."

Er nahm meine Hände und hielt sie an seine Lippen. „Ich habe dir zu danken, Baby."

Ich war noch nie von einem anderen Mann Baby genannt worden. Mir gefiel, wie es klang. „Nun, ich denke, ich sehe dich morgen, wenn du von der Arbeit nach Hause kommst. Wann immer das sein wird."

„Es wird nicht allzu spät sein. Wir stellen montags immer den Plan für die Woche auf. Ich sollte relativ früh zu Hause sein. Ich kann uns etwas zum Abendessen mitbringen und wir können uns zusammen entspannen, wenn du möchtest."

„Ja, gern." Ich wollte jeden Moment meines Lebens mit diesem Mann verbringen. „Gute Nacht."

„Gute Nacht, Baby." Er küsste mich und drückte meinen

Körper gegen die Tür, während seine Hände über meine Hüften strichen.

Als ich mit ihm verschmolz, wusste ich, dass es echt war – obwohl es sich wie ein Traum anfühlte.

Später lag ich in meinem Bett, starrte an die Decke und fragte mich, ob in meinem Leben bald noch mehr großartige Dinge passieren würden, bevor ich mit einem Lächeln im Gesicht einschlief.

„Warum hast du das getan, Beto?", hörte ich meine Mutter schreien.

Ich stieg aus meinem Bett und ging den Flur hinunter zum Schlafzimmer meiner Eltern. Das Gesicht meiner Mutter war gerötet und Tränen liefen über ihre Wangen. „Er war mein Bruder, Beto. Wie konntest du ihn töten?"

Ich lehnte mich mit dem Rücken an die Wand, damit sie mich nicht sehen konnten. Gefahr lag so schwer in der Luft, dass ich sie riechen und auf meiner Haut spüren konnte.

„Maria, du hättest nicht in mein Arbeitszimmer kommen dürfen. Ich habe dir tausendmal gesagt, dass du nicht hineingehen sollst, wenn ich jemanden bei mir habe", sagte mein Vater und seine Worte waren umso erschreckender, weil er sie so ruhig aussprach.

„Ich weiß, dass du ein schlechter Mensch bist, Beto. Und ich weiß, woran du beteiligt bist. Aber warum haben du und deine verdammten Partner meinen Bruder umgebracht? Und warum ausgerechnet in diesem Haus?" Sie brach zusammen und weinte hysterisch. „Ich kann nicht glauben, dass du mir das angetan hast."

Ich hörte ein klickendes Geräusch, also spähte ich um die Ecke in ihr Schlafzimmer und sah, wie mein Vater eine Waffe auf den Hinterkopf meiner Mutter richtete. Sie bedeckte ihr Gesicht mit ihren Händen und schluchzte. „Keine Zeugen, Maria. Du kennst die Regeln."

Ich beobachtete, wie er den Abzug drückte. Alles geschah wie in Zeitlupe. Die Kugel wurde aus dem Lauf der Waffe gefeuert, meine Mutter fiel zu Boden und ihre braunen Augen waren weit aufgerissen, aber leer, als sie mich anstarrte.

In meinem Kopf hörte ich ihre Stimme. „Lauf!"

Meine Füße rutschten über den Parkettboden, als ich in mein Zimmer zurücklief. Die Worte meines Vaters hallten in meinen Ohren wider. Keine Zeugen.

Sobald ich mein Zimmer erreichte, schloss ich die Tür und schob mein Bett dagegen, um sicherzustellen, dass er nicht zu mir gelangen konnte. Ich öffnete das Fenster und trat das Fliegengitter heraus. Dann blickte ich vom Obergeschoss unseres Hauses nach unten. Der Boden schien im Dunkel der Nacht so weit weg zu sein.

Ich musste wegrennen. Es gab keinen anderen Weg. Aber ich hatte nichts. Überhaupt nichts.

Panisch stopfte ich so viele meiner Sachen wie möglich in einen Rucksack, bevor ich mir eine Jeans, ein T-Shirt, eine Jacke und Turn-schuhe anzog. Ich schloss die Schranktür, damit mein Vater dachte, ich wäre aus dem Fenster geflohen. Stattdessen kletterte ich durch die Falltür in meinem Schrank auf den Dachboden.

Vor Jahren hatte mir meine Mutter einen Karton gezeigt, den sie ganz hinten in der Speisekammer der Küche versteckt hatte. Sie hatte mir gesagt, dass ich, wenn ich jemals in Gefahr wäre, diesen Karton holen sollte, bevor ich das Haus verließ. Dann sollte ich so weit wie möglich wegrennen, weil mein Vater ein äußerst gefährlicher Mann sein konnte.

Er hatte gerade bewiesen, dass sie recht gehabt hatte.

„Mach auf, Arabella!", hörte ich ihn im Flur schreien, als ich die kleine Falltür schloss.

Ich kroch auf dem Bauch über den staubigen Dachboden und fand die andere Falltür, die zur Gästetoilette im Obergeschoss führte. Ich konnte immer noch hören, wie mein Vater an meine Schlafzimmertür hämmerte, bis das Holz splitterte, als er sie eintrat.

Ich blieb dicht an der Wand und schlich schließlich die Hintertreppe hinunter, die in die Küche führte. In der Speisekammer fand ich den Karton. Er war immer noch genau dort, wo meine Mutter ihn mir vor all den Jahren gezeigt hatte. Ich machte mir nicht die Mühe hineinzuse-hen. Ich steckte ihn einfach unter meinen Arm und schlüpfte aus der Hintertür, die ich anschließend mit meinem Hausschlüssel verriegelte, damit niemand auf den Gedanken kam, dass ich diesen Fluchtweg genommen hatte.

Im Schutz der Dunkelheit lief ich durch die Gärten unserer Nachbarn und versuchte, mich von den Straßen fernzuhalten. Nach einer halben Stunde versteckte ich mich hinter einem alten Lagerhaus, schaute in den Karton und fand Bargeld –viel Bargeld – zusammen mit einem Foto meiner Mutter.

Ich klappte den Karton zu und zuckte in der Stille der Nacht zusammen ...

Mein Körper zuckte, als meine Augen sich öffneten. Ich setzte mich im Bett auf und wischte die Tränen weg, während ich versuchte, zu Atem zu kommen. „Es war nur ein Traum, Arabella. Es ist vorbei", flüsterte ich. „Du bist in Sicherheit."

Wann werden die Albträume endlich aufhören?

KAPITEL DREIZEHN

CHASE

Nach unserem Meeting am Montag hatte Cayce uns alle eingeladen, an diesem Abend zum Essen zu ihm zu kommen. Ich hatte Arabella gebeten, mich zu begleiten, und sie hatte nur zögerlich zugestimmt. Aber jetzt, da sie dort war und allen vorgestellt worden war, schien sie sich wie zu Hause zu fühlen und spielte mit Clarisse, der zweijährigen Tochter von Cayce und Zurie. „Du bist so süß!"

Zurie lächelte, als sie dabei zusah, wie Arabella mit ihrer Tochter *Backe, backe Kuchen* spielte. „Sie liebt dich, Arabella. Sie ist normalerweise ziemlich schüchtern bei neuen Leuten. Du musst ein Naturtalent im Umgang mit Kindern sein."

Sie lächelte meine Schwägerin an. „Keine Ahnung. Ich hatte noch nie mit Kindern zu tun."

Wieder etwas, worin Arabella keine Erfahrung hatte, in dem sie aber trotzdem großartig war.

„Ich helfe meinen Brüdern draußen beim Grillen." Ich stand auf, damit die Frauen reden konnten, und hoffte insgeheim, dass

Zurie vielleicht neue Informationen aus Arabella herausbekommen würde. „Ich komme zurück, wenn du mich brauchst, Baby." Ich küsste Arabellas Kopf, bevor ich sie verließ.

Mit einem Bier in der Hand ging ich zu meinen Brüdern, die mich alle besorgt ansahen. „Wann hast du angefangen, deine persönliche Assistentin ‚Baby' zu nennen?", fragte Cayce.

„Wir haben das Wochenende zusammen verbracht und hatten eine großartige Zeit. Also haben wir beschlossen, es offiziell zu machen, und jetzt sind wir ein Paar." Ich sah keinen Grund für ihre Besorgnis.

„Du kennst sie erst seit einer Woche", sagte Chance, der Jüngste von uns allen. „Hast du nicht das Gefühl, dass du die Dinge ein bisschen überstürzt? Was ist, wenn es mit euch beiden nicht funktioniert und du sie am Ende als deine Assistentin verlierst?"

„Darüber mache ich mir keine Sorgen. Wir verstehen uns wirklich fantastisch. Sie ist großartig." Ich trank einen Schluck von dem kalten Bier, bevor ich hinzufügte: „Ich meine, sie hat Probleme, mir genug zu vertrauen, um mir viel über ihre Vergangenheit zu erzählen. Aber ich denke, das wird bald besser werden." Sie sollte wissen, dass sie mir ihre tiefsten, dunkelsten Geheimnisse anvertrauen konnte.

„Ähm, das klingt gar nicht gut, Bruder", sagte Callan.

Cayce wendete die Steaks auf dem Grill. „Kann mir einer von euch die Würste bringen?"

Ich griff nach dem Tablett und hielt es ihm hin, damit er mit der Zange danach greifen konnte. „Hier, bitte." Ich wandte mich an Callan. „Willst du mir erklären, warum du das denkst?"

„Menschen, die etwas zu verbergen haben, können für ihre Umgebung zu einer Gefahr werden", sagte er. Er nahm einen Jalapeño-Wrap und steckte ihn sich in den Mund.

„Sie ist ungefähr so gefährlich wie ein Kätzchen, Callan." Ich lachte und streckte meine Hand aus. „Gib mir auch einen."

„Ich rede nicht von ihr speziell. Aber du musst zugeben, dass du nichts über sie weißt. Sie könnte eine Axtmörderin auf der Flucht sein." Er reichte mir den Wrap und griff nach einem gefüllten Ei für sich.

Daran hatte ich noch nie gedacht – und ich hielt es für völlig abwegig. „Wenn überhaupt, glaube ich, dass sie aus einer Familie stammt, in der es Missbrauch gab. Sie hat nur wenig über ihre Familie erzählt. Anscheinend war sie der Mittelpunkt der Welt ihrer Großmutter und ihrer Mutter, aber sie hat nichts Gutes über ihren Vater gesagt. Und ich frage mich, wie sie so weit wegziehen und ihr Zuhause verlassen konnte. Es lässt mich denken, dass ihr Vater vielleicht sehr dominant war."

„Und was ist, wenn er sie sucht, Chase?", fragte mich Chance. „Willst du in so etwas hineingezogen werden?"

Ich musste zugeben, dass er recht haben könnte. „Das ist möglich, aber es beunruhigt mich überhaupt nicht. Mein Haus ist gut gesichert und meine Hunde sind hervorragende Beschützer. Solange Arabella nicht mit ihm gehen will, ist sie dort in Sicherheit, wo sie ist – bei mir."

Cayce zog eine Augenbraue hoch. „Und wenn du nicht zu Hause bist?"

„Die Hunde beschützen sie, auch wenn ich nicht da bin. Bei mir passiert ihr nichts." Ich wollte mir keine Sorgen um irgendeinen Vater machen, der darauf aus sein könnte, seine Tochter zurückzubekommen. „Also, wann ist das Essen fertig? Ich bin am Verhungern." Ich steckte mir einen weiteren Wrap in den Mund.

Chance gab nicht so leicht auf. „Sie kommt von der Ostküste – das erkenne ich an ihrem Akzent. Du weißt, wie viel organisierte Kriminalität es dort gibt. Die Mafia, zahlreiche andere Banden, Motorradgangs ... Die Hell's Angels zum Beispiel. Kannst du dir vorstellen, dass einer dieser Kerle ihr Vater sein könnte? Vielleicht fahren eines Tages hundert Motorräder vor deinem Eingangstor vor und er verlangt von dir, sie ihm auszuhändigen, sonst ..."

Das war Unsinn. „Sie redet und verhält sich nicht wie jemand, der in einer Motorradgang aufgewachsen ist. Außerdem ist sie erst seit einer Woche bei mir. Vielleicht braucht sie einfach mehr Zeit, bevor sie bereit ist, sich zu öffnen." Ich zuckte mit den Schultern und hoffte, dass sie den Hinweis verstehen und das Thema wechseln würden.

Aber das taten sie nicht.

„Was ist mit der Mafia?", mischte Callan sich ein. „Es gibt die italienische Mafia, die russische Mafia, die irische Mafia und wer weiß was noch an der Ostküste. Sie könnte aus so einer Familie stammen."

„Das glaube ich wirklich nicht. Ich denke, sie stammt aus einer normalen Familie und ihr Vater war vielleicht kontrollsüchtig und hat sie verbal oder emotional misshandelt. Ich habe keine Narben an ihrem Körper gesehen, also denke ich, dass es keine körperliche Gewalt war."

„Und wie viel von ihrem Körper hast du gesehen, Chase?", fragte Cayce grinsend.

„Du hast mir beigebracht, dass ein Gentleman schweigt, also frag mich nicht danach." Aber ich hatte viel von der Frau gesehen und es gab nichts, was darauf hindeutete, dass sie schrecklich misshandelt worden war. „Ich vermute, dass sie zu sehr behütet worden ist." Ihre Bemerkung über heimliche Küsse hatte darauf hingedeutet.

Callan erwiderte: „Wenn ihr Vater sie zu sehr behütet hat, hast du umso mehr Grund zu erwarten, dass du bald Besuch von ihm bekommst."

„Davon gehe ich nicht aus. Aber falls doch, werde ich damit zurechtkommen." Obwohl sie Dinge ansprachen, die mich beunruhigen sollten, war ich überhaupt nicht beunruhigt. „Ich vertraue darauf, dass Arabella mir Bescheid sagt, wenn Gefahr droht."

„Was ist, wenn sie sich dessen gar nicht bewusst ist?", fragte Chance.

Das konnte ich mir nicht vorstellen. „Im Laufe der Zeit werde ich sie immer wieder nach ihrer Familie fragen. Und ich werde sie ermutigen, sich mit ihren Verwandten in Verbindung zu setzen und sie wissen zu lassen, dass sie glücklich, gesund und in Sicherheit ist. Sie machen sich bestimmt Sorgen um sie."

„Hey", sagte Cayce. „Ich frage mich, ob sie als vermisst gemeldet worden ist."

Ich verdrehte die Augen. In Momenten wie diesem wurde mir klar, wie klein Brownsville war und wie sehr wir uns alle an das Kleinstadtdenken gewöhnt hatten.

Obwohl so etwas selten vorkam, brachen auch hier Leute den Kontakt zu ihren Familien ab und zogen weg – es war kein Grund für ein Verhör.

Chance zeigte auf mich und wedelte mit dem Finger. „Er hat recht, Chase. Ich denke, du kannst im Internet mehr Informationen finden. Das solltest du zumindest versuchen."

Wenn jemand sie als vermisst gemeldet hätte, wäre es schön, das zu wissen. „Ich könnte es überprüfen. Aber mehr nicht. Und wenn ich feststellen sollte, dass sie wirklich als vermisst gemeldet wurde, würde ich es ihr sagen. Ich würde ihre Verwandten nicht kontaktieren und ihnen verraten, wo sie ist. Sie könnte ihre Gründe dafür haben, dass sie verschwunden ist."

Cayce schüttelte den Kopf. „Rate mal, wer für ihr Verschwinden verantwortlich gemacht wird, wenn sie als vermisst gemeldet worden ist und man sie bei dir findet?"

„Mich?", fragte ich. „Auf keinen Fall. Ich habe Texas seit einem Jahr nicht mehr verlassen. Das könnte mir niemand vorwerfen. Außerdem ist sie erwachsen und aus freien Stücken weggegangen, erinnerst du dich? Ich mache mir im Moment keine Sorgen deswegen. Und ich wäre euch dankbar, wenn ihr mich mit eurem seltsamen Verfolgungswahn in Ruhe lassen könntet." Ich stand kurz davor, mich zu verlieben, und ich würde mir das von niemandem verderben lassen.

„Wir haben eine neue Babysitterin", sagte Zurie, als sie nach draußen kam. „Arabella ist großartig mit unserer Tochter, Cayce." Sie trat neben mich und klopfte mir auf den Rücken. „Du hast eine gute Frau gefunden, Chase. Ich freue mich für euch beide."

Cayce seufzte und verdrehte die Augen. „Wow."

„Was?", fragte Zurie, als sie von Cayce zu mir sah.

Ich erklärte es ihr: „Meine Brüder haben Angst, dass ich alles übereile und nicht genug über Arabella weiß, um eine Beziehung mit ihr einzugehen. Seltsamerweise hat keiner von euch diese verrückten Verschwörungstheorien erwähnt, als ich euch erzählt habe, dass ich eine persönliche Assistentin eingestellt hatte, die in meinem Gästehaus wohnen würde. Aber jetzt, da Romantik im Spiel ist, ist es plötzlich ein Problem."

Zurie sah ihren Mann an. „Cayce, sie ist wirklich nett. Du solltest mit ihr reden, damit du es selbst herausfinden kannst. Und sie hat mir erzählt, dass sie von der Ostküste hierhergekommen ist, um sich ein neues Leben aufzubauen. Viele Leute tun das, weißt du. Sieh nur, was ich getan habe. Ich musste mehr Geld verdienen, also bin ich aus Südafrika nach Brownsville gezogen, um einen besser bezahlten Job zu bekommen."

„Aber sie ist nicht für diesen Job hergekommen. Sie war schon vorher hier", widersprach Cayce. „Sie scheint vor jemandem wegzulaufen, das ist alles, was wir sagen. Das war in Ordnung, als sie nur die persönliche Assistentin meines Bruders war, aber jetzt geht es um sein Herz. Keiner von uns möchte, dass er verletzt wird."

Zuries Gelächter erfüllte die Luft. „Es ist kein Leben, wenn man sich ständig Sorgen darüber macht, vielleicht verletzt zu werden. Man muss Risiken eingehen, sonst kommt man nie voran. Ich mag sie. Clarisse mag sie. Chase mag sie. Ihr solltet reinkommen und mit ihr reden, bevor ihr versucht, Chase von ihr abzubringen."

„Das denke ich auch." Ich drehte mich um, um wieder

hineinzugehen, und versuchte, die Unterhaltung aus meinem Kopf zu verbannen. Ich war nicht wütend auf meine Brüder, aber ein bisschen beleidigt. Schließlich war ich kein Dummkopf.

Als ich das Haus betrat, blieb ich kurz stehen. Arabella rannte herum und kicherte mit meiner Nichte, während sie Verstecken spielten. Mein Herz schmerzte vor Sehnsucht. Als ich meine Hand auf meine Brust legte, konnte ich mich nicht erinnern, jemals so empfunden zu haben.

Könnte sie die richtige Frau für mich sein? Die zukünftige Mutter meiner Kinder?

„Du hast mich gefunden!", sagte Arabella, als sie aus ihrem Versteck hinter dem Sofa auftauchte. Sie nahm meine Nichte in die Arme und die beiden lachten.

Ich hatte noch nie etwas so Schönes gehört. „Ihr beide seht aus, als hättet ihr Spaß."

„Das haben wir", schwärmte Arabella. „Ich habe mit ihr genauso viel Spaß wie mit den Hunden. Und sie ist sogar noch bezaubernder." Mit Clarisse in den Armen kam sie zu mir und strahlte vor Glück. „Danke, dass du mich eingeladen hast, dich zu begleiten. Ich liebe deine Familie."

Ich hörte, wie meine Brüder hereinkamen, und hoffte, dass sie irgendwann genauso viel von Arabella halten würden wie ich. Sie war ein seltenes Geschenk. Spekulationen über ihre Familie und ihre Vergangenheit hatte eine so großartige junge Frau wie sie wirklich nicht verdient.

Zurie kam hinter meinen Brüdern hervor. „Ach, Arabella, wir lieben dich auch. Danke, dass du mit Chase hierhergekommen bist. Ich weiß, dass wir gute Freunde werden." Sie sah meine Brüder an. „Wir alle."

Cayce nickte kurz und hielt den Servierteller mit dem gegrillten Fleisch hoch. „Ich hoffe, ihr habt alle Hunger. Ich habe genug gegrillt, um eine kleine Armee zu ernähren."

Arabella trug Clarisse zu ihrem Hochstuhl. „Da ist dein

Thron, kleine Prinzessin. Lass mich herausfinden, wie ich dich da hineinbekomme."

Ich lächelte und schüttelte den Kopf. Arabella schien es nicht schwerzufallen, irgendwo hineinzukommen. Zumindest hatte sie kein Problem damit gehabt, mein Herz zu erobern.

KAPITEL VIERZEHN

ARABELLA

Obwohl ich viele entfernte Verwandte gehabt hatte, war meine unmittelbare Familie nicht groß gewesen. Den Abend mit Chases Familie zu verbringen war also anders, als ich es gewohnt war. Aber es war ein tolles Erlebnis gewesen.

„Ich hätte nie gedacht, dass man mit kleinen Kindern so viel Spaß haben kann", sagte ich, als Chase und ich auf seiner Couch kuschelten.

„Du hast dich großartig mit meiner Nichte verstanden." Er küsste meinen Kopf. „Es fällt mir schwer zu glauben, dass du noch nie mit Kindern zusammen gewesen bist."

„Es ist nicht so, dass ich nicht in ihrer Nähe war. Das war ich. Aber ich habe mich nie mit ihnen beschäftigt." Meine Tanten und Onkel waren oft vorbeigekommen. Aber sie hatten ihre Kinder nie mitgebracht, bis sie im Teenageralter gewesen waren. Jetzt, da ich wusste, was für ein Mann mein Vater war, verstand ich es.

Chase zog mich näher an seine Seite. „Wie kann es sein, dass du dein ganzes Leben lang nie mit kleinen Kindern zu tun hattest?"

„Ich habe meine Cousins gesehen, als sie klein waren, aber nur bei Familienfeiern, Beerdigungen und Hochzeiten. Und ich war damals auch noch klein und blieb immer in der Nähe meiner Mutter. Sie zog es vor, mich in Sichtweite zu haben. Eigentlich mochte sie es am liebsten, wenn ich an ihrer Seite blieb." Im Nachhinein konnte ich sehen, wie viel Angst meine Mutter um meine Sicherheit gehabt hatte.

In den Tagen nach ihrer Ermordung hatte ich immer mehr Puzzleteile zusammengesetzt. Mein Vater und die Männer, die er seine Partner nannte, trugen alle schwarze Anzüge und fuhren schwarze Cadillacs.

Ich hatte immer gedacht, dass sie in einem Büro mit einer strengen Kleiderordnung arbeiteten, aber ich hatte keine Ahnung gehabt, was sie dort taten. Ich hatte gewusst, dass wir uns jedes Mal, wenn mein Vater Leute in seinem Arbeitszimmer empfing, von dieser Seite des Hauses fernhalten sollten. Und manchmal hatte ich gesehen, wie einer oder mehrere seiner Partner jemanden scheinbar mit Gewalt in unser Haus brachten.

Mir war beigebracht worden, wegzusehen, nicht darauf zu achten, wer kam und ging, und mich um meine eigenen Angelegenheiten zu kümmern. Das war Regel Nummer eins gewesen – *kümmere dich um deine eigenen Angelegenheiten.* Ich hatte aufgehört zu zählen, wie oft ich diesen Satz zu Hause gehört hatte.

„Weißt du, übermäßig beschützt zu werden kann einengend sein. Hast du dich dadurch unwohl gefühlt?", fragte er.

„Ich kannte nichts anderes." Ich hatte mich immer etwas unwohl gefühlt, aber für mich war das normal gewesen.

„Du hast noch nie über deinen Vater gesprochen. War er ein Teil deines Lebens?"

Ich wurde steif wie ein Brett, als er meinen Vater erwähnte. Wenn ich Chase verriet, wer mein Vater war oder was er getan hatte, würde ihn das in große Gefahr bringen.

„Ja. Er hat die meiste Zeit gearbeitet. Ich habe ihn nicht oft gesehen." Das war keine Lüge. Tage, sogar Wochen waren vergangen, ohne dass ich den Mann zu Gesicht bekommen hatte.

„Also war er nicht immer da. Vielleicht wollte deine Mutter dich deshalb die ganze Zeit in ihrer Nähe haben. Vielleicht dachte sie, dass dir ein richtiger Vater gefehlt hat, und sie hat versucht, es auszugleichen, aber dabei übertrieben, weißt du?"

„Vielleicht." Das stimmte nicht. Sie musste gewusst haben, dass er ein gefährlicher Mann war, der mit anderen gefährlichen Männern zu tun hatte, und dass mein Leben in Gefahr wäre, wenn ich jemals etwas sah, das ich nicht sehen sollte. Und jetzt war ihre schlimmste Befürchtung wahr geworden.

„Mütter scheinen immer zu versuchen, das Leben ihrer Kinder so gut wie möglich zu machen. Meine Mom war auch so. Sie war eine großartige Mutter. Und Dad war auch toll. Aber es gab eine Zeit, als er einen neuen Job bekam und die ganze Woche außerhalb der Stadt arbeitete, sodass er nur am Wochenende nach Hause kam. Das hasste sie. Und sie kämpfte mit allen Mitteln darum, dass er sich einen anderen Job suchte. Sie wollte, dass wir Kinder ihn bei uns hatten, und wir wollten ihn auch dort haben. Am Ende hat sie gewonnen. Er hat den Job gekündigt und einen anderen angenommen, bei dem er jeden Abend zu Hause sein konnte."

Seine Eltern klangen wunderbar – und normal. „Du hast gesagt, dass sie jetzt in Florida leben, nicht wahr?"

„Ja. Aber sie besuchen uns ab und zu. Und wir besuchen sie immer zu Weihnachten, damit wir die Feiertage mit unseren Großeltern verbringen können. Moms Mutter und Vater sind unsere einzigen Großeltern, die noch am Leben sind." Er streichelte meinen Arm und sah mich mit Feuer in den Augen an. „Dich mit Clarisse zu sehen hat mich auf ziemlich seltsame Gedanken gebracht."

Aus irgendeinem Grund wurde mir bei dem, was er sagte, schwindelig. „Hm, was für Gedanken?"

„Gedanken an eine Zukunft mit dir. Ich denke, du wärst eine

fantastische Mutter. Verdammt, schon allein deine Art, mit den Hunden umzugehen, sagt mir das." Er küsste sanft meine Lippen. „Ich denke, du und ich werden ein glückliches Leben zusammen führen, Baby."

Der Kuss entzündete ein Feuer in mir. „Du machst mich so glücklich, Chase Duran."

„Du machst mich auch glücklich, Arabella Loren."

Dass er mich nur mit einem Teil meines Nachnamens ansprach, fühlte sich wie ein stechender Schmerz in meinem Herzen an. Es gab immer noch so viel, was ich vor ihm verheimlichte. Aber es musste so sein. Für jetzt und vielleicht für immer.

„Ich mag deine Schwägerin auch. Sie ist wirklich cool. Sie hat mir ein wenig darüber erzählt, wie sie und dein Bruder sich kennengelernt haben. Es ist erstaunlich, wie die Liebe immer irgendwie einen Weg findet, auch wenn der Start holprig ist." Ihre Geschichte hatte mich interessiert und ich fragte mich, ob Chase mir die Details erzählen würde. Vielleicht würde er irgendwann herausfinden, dass ich bei meinem Namen gelogen und ihm keine Informationen über die Gefahr gegeben hatte, in der ich mich befand. Oder darüber, wer mein Vater war. Und wenn dieser Tag kam, hoffte ich, dass Chase genauso nachsichtig und verständnisvoll sein konnte wie sein Bruder bei Zurie. „Willst du mir erzählen, was zwischen den beiden passiert ist?"

„Nun, es ist eine lange Geschichte. Aber ich kann sie kurz zusammenfassen." Er holte tief Luft. „Wir haben früher für ein anderes Unternehmen gearbeitet, und der Eigentümer und CEO war nicht glücklich, als wir kündigten, um Vollzeit an unserem eigenen Projekt zu arbeiten."

„Whispering Waves Electric Company?", fragte ich, um sicherzugehen.

„Ja", sagte er mit einem Nicken. „Der Eigentümer hat Zurie, die auch für ihn arbeitete, dazu benutzt, Cayce zu erpressen. Die beiden fühlten sich sofort zueinander hingezogen und landeten fast auf Anhieb im Bett. Gegen ihren Willen drohte sie ihm, dass sie ihn wegen Vergewaltigung anzeigen würde, wenn er nicht wieder in unserer alten Firma arbeiten und uns mitbringen würde."

„Wow." Ich konnte mir nicht vorstellen, dass die Zurie, die ich heute kennengelernt hatte, so etwas tun würde. Sie musste unter unglaublichem Druck gestanden haben, besonders wenn Cayce darüber hinwegsehen konnte. „Wie hat er ihr jemals vergeben?"

„Nun, er hat herausgefunden, dass sie von unserem ehemaligen Boss erpresst wurde. Er hat ihre Familie bedroht. Da Cayce wusste, dass er tatsächlich hinter allem steckte, fiel es ihm leicht, Zurie genauso als Opfer zu sehen, wie er selbst eines war."

Das ergab Sinn. Schließlich saßen die beiden im selben Boot. Aber Chase und ich taten das nicht. Ich war auf der Flucht – ich fühlte mich eher wie ein Flüchtling als ein Opfer – und er war nur der Mann, der mich eingestellt und mir ein neues Zuhause gegeben hatte.

Wenn er jemals die Wahrheit herausfand, würde er mich vielleicht dafür hassen, dass ich ihn und seine Familie in Gefahr gebracht hatte. Er würde mir vielleicht nie verzeihen können, dass ich ihm so viel verheimlicht und über meine wahre Identität belogen hatte.

„Das ist eine komplizierte Geschichte. Kein Wunder, dass Zurie mir nicht alles erzählt hat."

„Ja, es ist auch keine besonders schöne Geschichte. Sie und Cayce reden nicht gern über diese schwierige und verletzende Zeit. Er hat viele schreckliche Dinge zu ihr gesagt und sie zu ihm und alles war eine Lüge. Das war sehr schlimm. Ich hasse so etwas. Ich meine, ich kann Menschen, die lügen, nicht ausstehen", sagte er und mir lief ein Schauder über den Rücken. „Ich meine, verstehe mich nicht falsch. Ich liebe meine Schwägerin. Ich weiß, dass sie nie gelogen hätte, wenn sie nicht erpresst worden wäre. Aber wenn es keinen extrem guten Grund gibt zu lügen, könnte ich nicht so tun, als wäre nichts passiert. Ich könnte nicht einfach darüber hinwegkommen."

Nun, das ist überhaupt nicht gut.

Ich hatte das Gefühl, dass ich einen extrem guten Grund dafür hatte, zu lügen, aber woher sollte ich wissen, was Chase denken würde?

„Ich glaube, manche Leute lügen auch ohne Grund", sagte ich.

„Solche Leute kann ich nicht leiden. An meiner Highschool gab es ein Mädchen, das die dümmsten Lügen erzählte. Einfach total unnötiges Zeug. Zum Beispiel, dass es mit der Königin von England verwandt war. Oder dass seine Mutter ihm einen Hund geschenkt hatte, obwohl das gar nicht stimmte. Alles nur für Aufmerksamkeit. Ich mag solche Lügner nicht. Aber ich verstehe, wenn sich jemand gezwungen fühlt zu lügen."

„Es müsste um Leben und Tod gehen, damit ich einem Menschen so etwas verzeihen könnte. Bei Zurie war es so. Der Kerl bedrohte das Leben ihrer Mutter und ihrer Schwester." Die Art, wie er den Kopf schüttelte, unterstrich die Tatsache, dass er eine feste Meinung dazu hatte. „Aber sonst könnte ich es nicht verzeihen. Niemals."

Obwohl es in meiner Situation auch um Leben und Tod ging, machte es mir Sorgen, dass er es so sah. „Nun, heute war ein langer Tag für mich. Und morgen habe ich viel zu tun. Ich muss Lebensmittel einkaufen und deine Sachen in der Reinigung abgeben und wieder abholen." Ich versuchte aufzustehen, aber er hielt mich fest.

„Oh, geh noch nicht, Baby. Wir hatten noch nicht einmal einen Gute-Nacht-Kuss."

Ich wusste, dass das riskant war. „Chase, ein Kuss führt zum nächsten und wer weiß, wozu noch. Ich muss schlafen. Und du auch. Du hast eine harte Woche vor dir. Du bist mir wichtig und deine Arbeit ist ebenfalls wichtig. Also gehe ich in mein Bett und du gehst in deins."

„Ich habe nachgedacht." Er zog mich an sich und sein Atem war warm auf meiner Haut. „Wir könnten beide erholsamere Nächte haben, wenn du einfach zu mir in mein Zimmer ziehst.

Du weißt, wie spät ich von der Arbeit nach Hause komme. Dich in meinem Bett vorzufinden wäre herrlich." Er presste seine Lippen gegen meine Stirn und legte seinen Kopf an meinen. „Dich heute mit Clarisse zu sehen hat etwas bei mir ausgelöst", flüsterte er. „Wenn du bereit bist, den nächsten Schritt zu gehen und tatsächlich mit mir zu schlafen, dann bin ich auch bereit. Das überlasse ich aber dir."

Ich wusste nicht, was ich sagen oder tun sollte. Natürlich wollte ich mit dem Mann schlafen. Natürlich wollte ich mit ihm ein Bett teilen. Nichts würde mich glücklicher machen.

Aber ich log ihn an. Und er hatte gerade ehrlich gesagt, wie sehr er Lügner hasste. „Chase, das muss ich erst verarbeiten."

„Erst verarbeiten?", fragte er mit einem so tiefen Stirnrunzeln, dass drei Linien erschienen. „Diese Reaktion habe ich nicht von dir erwartet nach allem, was du gestern gesagt hast. Ich dachte, du würdest in meine Arme sinken und mir sagen, dass du das auch lieben würdest. Und dann würde ich dich in unser Schlafzimmer tragen und wir würden etwas erleben, das keiner von uns jemals zuvor erlebt hat."

„*Du* hast es schon erlebt, Chase", musste ich ihn erinnern.

„Nein. Jede Erfahrung mit dir fühlt sich neu an – wie nichts, was ich bisher gefühlt habe. Einschließlich letzter Nacht. Das meine ich ernst."

Da er ein Mann war, der Lügner hasste, neigte ich dazu, ihm zu glauben. Und obwohl ich mich von ihm zu seinem Bett tragen lassen wollte, wusste ich, dass es falsch war. Sein Herz war bei der Sache, das konnte ich spüren, und ich wollte ihn auf keinen Fall verletzen. „Ich denke darüber nach – in meinem eigenen Bett. Gute Nacht."

Ich küsste ihn zärtlich, stand auf und ging weg, obwohl es höllisch wehtat, ihn zu verlassen.

KAPITEL FÜNFZEHN

CHASE

Ich saß da und starrte auf die leere Stelle auf dem Sofa, wo Arabella noch vor wenigen Augenblicken gesessen hatte. Etwas daran, wie sie sich verhalten hatte, fühlte sich seltsam an. Ich wusste nicht genau, was ich getan hatte, um ihre romantische Stimmung zu ruinieren. Aber etwas, das ich gesagt hatte, musste ihr das Gefühl gegeben haben, gehen zu müssen.

So oft ich mir auch eingeredet hatte, dass ich nichts überstürzen würde – ich hatte es trotzdem getan. Am Vortag hatte sie keine Skrupel gehabt, körperliche Nähe zuzulassen, also musste mein größter Fehler darin bestanden haben, sie zu bitten, zu mir in mein Schlafzimmer zu ziehen. Damit hatte ich anscheinend alles ruiniert.

Sie hatte gesagt, dass sie das erst verarbeiten musste, und kurz darauf war sie aufgestanden und gegangen. Sex war vielleicht okay, aber bei mir einzuziehen war zu viel. Erst jetzt konnte ich erkennen, dass ich sie unter Druck gesetzt hatte.

Ich fuhr mit den Händen über mein Gesicht und versuchte, mich in ihre Lage zu versetzen. Natürlich war ich begierig darauf, mit ihr zu schlafen. Und vielleicht war sie begierig darauf, mit mir zu schlafen. Aber sie war Jungfrau. Was wir in der vorigen Nacht getan hatten, war viel für jemanden, der zuvor kaum geküsst worden war. Warum ich mich mit dieser einen Nacht nicht zufriedengeben konnte, wusste ich nicht.

Vielleicht machte es mir meine Erfahrung leichter, weiterzumachen. Oralsex führte normalerweise zu richtigem Sex. Es war ein Wunder, dass ich mich nach allem, was wir getan hatten, zurückhalten konnte. Ein echtes Wunder. Ich hatte mich noch nie zurückgehalten.

Bis zum nächsten Abend damit zu warten, das Thema Sex anzusprechen, war mir also angemessen erschienen, aber für Arabella war es wohl ein wenig zu schnell gegangen.

Als ich mich an die Zeit erinnerte, als ich zum ersten Mal Sex gehabt hatte, musste ich zugeben, dass es sich für mich verrückt angehört hätte, mit meiner damaligen Freundin zusammenzuziehen. Es hatte keine Rolle gespielt, dass wir Sex hatten – zusammenzuleben wäre uns nicht einmal in den Sinn gekommen.

Wie dumm von mir.

Als ich erkannte, wie egoistisch ich gewesen war, wurde mir schlecht. Arabella hatte in ihrer Vergangenheit offensichtlich Probleme gehabt, sonst wäre sie nicht durch das halbe Land gereist, um ihr Zuhause und ihre Familie zu verlassen. Und alles, woran ich denken konnte, war, sie in mein Bett zu bekommen – und zwar dauerhaft.

Was bin ich? Eine Art Monster?

Ich musste mich entschuldigen. Ich musste die Sache mit ihr in Ordnung bringen. Und ich musste meinem ursprünglichen Plan folgen, bei ihr nichts zu überstürzen.

Aber wie soll ich mich aufhalten, wenn ich mich so sehr nach ihr sehne?

Kopfschüttelnd versuchte ich, den Gedanken aus meinem Kopf zu vertreiben. Meine Sehnsüchte spielten im Moment keine

Rolle. Hier ging es um ihre Bedürfnisse. Sie war noch unschuldig – ich nicht.

Arabella brauchte und verdiente Zeit, um das zu verarbeiten, was zwischen uns geschah. Und ich musste aufhören, mich von meiner Libido steuern zu lassen. Also stand ich auf, um mich bei ihr zu entschuldigen und ihr mitzuteilen, dass ich sie nicht mehr bedrängen würde. Wir konnten es so langsam angehen, wie sie wollte, so wie ich es ihr anfangs gesagt hatte.

Mein Handy vibrierte in meiner Tasche und ich hielt inne, um nachzusehen, wer mir geschrieben hatte.

- Mein plötzlicher Stimmungsumschwung tut mir leid. Das lag nicht an dir, sondern an mir. Wenn du mir die Gelegenheit geben möchtest, es wiedergutzumachen, kannst du ins Gästehaus kommen. Du findest mich im Bett. Nackt. Ich bin bereit. -

Auf keinen Fall.

Das musste ein Traum sein. Es konnte nicht wahr sein. Aber ich machte mich trotzdem auf den Weg zum Gästehaus.

Vielleicht hatte ich die ganze Zeit falschgelegen. Vielleicht wollte sie genauso sehr bei mir sein wie ich bei ihr. Ich fing an, mich im Gehen auszuziehen, hinterließ eine Spur von Kleidungsstücken auf dem Boden und marschierte mit nichts als einem Lächeln aus der gläsernen Hintertür.

Sobald ich das Gästehaus betrat, hörte ich leise Musik. Die Schlafzimmertür stand weit offen und flackerndes Kerzenlicht tauchte Arabella in einen goldenen Schein.

Ich musste stehenbleiben und sie ansehen. Ich wollte mir ihren Anblick für immer einprägen. „Du bist so schön wie ein Engel im Himmel."

Ihre Augen wanderten über meinen Körper. „Du siehst aus, als wärst du aus Marmor gemeißelt. Absolut perfekt."

Ein weißes Laken bedeckte sie bis zur Taille. Ich hob es hoch und ließ es zur Seite fallen. „Das Gleiche kann ich über dich sagen, Arabella." Ich streichelte ihre weiche Haut und setzte mich ihr gegenüber auf das Bett. „Bist du dir sicher, dass du das tun willst?"

„Zweifle nicht daran, Chase. Ich möchte, dass du mein erster Mann bist."

Ich wollte noch mehr. Ich wollte ihr erster und letzter Mann sein. Aber ich würde diesen Teil nicht überstürzen. Noch nicht. „Dann *werde* ich der Erste für dich sein."

Ich küsste sie zärtlich und bedeckte ihren Körper mit meinem, aber ich würde nicht direkt zur Sache kommen. Ich wusste, dass sie als Jungfrau viel Vorspiel brauchte.

Ich war bei meiner ersten sexuellen Begegnung schnell und leidenschaftlich gewesen und der Schrei meiner Freundin, als ich mich in sie gerammt hatte, verursachte mir immer noch Albträume. Ich hatte ihr nicht wehtun wollen. Ich hatte nicht einmal geahnt, dass ich ihr wehtun würde.

Ich hatte gedacht, dass Sex nur aus Vergnügen bestand. Und das konnte auch so sein. Aber erst nachdem sich genügend Erregung aufgebaut hatte. Also war ich wild entschlossen, Arabellas erstes Mal viel besser für sie zu machen.

Ich zog eine Spur von Küssen über ihren Körper und spürte ihre Hände in meinen Haaren. „Wir können die 69er-Stellung noch einmal ausprobieren", sagte sie mit Erregung in ihrer Stimme.

„Ich will, dass du diesmal keinen Finger rührst. Hier dreht sich alles um dich und darum, dir eine neue Welt zu eröffnen. Lehne dich einfach zurück und lass dich von mir verwöhnen."

„Einen Moment lang dachte ich schon, es hätte dir nicht gefallen, wie ich mich beim Oralsex angestellt habe", sagte sie. „Aber ich finde es sehr schön, dass du mir helfen willst, mich zu entspannen, Chase. Es war richtig, dir zu vertrauen."

„Du hast völlig recht damit, mir zu vertrauen." Ich küsste die Innenseite ihres Oberschenkels. „Lege jetzt deinen Kopf zurück, schließe deine Augen und lass dich von mir in eine andere Welt bringen."

„Ich muss dir noch etwas sagen, bevor ich schweige", flüsterte sie mit heiserer Stimme. „Du sollst wissen, dass ich das Gefühl habe, mich in dich zu verlieben. Ich weiß, dass wir uns erst eine Woche kennen, aber es ist wahr und ich wollte, dass du das weißt."

Die Art und Weise, wie mein Herz schmerzte und gleichzeitig schneller schlug, sagte mir, dass ich mich auch in sie verliebte. „Baby, du hast keine Ahnung, wie gut es ist, dich das sagen zu hören. Ich habe das Gleiche gedacht. Ich verliebe mich auch jeden Tag ein bisschen mehr in dich."

Tief seufzend nickte sie. „Ich bin froh, dass wir uns einig sind. Ich bin bereit, Chase."

Ich war begeistert, das zu hören, und ließ mir Zeit dabei, sie zu küssen und ihren Körper zu streicheln. Mit meiner Zunge und meinen Fingern wollte ich sie auf mich vorbereiten, bevor ich ihr alles gab, was ich zu geben hatte – was verdammt viel war.

Ich leckte die pulsierende Knospe zwischen ihren Schenkeln, bis sie einen Orgasmus hatte. Als ich ihr dabei zusah, wie sie über den Rand der Ekstase stürzte, war mein Schwanz hart und ich wollte endlich ihre feuchte Hitze spüren. Aber das konnte ich ihr noch nicht antun. Ich wollte sie noch etwas lockerer machen, bevor ich in sie eindrang.

Sie hatte aber andere Ideen. „Bitte tu es jetzt, Chase", stöhnte sie. „Ich will dich so sehr, dass ich fast den Verstand verliere." Ihre Hände ballten sich in meinen Haaren zu Fäusten und versuchten, mich zu ihrem Gesicht hochzuziehen, um ihr das zu geben, wonach sie sich sehnte.

„Ganz ruhig, Baby." Ich liebkoste ihren Körper auf dem Weg nach oben und legte mich dann neben sie. Ich küsste eine harte Brustwarze und leckte sie, während sie stöhnte, weil sie viel mehr brauchte.

Sie wölbte mir ihren Körper entgegen und flehte: „Chase, bitte. Ich kann nicht länger warten. Ich will dich in mir spüren."

Mein Schwanz pulsierte und sagte mir, dass er Erlösung

brauchte. Also schob ich meinen Körper über ihren, beugte ihre Knie und bewegte mich langsam nach unten.

Ihre Augen waren weit geöffnet und hielten meinen Blick. „Ich will, dass du mir sagst, wenn es zu sehr wehtut, damit ich mich zurückziehen kann. Ich will dir nicht wehtun. Ich meine, es wird wehtun, aber ich werde langsam machen, damit du dich an mich gewöhnen kannst. Du musst ehrlich zu mir sein und mir sagen, wann ich aufhören soll und wann ich mich ganz zurückziehen soll."

Nickend biss sie sich auf die Unterlippe. „Versprochen."

Ich drückte meine Erektion gegen ihren engen, jungfräulichen Kanal und bekam kaum die Spitze hinein. Ihre Nägel gruben sich in meinen Rücken. „Tut das weh?"

„Nur ein bisschen. Mach weiter." Sie blinzelte ein paarmal. „Es ist okay. Wirklich."

Ich drückte noch ein wenig mehr zu und mein Schwanz wurde von ihr so fest umschlossen wie noch nie zuvor. Ich wollte ganz in sie eintauchen und es hinter mich bringen. Für mich war es auch nicht angenehm. „Kann ich tiefer eindringen oder tut das weh?"

Sie hob ihre Hüften ein wenig an und ich glitt weiter in sie. „Au!", murmelte sie. „Das hat wirklich ein bisschen wehgetan."

„Nun, das hast du getan. Hör auf. Lass mich das machen."

„Ich sehe dir an, dass es auch für dich schwer ist. Du kannst ehrlich zu mir sein, Chase. Ich will auch nicht, dass du Schmerzen hast." Sie wölbte sich mir weiter entgegen und schloss die Augen. „Tu es einfach, Chase. Ich denke, es ist besser, diesen Teil schnell hinter uns zu bringen. Dringe einfach mit einem Stoß ganz in mich ein. Ich werde versuchen, nicht zu schreien."

„Du bist sehr tapfer, Arabella", sagte ich und küsste ihre Stirn. „Und ich liebe, wie mitfühlend du bist. Also los." Ich bereitete mich innerlich auf den Schmerzensschrei vor, den sie mit Sicherheit ausstoßen würde.

Als ich vollständig in sie glitt, spürte ich einen Widerstand, bevor ihr Jungfernhäutchen riss, und dann war ich endlich ganz in ihr.

„Oh Gott!", schrie sie. „Das brennt!" Ich wollte mich zurückziehen, aber sie legte ihre Hände auf meinen Hintern und hielt mich auf. „Bewege dich nicht. Gib mir eine Minute, um mich daran anzupassen."

Ich hielt still und spürte, wie sich ihre Muskeln um meinen schmerzenden Schwanz zusammenzogen. „Geht es dir gut?"

Sie nickte und öffnete die Augen. Die Emotionen darin machten mich sprachlos, als in ihrem Blick unvergossene Tränen funkelten. „Mir geht es mehr als gut. Liebe mich, Chase."

KAPITEL SECHZEHN

ARABELLA

Meine Augenlider flogen auf, als sich das Bett bewegte. Ich drehte mich um und sah, wie Chase sich aufsetzte und streckte, bevor er aufstand. „Du musst dich für die Arbeit fertig machen, hm?"

Er drehte sich um und setzte sich wieder auf das Bett. „Ja." Er strich mit seinen Knöcheln über meine Wange. „Wie geht es dir, Liebling?"

Ich nahm seine Hand und hielt sie an meine Wange. „Großartig, Liebling." Ich lachte leise. „Letzte Nacht konnten wir kaum zugeben, dass wir uns vielleicht verlieben, und ein paar Stunden später nennen wir einander *Liebling*."

„Alles, was wir letzte Nacht geteilt haben, hat uns näher zusammengebracht." Er beugte sich vor und küsste sanft meine Lippen. Ich spürte, wie sich etwas in mir regte.

Ich legte meine Arme um seinen Hals und zog ihn zurück ins Bett. Der Kuss wurde leidenschaftlicher und bevor ich mich versah, rollten wir schwer atmend über die Matratze. Dann war sein Körper auf meinem und wir vereinten uns auf die bestmögliche Weise.

„Oh", stöhnte ich leise, als es wehtat, aber ich wusste, dass der Schmerz schnell nachlassen würde.

„Alles okay?", fragte er und hielt still.

„Ja. Hör nicht auf." Ich lächelte und war froh, dass er so sensibel auf meine Gefühle reagierte.

Wir bewegten uns in einem sanften Rhythmus, während wir einander in die Augen sahen. „Du hast keine Ahnung, wie wunderbar es ist, mit dir aufzuwachen."

„Doch, das habe ich, weil ich es auch ganz wunderbar finde, mit dir aufzuwachen." Ich strich mit meinen Nägeln über seinen Rücken und wölbte mich ihm entgegen. „Du kannst härter zustoßen, wenn du willst. Es tut nicht mehr weh. Jetzt ist alles gut."

Er machte ein paar harte Stöße.

Ich liebte, wie es sich anfühlte, und stöhnte vor Vergnügen. „Mehr, Liebling. Gib mir mehr."

Er rollte sich herum und brachte mich dazu, mich aufzusetzen. „Reite mich so schnell oder so langsam, wie du willst."

„Ähm …" Ich wusste nicht, was ich tun sollte. „Wie?"

Er legte seine Hände auf meine Taille und bewegte mich auf und ab. „So."

In meiner Position konnte ich seine fantastischen Bauchmuskeln berühren. „Das gefällt mir. Ich habe eine verdammt gute Aussicht."

Er rammte seine Hüften nach oben und legte seine Hände auf meine Brüste. „Ich auch."

Meinen Körper mit ihm zu teilen machte viel mehr Spaß, als ich je gedacht hatte. Ich hatte nie viel Selbstvertrauen in Bezug auf meine Figur gehabt, aber die Art, wie er mich ansah und berührte, gab mir viel davon.

Unsere Körper wurden immer schneller, bis ich zum Höhepunkt kam und er mir folgte. Sein heißes Sperma füllte mich, als wir beide stöhnend Erlösung fanden.

Ich lag auf ihm und hörte, wie sein Herz in seiner Brust schlug. Als es langsamer geworden war, rollte ich mich von ihm herunter, um mich neben ihn zu legen. „Ich schätze, du musst dich jetzt wirklich für die Arbeit fertig machen."

„Ja, leider hast du recht." Er drehte sich auf die Seite und sah auf mich hinab. „Danke."

Ich streichelte seine Wange, die mit Bartstoppeln überzogen war, und musste fragen: „Wofür?"

„Dafür, dass du so bist, wie du bist." Er küsste meine Lippen und seufzte. „Ich muss gehen."

„Ich weiß." Ich hasste es genauso sehr wie er.

Er sah mich lange an, bevor er fragte: „Willst du heute in mein Schlafzimmer einziehen? Ich weiß, dass ich spät nach Hause kommen werde. Aber du könntest Platz für deine Sachen machen, während ich auf Arbeit bin. Ich habe nichts dagegen."

„Heute ist Dienstag. Mary putzt dienstags immer dein Haus." Ich hatte nicht vor, irgendetwas in seinem Schlafzimmer zu tun, wenn ich befürchten musste, dass sie jederzeit hereinkam. „Also nein. Ehrlich gesagt bin ich mir ohnehin nicht sicher, ob ich dort einziehen soll. Ich glaube, sie hasst mich irgendwie. Und ich weiß, dass sie mir nicht über den Weg traut."

„Mir ist egal, was sie denkt." Kopfschüttelnd setzte er sich auf. „Verdammt, ich habe mir geschworen, dich nicht mehr zu bedrängen, aber ich mache immer weiter. Es tut mir leid. Wenn du Lust hast, in mein Schlafzimmer einzuziehen, dann tu es. Und wenn nicht, verstehe ich, dass du noch nicht bereit dafür bist – was völlig in Ordnung ist. Sobald du es bist, kannst du Mary sagen, dass sie sich aus unseren Angelegenheiten heraushalten soll. Du wirst die Dame des Hauses sein. Also kannst du unserer Haushälterin ruhig sagen, wo ihre Grenzen sind."

„*Unserer* Haushälterin?", fragte ich lachend. „Das alles geht wirklich zu schnell", neckte ich ihn.

„Ich muss zurück zu meinem Haus und dann zur Arbeit. Ich schreibe dir eine Textnachricht, sobald ich Pause habe. Genieße deinen Tag. Hoffentlich sehe ich dich heute Abend, wenn ich nach Hause komme. Falls es nicht zu spät wird. Ich will dich nicht wecken."

„Soll das heißen, dass ich vielleicht erst am Samstag wieder Zeit mit dir verbringen kann?" Ich vermisste ihn jetzt schon. „So war es letzte Woche auch."

„Ich fürchte ja, Süße." Er küsste meinen Kopf. „Ich muss los."

„Ich wünsche dir einen schönen Tag", rief ich ihm nach, als er ging.

„Das wünsche ich dir auch."

Ich lag im Bett, starrte an die Decke und war mir nicht sicher, was ich tun sollte. Ich fühlte mich noch nicht dazu in der Lage, mich mit Mary auseinanderzusetzen. Aber ich wusste, dass ich Chase vermissen würde, wenn ich ihn bis zum Wochenende nicht mehr zu sehen bekam.

Andererseits war unsere Beziehung noch ganz neu und zu viel Zeit miteinander zu verbringen könnte schlecht für uns sein. Ich wollte nicht, dass wir uns gegenseitig auf die Nerven gingen.

Ich schlief wieder ein, da ich nicht um sechs Uhr morgens aufstehen musste, um meinen Tag zu beginnen. Als ich um acht Uhr aufwachte, hatte ich plötzlich eine erschreckende Erkenntnis. *Wir haben nicht verhütet!*

Ich setzte mich im Bett auf und zog die Decke bis zu meinem Kinn hoch, während mich ein Schauder durchlief. „Ich darf nicht schwanger werden." Mein Leben war in Gefahr. Ich konnte nicht auch noch ein armes, kleines Baby in Gefahr bringen.

Nach einer schnellen Dusche zog ich mich an und fuhr zur Apotheke, um nachzusehen, mit welchen Produkten ich das nächste Mal verhindern könnte, schwanger zu werden – denn es würde noch viele nächste Male geben. Ich konnte nicht zu einer Frauenärztin gehen, weil ich niemandem meinen richtigen Namen nennen durfte. Also musste ich mich auf rezeptfreie Produkte verlassen.

Die Regale waren voller Kondome, aber ich wollte mit Chase

nicht über Verhütung reden – es schien ein Stimmungskiller zu sein. Ich kümmerte mich lieber allein darum. Er dachte offensichtlich, dass ich bereits verhütete, da er nichts erwähnt hatte, als wir zur Sache gekommen waren.

Ich suchte weiter und fand einige ziemlich interessante Optionen. Spermizide schienen eine gute Idee zu sein. Es gab sie als Gel oder Schwamm. Aber das, was mir ins Auge fiel, war eine Packung, auf der in großen Buchstaben die Worte *Sichere, wirksame Geburtenkontrolle* standen. Darunter stand *Absolut gefühlsecht*, was mir auch sehr gut gefiel.

Ich griff danach, las weiter und erfuhr, dass dieses Produkt vaginaler Verhütungsfilm genannt wurde.

Ich kaufte ein paar Packungen, da die dünnen Filmstreifen jeweils nur drei Stunden lang hielten. Ich wollte nicht, dass sie mir ausgingen.

Gerade als ich die Apotheke verließ und in den Range Rover einstieg, bekam ich einen Anruf von Chase. „Hi. Wie war dein Tag bisher?", begrüßte ich ihn.

„Wir machen hier gute Fortschritte. Mir ist gerade etwas eingefallen und ich dachte, ich rufe dich an, um etwas Wichtiges zu fragen."

„Was denn?" Ich startete das Auto, um zum Supermarkt zu fahren und dort den Wocheneinkauf zu erledigen.

„Nun, ich glaube, ich habe gestern Abend und heute Morgen nicht wirklich nachgedacht. Nach meinen bisherigen Erfahrungen hat sich immer die Frau um die Verhütung gekümmert. Ich weiß, ich hätte fragen sollen, bevor wir miteinander geschlafen haben."

„Ach, keine Sorge. Ich habe alles im Griff." Ich lächelte, als ich die kleine Tüte mit den Verhütungsmitteln darin ansah.

„Oh, gut!" Er klang erleichtert. „Ich hätte wissen müssen, dass du dich darum kümmern würdest. Aber ich musste fragen. Tut mir leid, dass ich es nicht schon gestern Abend erwähnt habe."

„Schon okay. Es ist mein Körper und ich bin diejenige, die

schwanger werden würde, nicht wahr? Es ist nur sinnvoll, wenn ich mich darum kümmere." Ich dachte, dass das richtig klang. Ich konnte nicht erwarten, dass jemand anderer darüber nachdachte, was mit meinem Körper passieren könnte.

Er lachte leise. „Nun, du wärst diejenige, die schwanger wird, aber es wäre auch mein Baby. Es war leichtsinnig von mir, nicht gleich danach zu fragen, schließlich betrifft die Verhütung beide Partner. Ich kann von jetzt an Kondome benutzen, wenn du willst."

Dass er Verantwortung übernehmen wollte, führte dazu, dass ich mich noch mehr in ihn verliebte. Es gab mir das Gefühl, dass er wirklich in jeder Hinsicht mein Partner sein wollte. „Das ist sehr rücksichtsvoll, aber es wird nicht nötig sein. Ich mache das."

„Großartig. Werde ich dich heute Nacht in meinem Bett vorfinden?", fragte er. Bevor ich überhaupt die Chance hatte, meinen Mund zu öffnen, fügte er hinzu: „Antworte nicht. Ich hätte nicht einmal fragen sollen. Ich sage immer, dass ich dich nicht bedrängen will, und dann tue ich es trotzdem. Komm zu mir, wenn du willst, und wenn nicht, werde ich es verstehen. Kein Druck."

Ich fühlte mich von ihm nicht unter Druck gesetzt, aber ich musste zugeben, dass mein Körper immer mehr wollte. „Ich bin mir noch nicht sicher. Aber das liegt nicht daran, dass ich nicht genauso sehr mit dir zusammen sein möchte, wie du mit mir. Mein Körper sehnt sich nach dir, Chase."

„Ja, das geht mir bei dir auch so. Ich habe mich ehrlich gesagt noch nie bei jemand anderem so gefühlt. Es macht süchtig. Aber ich werde respektieren, was auch immer du tust. Du sollst nur wissen, dass du jederzeit in mein Schlafzimmer einziehen kannst – es ist eine offene Einladung."

Er wollte mich wirklich und das Gefühl beflügelte mich. „Du bist ein großartiger Mann, Chase. Mal sehen, was passiert. Vielleicht schaffe ich es heute doch noch, Mary die Stirn zu bieten. Wer weiß?" Ich zweifelte ein wenig daran. Sie hatte eine dominante Ausstrahlung und ich war niemand, der sich mit so jemandem anlegte.

Mir war mein Leben lang beigebracht worden, Leute wie sie zu meiden. In der Welt, aus der ich kam, waren diese Menschen am gefährlichsten.

„Denke immer daran, dass du jetzt mein Mädchen bist. Alle, die für mich arbeiten, müssen das respektieren. Ich möchte Mary nicht feuern, aber wenn sie glaubt, dass sie dich schikanieren kann, werde ich es tun. Ich kann jemand anderen finden, der das Haus aufräumt, aber ich kann keine zweite Arabella finden. Es ist überhaupt kein Problem."

Ich wollte nicht, dass jemand seinen Job verlor, nur weil ich Angst hatte, mich zu behaupten. „Das wird bestimmt nicht nötig sein. Ich werde lernen, mit ihr umzugehen." Ich musste es tun. Ich würde nie das sein, was Chase von einer Partnerin brauchte, wenn ich nicht einmal für mich selbst einstehen konnte.

„Ich muss weiterarbeiten, Liebling. Ich hoffe, dich heute Abend zu sehen."

„Ich auch. Schönen Tag, Liebling."

„Dir auch."

Als ich zum Supermarkt fuhr, fühlte ich mich großartig. Ich übernahm die Kontrolle über mein Leben. Bei Chase hatte ich seit der Nacht, in der meine Mutter ermordet worden war, zum ersten Mal das Gefühl, in Sicherheit zu sein.

Nach unserer letzten gemeinsamen Nacht hatte sich allerdings etwas in mir geändert. Ich hatte jeden Tag mehr Selbstvertrauen bekommen, aber jetzt hatte ich endlich das Gefühl, dass ich es schaffen könnte. Mein Vater würde mich vielleicht doch nicht finden.

Und selbst wenn er es tat, wusste ich, dass Chase nicht zulassen würde, dass mir etwas passierte.

KAPITEL SIEBZEHN

CHASE

Nach vier Tagen und Nächten, in denen wir uns wegen meines verrückten Terminplans nicht sehen konnten, war ich überglücklich, nach Hause zu kommen und Arabella in meinem Bett vorzufinden. Sie war fest eingeschlafen, also ging ich zum Schrank, um nachzusehen, ob sie ihre Kleidung mitgebracht hatte oder ob sie nur für eine Nacht gekommen war.

Auf einer Seite des großen begehbaren Kleiderschranks hatte sie Platz für sich gemacht. Mir fiel auf, dass sie nicht viel Kleidung hatte. Ich war mir nicht sicher, ob das all ihre Sachen waren, und ging ins Gästehaus, um den Rest zu holen. Ich dachte, dass es noch mehr geben musste, das sie nur noch nicht in mein Schlafzimmer gebracht hatte.

Als ich ihren Schrank öffnete, stellte ich fest, dass alle Kleider und Schuhe weg waren, aber oben im Schrank war ein Karton. Ich sah aber nicht hinein. Ich hatte das Gefühl, dass sie ihn dort behalten wollte, anstatt ihn in mein Haus zu bringen.

Sie hat immer noch Geheimnisse, die sie mir nicht erzählen will.

Bevor ich das Gästehaus verließ, klingelte mein Handy und

ich nahm den Anruf meines Bruders Callan entgegen. „Es muss wichtig sein, wenn du so spät anrufst."

„Irgendwie schon", sagte er. „Ich habe vergessen, dich zu fragen, ob du morgen dein Boot brauchst. Ich habe eine Verabredung und mein Boot ist gerade in der Werkstatt."

„Du solltest dieses Schrottding endlich verkaufen." Sein Boot war in diesem Jahr öfter in der Werkstatt als auf dem Wasser gewesen. „Du musst hier vorbeikommen, um den Schlüssel abzuholen, aber ja, du kannst mein Boot ausleihen." Ich hatte an meinem freien Wochenende ohnehin andere Dinge vor. Zum Beispiel mit meinem Mädchen im Bett zu liegen. „Arabella ist heute bei mir eingezogen."

„Sie hat was getan?", fragte er und klang ein wenig aufgebracht. „Ohne dass du sie darum gebeten hast?"

„Nein." Ich konnte nicht glauben, dass er das dachte. „Ich habe sie schon Anfang dieser Woche darum gebeten. Sie war sich zuerst nicht sicher, aber als ich vor ein paar Minuten nach Hause gekommen bin, habe ich sie in meinem Bett vorgefunden. Sie hat auch ihre Sachen mitgebracht. Naja, fast alles. Einen Karton hat sie in dem Schrank im Gästehaus zurückgelassen."

„Was ist darin?"

„Ich schnüffle nicht in ihren Sachen herum, Callan." Mein jüngerer Bruder schien keine Ahnung zu haben, wer ich war.

„Warum nicht?", fragte er verständnislos. „Ich meine, sie hat wahrscheinlich deine Sachen durchwühlt, als sie ihr Zeug in dein Schlafzimmer gebracht hat. Warum willst du nicht nachsehen, was in dem Karton ist? Vielleicht gibt es einen Hinweis darauf, warum sie ihn absichtlich dort gelassen hat, anstatt ihn mit dem Rest bei dir unterzubringen."

„Zunächst einmal vertraut sie mir, also bezweifle ich, dass sie bei mir herumgeschnüffelt hat. Und was würde es über mich aussagen, wenn ich dieses Vertrauen nicht erwidere?"

„Kannst du ihr wirklich vertrauen?", fragte er. „Es gibt immer noch vieles, was du nicht über sie weißt, und im Gegensatz zu dir ist sie alles andere als offen. Wenn du nicht nachsiehst, was in dem Karton ist, solltest du sie zumindest fragen, warum sie ihn dort gelassen hat."

„Das möchte ich nicht. Wenn sie mir davon erzählen will, wird sie es tun. Wenn nicht, ist es auch egal. Es ist bestimmt nichts, worüber ich mir Sorgen machen muss."

„Warum hast du mir dann davon erzählt?"

Das ist eine gute Frage.

„Ich weiß nicht, warum ich es erwähnt habe." Ich kniff in meinen Nasenrücken und fragte mich, warum ich überhaupt den Mund aufgemacht hatte. „Und ehrlich gesagt bereue ich es."

„Ich glaube, du hast es mir erzählt, weil du wolltest, dass ich dir rate, nachzusehen. Oder damit ich weiß, wo ich anfangen soll zu suchen, wenn dir und deiner mysteriösen persönlichen Assistentin, die jetzt anscheinend auch deine Geliebte ist, etwas passiert."

Ich musste lachen. „Deine Vorstellungskraft ist verblüffend, Callan. Ich gebe unserer Mutter und ihrer Liebe zu Kriminalromanen die Schuld dafür. Ihr beide habt dramatische, geheimnisvolle Geschichten immer geliebt."

„Und?", fragte er, ohne es zu leugnen. „Ich sage nur, dass sie zwar in dein Haus und dein Schlafzimmer gezogen ist, aber dir nicht mehr erzählt hat als vor einer Woche. Du weißt immer noch nicht, woher sie kommt und warum sie wirklich von zu Hause weggegangen ist, oder?"

„Sie hat nichts mehr darüber gesagt. Aber zu ihrer Verteidigung war ich sehr beschäftigt und wir konnten uns seit Dienstagmorgen nicht mehr von Angesicht zu Angesicht unterhalten. Und jetzt ist es Freitagnacht und schon spät. Vielleicht hat sie dieses Wochenende Lust, mir mehr zu erzählen."

„Und wenn nicht?"

„Vielleicht tut sie es."

„Wahrscheinlich nicht. Was machst du, wenn sie nicht von selbst anfängt zu reden, Bruder?"

„Nichts." Ich sah keinen Grund, deswegen Streit anzufangen, wenn es keinen Anlass zur Sorge gab. Außerdem hatte ich ein wenig über sie nachgeforscht. „Ich habe niemandem etwas gesagt – hauptsächlich, weil ich nicht möchte, dass Arabella davon erfährt –, aber ich habe nachgesehen, ob sie als vermisst gemeldet ist. Und weißt du was? Das ist sie nicht. Ich sehe also keinen Grund, mir weiterhin Sorgen darüber zu machen, woher sie kommt oder warum sie mir noch nicht die ganze Geschichte erzählen will."

„Vielleicht weil die Geschichte grauenhaft ist – oder schlimmer noch – illegal", sagte er finster. „Vielleicht hättest du auch nachsehen sollen, ob sie von der Polizei gesucht wird."

„Komm schon, das Mädchen ist völlig unschuldig, Callan. Arabellas Herz ist rein. Hunde und Babys lieben sie, und sie liebt Hunde und Babys. Gib es zu – du weißt, dass sie gut für mich ist. Wen interessiert es, ob sie Geheimnisse hat, von denen sie mir noch nicht erzählen will? Eines Tages wird sie mir bestimmt alles verraten und das ist gut genug für mich."

„Du hast verdammt viel Vertrauen zu ihr, obwohl du sie erst seit zwei Wochen kennst."

Ich stand da, starrte an die Decke und fragte mich, ob er recht hatte. Vielleicht war ich zu gutgläubig. Es gab Dinge, die sie vor mir verheimlichte, und ich wusste nichts über ihre Vergangenheit. Nicht wirklich.

Sicher, sie hatte mir einiges erzählt – aber woher sollte ich wissen, dass es die Wahrheit war?

„Ich denke nicht, dass sie gefährlich ist, und das ist das Wichtigste." Ich musste einen Silberstreifen in der dunklen Wolke finden, die er heraufbeschworen hatte.

„Das ist eine ziemlich gewagte Annahme, Chase. Woher willst du wissen, ob sie gefährlich ist oder nicht?"

Ich hatte neben ihr geschlafen. Sie hätte mich schon umbringen können, wenn sie gewollt hätte. „Ich war mit ihr in Situationen, in denen ich verwundbar war, und sie hat mich am

Leben gelassen, Callan." Ich lachte über seine verrückten Ideen. „Ich möchte noch einmal betonen, dass meine Hunde sie lieben. Wenn sie böse Absichten hätte, hätten sie es schon längst bemerkt."

„Du setzt zu viel Vertrauen in diese Tiere. Wenn du es nicht tust, werde ich ihren Hintergrund überprüfen lassen. Wenn du in Gefahr bist, ist es unser Unternehmen auch. Es ist nur logisch, zumindest aus geschäftlicher Sicht."

Er hatte recht, aber ich wollte nicht, dass meine Familie sich in meine Angelegenheiten einmischte. „Ihre Ersatzpapiere sollen diese Woche ausgestellt werden." Ich hatte keine Ahnung, ob das stimmte, aber ich wollte dieser Diskussion ein Ende setzen. „Dann werde ich einen Hintergrundcheck machen." Es sah mir nicht ähnlich, zu lügen, aber ich wusste nicht, was ich sonst tun sollte.

Ich nahm mir allerdings vor, sie zu fragen, wie sich die Sache mit ihrem Führerschein entwickelt hatte. Ich hatte nicht mehr daran gedacht und das war ein Problem.

Lasse ich zu, dass meine Gefühle für Arabella mein Urteilsvermögen trüben?

„Also gut. Ich lasse dich in Ruhe, bis du den Hintergrundcheck gemacht hast. Aber sei vorsichtig und versuche, dich zurückzuhalten, bis du alles weißt", riet er mir. „Ich sage nur, dass du sie nicht nach Vegas mitnehmen und heiraten sollst."

Das konnte ich nicht tun, selbst wenn ich wollte, weil sie keine Papiere hatte. „Du hast mein Wort, dass ich so etwas nicht tun werde."

„Okay. Dann ruhe dich aus. Wir sehen uns morgen, wenn ich vorbeikomme und den Bootsschlüssel abhole. Pass auf dich auf, Bruder."

„Du auch. Gute Nacht."

Ich steckte das Handy wieder in meine Tasche, verließ das Gästehaus und ging zurück in mein Schlafzimmer, wo Arabella immer noch schlief. Nachdem ich geduscht hatte, legte ich mich nackt ins Bett. Ich schmiegte mich von hinten an sie und stellte fest, dass sie auch nackt war. Das liebte ich an ihr.

Mit einem leisen Stöhnen legte sie ihre Hand auf meine Hüfte, während ich meine Arme um sie schlang. Ich presste meine Lippen auf ihren Nacken. „Schlaf weiter, Süße. Wir haben das ganze Wochenende."

„Wir haben mehr als das. Ich habe heute meine Sachen hierhergebracht. Ich werde von nun an jede Nacht in diesem Bett auf dich warten, wenn du willst." Ein schwerer Seufzer hallte durch den Raum. „Ich hoffe, dass es noch sehr lange so sein wird."

„Ganz bestimmt." Ein Gähnen drang aus meinem Mund. „Ich bin todmüde. Morgen können wir ausschlafen. Das sollte mir neue Energie für unser Wochenende verschaffen."

Sie schob ihre Hand auf meine, die jetzt auf ihrem Bauch lag. „Einverstanden. Gute Nacht, Liebling."

„Gute Nacht." Ich war schon halb eingeschlafen, als die Worte meinen Mund verließen.

Als ich am nächsten Morgen aufwachte, war sie nicht in meinen Armen und auch nicht in meinem Bett. „Arabella?"

Ich hörte Wasserrauschen im Badezimmer und lächelte, als ich meine Augen schloss. Ein paar Minuten später kletterte sie wieder ins Bett und ich öffnete meine Augen und war froh darüber, dass sie sich noch nicht angezogen hatte. „Komm her."

Mit einem Lächeln kam sie direkt in meine Arme und legte ein Bein über meine Hüfte. „Ich habe dich mehr vermisst, als ich für möglich gehalten hätte."

Ich küsste ihre Nasenspitze. „Ich habe ununterbrochen an dich gedacht. Als ich dich letzte Nacht in meinem Bett entdeckt habe, war ich so erleichtert. Endlich kann ich jeden Abend zu dir nach Hause kommen und dich so in meinen Armen halten, wie ich es mir seit dem Tag, an dem wir uns kennengelernt haben, erträumt habe."

Ihre dunklen Augenbrauen hoben sich überrascht. „Oh, du hattest also schon immer Pläne mit mir?"

„Ich habe mich immer zu dir hingezogen gefühlt. Und ich wette, du kannst das Gleiche von dir behaupten."

„Nun, du bist ein ziemlich gutaussehender Mann. Ich dachte zuerst, das wäre einfach nur ein Vorteil des Jobs." Sie küsste sanft meine Lippen. „Aber je besser ich dich kennenlernte, desto mehr mochte ich dich. Du bist ein erstaunlicher Mensch, Mr. Duran."

Ich zog sie näher an mich, sodass ihre Brüste gegen meinen Oberkörper gedrückt waren, und erwiderte das Kompliment: „Du auch, Miss Loren."

Einen Moment lang wandte sie den Blick ab. Aber ich bemerkte den Kummer in ihren Augen, bevor sie ihn verbergen konnte. Als sie sich wieder zu mir umdrehte, hatte sie ein Lächeln im Gesicht und keine Spur von irgendetwas Schlechtem in ihrem Blick. „Was hältst du davon, wenn ich uns heute Pfannkuchen und Würstchen zum Frühstück mache?"

„Nein." Ich küsste sie und übernahm die Führung, bevor sie versuchte, aus dem Bett zu kommen. „Ich lade dich zum Frühstück ein. Aber das Wichtigste zuerst. Ich habe gerade Appetit auf etwas anderes als Essen."

„Wirklich?" Sie lachte. „Und worauf hast du Appetit, Liebling?"

Ich drehte sie auf den Rücken und nahm eine ihrer Brüste in meinen Mund. Ich liebte, wie sie stöhnte, als meine Zunge die harte Brustwarze leckte. Ich konnte mir vorstellen, das jeden Morgen nach dem Aufwachen und jede Nacht vor dem Einschlafen zu tun. Das Leben mit ihr würde großartig sein – das wusste ich instinktiv.

KAPITEL ACHTZEHN

ARABELLA

Um unser einmonatiges Jubiläum zu feiern, wollte ich zum Abendessen das Hähnchen-Parmigiana-Rezept meiner Großmutter machen. Es musste perfekt sein, also wollte ich nicht irgendein Hähnchen kaufen – ich wollte das Beste, was ich bekommen konnte. „Entschuldigung", sagte ich zu dem Mann, der im Supermarkt hinter der Fleischtheke stand. „Haben Sie etwas Frischeres als das hier draußen? Ich will das frischeste Hähnchen, das Sie haben."

„Möchten Sie ein ganzes Hähnchen oder nur Teile davon?"

„Eigentlich brauche ich nur die Hähnchenbrüste. Ich mache Hähnchen Parmigiana für zwei Personen."

„Ah, ich verstehe. Setzen Sie Ihren Einkauf fort und kommen Sie hierher zurück, bevor Sie zur Kasse gehen. Ich bereite alles für Sie vor."

„Vielen Dank." Glücklich ging ich weiter und besorgte einen schönen Block Parmesan und frischen Mozzarella.

In der Gemüseabteilung fand ich reife Tomaten, die meine Soße noch besser machen würden. Grüne und rote Paprika, eine süße gelbe Zwiebel und etwas frischer Knoblauch waren ebenfalls Zutaten, die ich brauchte.

Als ich in die Bäckerei ging, fragte ich die Frau hinter der Theke: „Haben Sie ein ganz frisches Baguette?"

„Es kommt in fünf Minuten aus dem Ofen", sagte sie mit einem Lächeln. „Bis Sie mit Ihrem Einkauf fertig sind, packe ich es für Sie ein."

„Danke. Und haben Sie auch Kuchen? Heute ist ein besonderer Abend für mich und meinen Freund. Unser einmonatiges Jubiläum."

„Ich habe hier eine schöne italienische Sahnetorte." Sie stellte sie auf die Theke und es war das Hübscheste, was ich je gesehen hatte.

„Das sieht großartig aus. Ich wette, es schmeckt auch so." Ich stellte die Torte in meinen Einkaufswagen. „Ich nehme sie und komme gleich zurück, um das Baguette abzuholen. Vielen Dank für Ihre Hilfe. Ich weiß das wirklich zu schätzen."

„Wissen Sie, ich sehe Sie jede Woche hier und möchte meine Kunden gern mit Namen kennenlernen." Sie zeigte auf ihr Namensschild. „Wie Sie sehen können, heiße ich Delia. Und Sie?"

„Arabella", sagte ich.

„Was für ein schöner Name. Ich habe noch nie jemanden mit diesem Namen getroffen. Ich werde ihn nicht vergessen."

„Danke, Delia. Ich bin gleich wieder da. Ich muss nur noch ein paar Dinge besorgen."

In dem Monat, seit ich bei Chase war, war ich viel ruhiger geworden als bei meinem ersten Besuch in der Stadt. Ich hatte das Gefühl, mehr zu den Leuten zu passen, die Brownsville ihre Heimat nannten.

Chase und ich hatten unser Lieblingsrestaurant, wir kannten den Namen der Kellnerin und sie kannte uns. Ich fühlte mich nicht mehr wie eine Außenseiterin. Sicher, ich hatte immer noch keine Freunde gefunden, aber ich fühlte mich inzwischen viel wohler dort, sodass ich darüber nachdachte, einer Gruppe oder einem Verein beizutreten, genau wie Chase vorgeschlagen hatte.

Ich kochte sehr gern und fand, dass ich darin auch ganz gut war. Chase liebte meine italienischen Gerichte. Im Supermarkt gab es einen Gemeinschaftsbereich, in dem Kochkurse angeboten wurden und manchmal kleine Veranstaltungen stattfanden. Im Kalender hatte ich gesehen, dass jede Woche eine Gruppe von Leuten zusammenkam, um sich auszutauschen und ihre Kochkünste zu verfeinern. Ich nahm mir vor, mich ihnen bald anzuschließen.

Zwei Monate waren vergangen, seit ich von zu Hause weggegangen war, und mein Vater hatte mich nicht gefunden. Also konnte ich wohl davon ausgehen, dass er mich nicht aufspüren konnte. Ich hatte sorgfältig darauf geachtet, alles loszuwerden, was er dazu nutzen könnte. Ich hatte die Kreditkarten, die er mir gegeben hatte, zerschnitten und verbrannt, damit niemand sie finden und melden würde. Ich hatte sogar mein Handy weggeworfen, bevor ich New York verlassen hatte.

Ich hatte meine Spuren gut verwischt und jetzt, da einige Zeit vergangen war, fühlte ich mich endlich sicher. Die Wahrscheinlichkeit, dass mein Vater in Brownsville nach mir suchte, insbesondere in dem gehobenen Viertel, in dem Chase wohnte, war gering bis gar nicht vorhanden.

Ich ging in den Gang mit dem Grießmehl und entdeckte Rick, den Angestellten, der dafür gesorgt hatte, dass mehr davon für mich bestellt wurde. Er rückte gerade die Produkte in den Regalen zurecht, während er alles abstaubte.

Er lächelte, als ich auf ihn zuging. „Freut mich, Sie hier zu sehen. Ich habe heute schon an Sie gedacht.“

„Wirklich?“

„Ja. Ein Mann kam und fragte, ob wir Grießmehl hätten. Ich zeigte es ihm, aber er nahm nicht einmal eine Packung mit. Es war sonderbar. Er hat nur gefragt, ob wir hier so etwas verkaufen. Ich habe ihm gesagt, dass wir gerade genug für einen unserer Stammgäste haben."

„Wow. Glauben Sie, es war jemand, der darüber nachdenkt, ein authentisches italienisches Restaurant zu eröffnen?" Darauf hoffte ich auch.

„Ich bin mir nicht sicher. Er klang nicht so, als käme er von hier – er hatte einen noch stärkeren Akzent als Sie. Aber vielleicht war er wirklich in der Gastronomie. Sonst hat er nichts gesagt."

„Seltsam. Nun, ich muss meine Einkäufe erledigen, damit ich wieder nach Hause kann. Mein Freund und ich feiern unser einmonatiges Jubiläum und ich überrasche ihn mit einem Abendessen."

„Glückwunsch." Er lächelte und ich hatte wieder das Gefühl, endlich Teil dieser Gemeinschaft zu werden. „Vergessen Sie nicht den Rotwein."

„Ich bin schon auf dem Weg." Ich nahm die Packung Grießmehl, die er mir reichte, und ging dann in die Weinabteilung, wo ich nach einer Flasche griff, die italienisch aussah. Dann holte ich mit einem strahlenden Lächeln das Hähnchen und das Baguette ab. Ich fühlte mich wie die Königin der Welt.

Die Hitze der Sonne traf mich mit voller Wucht, als ich aus der Schiebetür nach draußen trat, und ich setzte schnell meine Sonnenbrille auf, um meine Augen vor dem grellen Licht zu schützen. „Die Sonne ist heute mörderisch."

Eine Frau ging an mir vorbei in den Supermarkt und nahm ihre Sonnenbrille ab. „Da haben Sie recht."

Die Leute in Brownsville waren so viel freundlicher als die New Yorker. „Schönen Tag noch."

„Ihnen auch."

Der Austausch von Höflichkeiten war an diesem Ort so natürlich wie das Atmen. Jeden Tag lernte ich die Stadt mehr lieben. Ich stellte mir vor, dass ich dort – mit Chase – den Rest meines Lebens verbringen würde. Und ich fand diese Idee wundervoll.

Nachdem ich die Einkaufstüten hinten in den Range Rover geladen hatte, stieg ich auf der Fahrerseite ein. Ich steckte mein Handy auf dem Armaturenbrett ein, um es auf der Heimfahrt aufzuladen.

Gerade als ich das Auto startete, fiel mir etwas auf. Ein schwarzer Wagen fuhr langsam über den Parkplatz. Die Fenster waren so dunkel getönt, dass ich den Fahrer nicht erkennen konnte.

Das war seltsam. Die Frontscheiben durften in Texas nicht so sein – das verstieß gegen das Gesetz. Chase hatte mir das erzählt, als ich ihn gefragt hatte, ob er die vorderen Scheiben des Range Rovers genauso dunkel tönen könnte wie die hinteren.

Dass der schwarze Wagen so langsam fuhr, machte mich misstrauisch, und ich beobachtete ihn nervös. Er fuhr immer weiter, bis er die Reihe herunterkam, in der ich geparkt hatte. Etwas in meinem Bauch sagte mir, dass ich mich vor dem Fahrer verstecken sollte.

Ich klappte den Sitz zurück und betrachtete den Wagen durch das hintere Fenster der Fahrerseite, das so dunkel getönt war, dass mich niemand sehen konnte.

Als er in Zeitlupe näherkam, fiel mir das Atmen schwer – es war ein Cadillac. Das gleiche Modell, das mein Vater und seine Partner in New York fuhren. „Nein. Das darf nicht passieren."

Durch die Windschutzscheibe des Wagens sah ich, dass der Fahrer einen Hut trug. Keinen Cowboyhut, wie so viele Texaner, sondern einen Hut im Fedora-Stil. Die Art von Hut, die mein Vater und seine Partner trugen. Ich konnte außerdem sehen, dass der Fahrer eine dunkle Anzugjacke anhatte.

Mir blieb das Herz stehen, als der Wagen langsam hinter mir vorbeifuhr. Ich spähte aus dem anderen Fenster, um seine Rückseite zu sehen. Bei dem Anblick wurde ich fast ohnmächtig.

Ich blinzelte mehrmals, um sicherzugehen, dass ich mir das nicht nur einbildete. Aber es war egal, wie oft ich meine Augen schloss. Die Buchstaben änderten sich nicht. Das Nummernschild auf der Rückseite des Wagens bestätigte meine schlimmsten Befürchtungen – der Fahrer kam aus dem Bundesstaat New York.

KAPITEL NEUNZEHN

CHASE

Für unser einmonatiges Jubiläum kochte Arabella etwas, das unglaublich gut roch. Der aromatische Duft stieg mir in die Nase, sobald ich durch die Tür kam. „Das riecht herrlich."

„Oh, du bist schon zu Hause", sagte sie und sah ein wenig hektisch aus.

„Ich freue mich auch, dich zu sehen, Liebling." Ich zog sie in meine Arme und küsste sie, um sie ein wenig zu beruhigen. „Nur keine Eile, Arabella. Lass dir beim Kochen Zeit."

„Ja, ich muss kochen", sagte sie abgelenkt und sah auf einen Topf mit kochendem Wasser. „Keine Eile."

Ihr Körper war angespannt in meinen Armen. „Alles okay?"

„Ja, sicher. Ich habe heute nur viel zu tun. Du weißt schon." Sie wischte sich mit dem Spüllappen, den sie in die Tasche ihrer Schürze gesteckt hatte, den Schweiß von der Stirn. „Ich werde langsamer machen, jetzt, da du zu Hause bist."

„Du machst dir zu viel Druck, weil du glaubst, das perfekteste Essen aller Zeiten servieren zu müssen. Ich werde es lieben, egal wie es schmeckt, Liebling. Versprochen." Als ich mich in der Küche umschaute, bemerkte ich, dass die Spüle voller Geschirr war und die Arbeitsflächen mit Mehl bedeckt waren. Der Boden war schmutzig und sah aus, als hätte sie Eier fallen lassen. So kochte Arabella normalerweise nicht. Sie räumte währenddessen immer auf. „Lass mich dir beim Aufräumen helfen. Es ist offensichtlich, dass du dich überfordert fühlst."

„Nein! Ich habe alles unter Kontrolle. Das ist mein Geschenk an dich. Ich kann dich nicht aufräumen lassen." Sie löste sich aus meinen Armen und griff nach der großen Flasche Wein, die in einer Schüssel mit Eis stand. „Hier, trink ein Glas Wein und geh fernsehen. Oder spiele draußen mit den Hunden. Ich mache hier sauber. Seit du zu Hause bist, fühle ich mich schon viel besser."

„Hast du dir Sorgen darüber gemacht, allein hier zu sein?" Ich konnte nicht anders, als das Gefühl zu haben, dass sie Angst hatte.

„Nein. Geh einfach, Chase." Sie hielt mir ein Glas Rotwein hin und holte tief Luft. „Ich bin jetzt beruhigt. Entspanne dich. Ich sage dir Bescheid, wenn das Abendessen fertig ist."

„Vielleicht solltest du selbst ein oder zwei Gläser Wein trinken, Liebling."

Sie schüttelte den Kopf, als sie sich wieder mit dem Spüllappen über die Stirn wischte. „Nein. Ich muss mich auf das konzentrieren, was ich hier mache. Jetzt geh endlich." Sie wedelte mit den Händen, um mich wegzuscheuchen. „Ich habe noch viel zu tun."

Ich tat, was sie verlangte, obwohl mein Instinkt mir sagte, dass ich bleiben und alles für sie aufräumen sollte. Aber ich wollte sie nicht noch mehr aus der Fassung bringen. „In Ordnung. Dann bin ich mit den Hunden draußen." Ich trank einen Schluck Wein. „Das schmeckt fantastisch. Du hast einen exzellenten Wein ausgewählt."

„Danke", sagte sie mit einem Lächeln und sah schon entspannter aus. „Ich fühle mich so viel besser, seit du hier bist."

Ich konnte immer noch nicht verstehen, warum sie sich nicht gut gefühlt hatte, bis ich nach Hause gekommen war. Aber ich würde sie jetzt nicht danach fragen.

Eine Stunde später saßen wir an dem Tisch im Esszimmer. Sie hatte alles so dekoriert wie in einem romantischen Film. Überall brannten Kerzen, leise Musik spielte und auf dem Tisch standen Teller, die aussahen wie etwas aus einem Fünf-Sterne-Restaurant. „Wow!"

Ihre Wangen röteten sich, als sie sich mir gegenüber hinsetzte. „Freut mich, dass ich dich beeindrucken konnte. Ich hoffe, du findest das Essen genauso gut wie meine Dekorationskünste."

Mir lief bereits das Wasser im Mund zusammen und ich sehnte mich danach, das verlockende Essen zu probieren. „Alles sieht köstlich aus, Arabella." In der Mitte des Tisches stand eine kleine, aber feine Torte mit einer goldenen Kerze in der Mitte. „Hast du auch gebacken?"

„Ich habe eine Torte gekauft. So gut kann ich nicht backen. Es ist eine italienische Sahnetorte. Ich dachte, es wäre schön, wenn wir gemeinsam die Kerze ausblasen könnten. Wenn du das nicht albern findest."

Ich nahm ihre Hand und küsste sie. „Es ist überhaupt nicht albern. Ich finde es sehr romantisch. Du hast wirklich an alles gedacht."

Sie schnitt in die Hähnchenbrust auf ihrem Teller und sah nicht auf, als sie sagte: „Da wir jetzt einen ganzen Monat zusammen sind, solltest du ein bisschen mehr über mich erfahren."

Meine Gabel schwebte direkt über meinem Teller, als ich schockiert innehielt. Sie vertraute mir endlich genug, um mir mehr darüber zu erzählen, wie sie gelebt hatte, bevor sie nach Brownsville gekommen war. „Ich würde gern mehr über dich erfahren, Liebling."

Sie sah erst mich an und dann das Essen, das ich noch nicht angerührt hatte. „Nun, du kannst ruhig essen."

Schnell schob ich meine Gabel in meinen Mund, da ich sie nicht ablenken wollte. „Okay, fang an. Sag mir alles, was du willst. Ich höre dir zu."

„Ich bin in Queens in New York aufgewachsen." Sie aß einen Bissen und spülte ihn mit Wasser herunter.

Erst jetzt bemerkte ich, dass sie Wasser in ihrem Glas hatte, während mein Glas mit Wein gefüllt war. „Trinkst du keinen Wein?"

Kopfschüttelnd sagte sie: „Nein." Sie gab mir keine Erklärung, was ich etwas seltsam fand.

„In Queens zu leben muss aufregend gewesen sein. Ich kann mir nicht vorstellen, in einer so großen Stadt wie New York aufzuwachsen." Ich wollte sie dazu bringen, weiterzureden. „Hat es dir dort gefallen?"

„Es war mein Leben. Ich kannte nichts anderes. Aber ich muss sagen, dass ich viel lieber hier lebe als in Queens." Sie drehte ihre Gabel mit den Nudeln und sah auf meinen Teller. „Schmeckt dir die Soße?"

„Ich glaube, das ist die beste Soße, die ich je gegessen habe. Ich bin der glücklichste Mann der Welt." Da sie in der Stimmung war, über sich zu sprechen, fragte ich: „Bist du Italienerin? Ich meine, du kochst wie jemand, der tief in der italienischen Kultur verwurzelt ist."

„Meine Vorfahren waren Italiener. Die Großeltern meines Vaters kamen aus der Toskana hierher. Ich weiß nicht, wann die Familie meiner Mutter nach Amerika kam. Es war wahrscheinlich lange vor der Familie meines Vaters." Sie nahm sich eine Scheibe Baguette und fuhr fort: „Wie ich dir schon erzählt habe, ist meine Mutter gestorben. Mein Vater lebt noch, aber wir standen uns nie sehr nahe."

„Hast du bei ihm gelebt?"

„Meine Eltern waren verheiratet, also ja. Aber er war ein vielbeschäftigter Mann und verbrachte nicht viel Zeit mit mir, was für mich in Ordnung war. Er hatte ständig schlechte Laune. Meine Mutter und meine Großmutter haben mir oft gesagt, dass ich ihn nicht reizen soll. Wenn er da war, habe ich nicht viel gesagt, es sei denn, er hat mir eine Frage gestellt."

„Wow." Ich konnte mir nicht vorstellen, so zu leben. „Das muss hart gewesen sein."

„Es war alles, was ich kannte, also fühlte es sich nicht allzu schlimm an. Für mich war es normal." Sie zuckte mit den Schultern und tauchte das Baguette in die Soße. „Da ich nicht zu Freunden gehen durfte, hatte ich keine Ahnung, wie andere Familien miteinander umgingen. Die Familien, die ich im Fernsehen sah, waren alle glücklich. Als ich meine Mutter fragte, warum unsere Familie nicht so war, sagte sie, dass das nur eine Illusion ist und niemand eine Familie wie im Fernsehen hat."

Arabellas Erfahrung war etwas, mit dem ich nichts anfangen konnte – meine Familie war ziemlich glücklich gewesen. Aber es wäre wahrscheinlich nicht klug, das jetzt zu erwähnen. „Hast du deinem Vater gesagt, wo du bist? Ich meine, selbst wenn ihr euch nicht nahesteht, macht er sich vielleicht Sorgen um dich."

Sie biss sich auf die Unterlippe und schob das Essen auf ihrem Teller herum. „Das glaube ich nicht."

„Du solltest darüber nachdenken, ihm eine kurze Nachricht zu schicken, damit er weiß, dass es dir gut geht und du glücklich bist." Meine Eltern wären durchgedreht, wenn einer von uns verschwunden wäre und sie nicht gewusst hätten, wie es ihm ging. „Hast du jemandem Bescheid gesagt, als du Queens verlassen hast?"

„Weißt du, was ich vergessen habe?" Sie stand auf. „Den geriebenen Parmesan. Ich bin gleich wieder da."

Ich wusste, dass ich eine Frage zu viel gestellt hatte, und hätte mir selbst einen Tritt versetzen können, weil ich zu weit gegangen war. Aber zumindest wusste ich jetzt, dass sie einen lebendigen Vater und eine verstorbene Mutter hatte. Sie hatte mir bereits erzählt, dass ihre Großmutter ebenfalls verstorben war. Die einzige unmittelbare Familie, die sie noch hatte, war ihr Vater, dem sie nicht nahestand.

Aber warum ist sie abgehauen und so weit weg von ihrem Zuhause gezogen?

Die Umstände hätten mich nicht so sehr gestört, wenn sie nicht all ihr Hab und Gut zurückgelassen hätte. Sie hatte auch nicht viele Kleider mitgebracht und nur einige Paar Schuhe.

Als ich mir die Sachen, die sie in meinem Schlafzimmer verstaut hatte, genauer angesehen hatte, war da nur ein Rucksack gewesen, in dem alles enthalten sein musste, was sie mitgebracht hatte. Als sie mir damals erzählt hatte, dass sie ihre Handtasche mit ihren Papieren verloren hatte, hatte sie mich glauben lassen, dass ihr Gepäck mehr umfasste als nur einen einfachen Rucksack. Aber jetzt wusste ich, dass das nicht stimmte.

Als sie sich wieder setzte, sah ich, dass sie mit leeren Händen zurückgekommen war. Aber ich behielt diese Beobachtung für mich und wechselte das Thema, da ich sie nicht erschrecken wollte. „Also, mein Tag war ziemlich gut. Wir haben den Prototyp aufs Wasser gebracht und konnten sogar aus den niedrigen Wellen Elektrizität gewinnen."

„Das ist wundervoll!" Ihre Augen leuchteten, als sie lächelte und ihre Hand auf meine legte. „Ihr seid Genies. Ich bin mir sicher, dass ihr eure Erfindung optimieren und in kürzester Zeit viel Geld damit verdienen werdet. Ich freue mich so für euch alle, Chase. Wirklich."

„Danke, Liebling, das bedeutet mir viel." Das war tatsächlich so. Es war großartig, dass sie meine beruflichen Ziele unterstützte. „Weißt du, ich respektiere auch, was du tust. Ich meine, du bist so etwas wie ein Hundeflüsterer. Du bist großartig mit ihnen. Ich mache mir keine Sorgen um sie, wenn sie bei dir sind."

„Meine Jungs", sagte sie und legte ihre Hand auf ihr Herz. „Ich liebe sie so sehr."

„Sollte ich eifersüchtig sein?", neckte ich sie.

„Oh, dich liebe ich mehr. Aber meine Jungs liebe ich auch." Ihre Augen waren auf die Torte gerichtet. „Ich glaube, ich habe genug Hähnchen gegessen. Bist du bereit, mit mir die Kerze auszublasen, damit ich die Torte anschneiden kann?"

Ich schob meinen fast leeren Teller weg und war mehr als glücklich, das zu tun, worum sie mich bat. „Sicher. Zünde sie an."

Sie zog ein Feuerzeug unter einer Serviette hervor, zündete die Kerze an und nahm dann meine Hand. „Das war der beste Monat meines ganzen Lebens. Ich wünsche mir noch viele weitere Monate mit dir, Liebling."

„Oh, Arabella, du wirst mich noch zum Weinen bringen." Darin steckte mehr Wahrheit, als ich zugeben wollte. Ich spürte ein leichtes Brennen in meinen Augen. „Ich muss sagen, dass mich der letzte Monat mit dir zum Besseren verändert hat. Ich hatte nicht einmal gewusst, was mir fehlte, bis du in mein Leben getreten bist. Du bist immer in meinen Gedanken. Und du bist ein Teil von mir. Das ist mein Ernst. Ich weiß, es ist erst ein Monat, aber es fühlt sich an, als würde ich dich schon ewig kennen. Und ich habe das Gefühl, dass wir immer zusammen sein werden."

„Nichts würde mich glücklicher machen, als den Rest meines Lebens mit dir zu verbringen. Wie lange das auch sein mag." Sie schloss die Augen. „Lass uns jetzt die Kerze ausblasen."

Wie lange das auch sein mag?

Ich sah zu, wie sie ihre Lippen spitzte, und fragte mich, was sie damit meinte. Da sie sich den ganzen Abend seltsam benommen hatte, dachte ich, dass jetzt nicht der richtige Zeitpunkt war, um es anzusprechen. „Okay. Lass sie uns ausblasen."

Die Flamme erlosch und eine dünne Säule aus weißem Rauch stieg auf und schwebte über der kleinen Torte. Als Arabella ihre Augen wieder öffnete, begegnete ich ihrem Blick. Ein schwaches

Lächeln umspielte ihre Lippen. „Ich liebe dich wirklich, Chase Duran."

„Ich liebe dich auch wirklich, Arabella Loren."

Es wäre ein perfekter Moment gewesen, wenn sie nicht meinem Blick ausgewichen wäre und der Glanz ihre Augen verlassen hätte.

KAPITEL ZWANZIG

ARABELLA

Am nächsten Morgen wachte ich allein auf. Chase war bereits zur Arbeit gegangen und Anspannung erfüllte mich. *Sind sie noch hier?*

Obwohl ich mir nicht sicher war, wie viele Männer mein Vater nach mir suchen ließ, wusste ich, wie sie in New York vorgegangen waren, wenn sie jemanden finden wollten. Ich hatte ihnen von meinem Fenster im Obergeschoss öfter dabei zugesehen, als ich zählen konnte.

Wenn ich jetzt darüber nachdachte, erinnerte ich mich besonders an einen sonnigen Nachmittag. Unten hatte ich laute Schläge gehört und kurz darauf war Geschrei gefolgt. Im nächsten Moment waren die Männer in ihren charakteristischen schwarzen Anzügen und passenden Fedora-Hüten in ihre schwarzen Cadillacs gesprungen und langsam durch die Straßen unseres Viertels gefahren.

Mom war in mein Zimmer gekommen und hatte mich am Fenster entdeckt. „Komm, Arabella. Da draußen gibt es nichts zu sehen."

Ich war erst zwölf gewesen. „Mom, was ist los?"

„Nichts, was uns etwas angeht. Komm jetzt mit mir in mein Zimmer." Ich hatte die Falten auf ihrer Stirn bemerkt und schon damals hatte ich gewusst, dass das bedeutete, dass sie sich Sorgen machte.

Also hatte ich meinen Platz am Fenster verlassen und war mit ihr gegangen. Sie hatte immer ihr Bestes gegeben, um mich so weit wie möglich von Gefahren fernzuhalten. Nicht, dass das Leben unter einem Dach mit einem Mann, der so dubiose Geschäfte wie mein Vater machte, es uns jemals erlaubt hätte, irgendwo in diesem Haus völlig außer Gefahr zu sein.

Ich hatte mich in dem Haus, in dem ich aufgewachsen war, ganz anders gefühlt als bei Chase. Oder zumindest war es so gewesen, bis ich das Nummernschild des Cadillacs gesehen hatte.

Obwohl ich mich in Chases Haus mit dem Tor am Eingang und dem umzäunten Grundstück sicher fühlen sollte, tat ich es nicht. Irgendwo tief in meinem Kopf hatte ich die Überzeugung, dass mein Vater und seine Partner spüren konnten, wo sich jemand versteckte. Es war vielleicht nichts anderes als meine Einbildung, aber ich hatte das Gefühl, dass sie immer die Leute fanden, nach denen sie suchten. Als hätten sie magische Kräfte.

So lächerlich diese Idee auch war – sie ging mir immer wieder durch den Kopf. Was auch immer die Wahrheit über ihre Fähigkeiten war, sie waren gut in dem, was sie taten. Aber ich dachte, wenn ich lange genug versteckt bleiben könnte, würden sie in eine andere Stadt weiterziehen. Wie lange das dauern würde, wusste ich allerdings nicht.

Bei meinem Job als Chases persönliche Assistentin musste ich das Haus verlassen. Das würde mir nicht leichtfallen. Ich wusste, dass mein Vater und seine Partner bewaffnet waren und Kugeln die Hunde treffen könnten, wenn sie bei mir wären, wenn ich gefunden wurde. Ich konnte nicht zulassen, dass die beiden in Gefahr gerieten.

Aber selbst während ich auf dem Bett saß, hörte ich sie in

ihrem Zwinger bellen, wo sie ungeduldig darauf warteten, herausgelassen zu werden. Ich hatte sie verwöhnt, indem ich sie jeden Tag zu Spaziergängen am Strand mitgenommen hatte. Sie rechneten inzwischen damit.

Wenn ich Chase nicht alles erzählen wollte, konnte ich unmöglich erwarten, dass er verstand, warum ich sein sicheres Zuhause nicht verlassen wollte. Also musste ich mir etwas ausdenken.

Es war Dienstag und normalerweise versuchte ich an diesem Tag, so wenig Zeit wie möglich zu Hause zu verbringen, da Mary dann zum Putzen kam. Sie sagte nichts zu mir, was ich als unhöflich oder gemein bezeichnen könnte, aber sie ließ mich ihr Misstrauen spüren.

Vielleicht hatte sie recht. Vielleicht nahm sie die Schuldgefühle wahr, die mich quälten, weil ich Chase belogen hatte. Was auch immer es war, ich fühlte mich unwohl in der Nähe der Frau, die mich eindeutig durchschaute.

Obwohl ich Todesangst hatte, das Haus zu verlassen, machte ich mich fertig und ging dann los, um die Hunde zu holen und an den Strand zu bringen. Sobald ich sie aus ihrem Zwinger ließ, schienen sie zu bemerken, dass mich etwas belastete.

Sie kamen langsamer als sonst auf mich zu und winselten leise, bevor sie mich sanft mit ihren Schnauzen anstupsten. Ich streichelte ihre Köpfe. „Alles wird gut, Jungs. Wir werden am Strand dort spazieren gehen, wo niemand sonst jemals hingeht. Vielleicht können wir durch die Dünen statt am Wasser entlang laufen."

Ich hatte eine von Chases Baseballkappen aufgesetzt und mir eines seiner T-Shirts ausgeliehen – es war riesig an mir und ließ mich dicker aussehen, als ich wirklich war. Meine dunklen Haare hatte ich ganz unter der Kappe versteckt. Mit einer dunklen Sonnenbrille wäre ich schwer zu erkennen. Zumindest redete ich mir das immer wieder ein, als ich die Hunde ins Auto lud und dann zum äußersten Bereich des Strandes fuhr.

Dort war zunächst niemand. Es war noch früh – erst acht Uhr morgens –, also war das nicht ungewöhnlich. Obwohl keine Menschenseele dort war, konnte ich mich trotzdem nicht beruhigen.

Meine Gedanken überschlugen sich, während ich ständig die Umgebung überprüfte. Wasser. Sand. Möwen. Muscheln. Blauer Himmel. Nervös schaute ich hin und her. Plötzlich fuhr ein Truck von einer Zufahrtsstraße direkt vor mir auf den Strand.

Ich blieb abrupt stehen und die Hunde sahen mich an. „Lasst uns zurück zum Auto gehen, Jungs."

Da sie gute Hunde waren, gingen sie brav zurück in die Richtung, aus der wir gekommen waren. In diesem Moment bemerkte ich, dass drei weitere Autos den Strand entlang auf mich zufuhren.

Texas hatte die einzigen Strände im ganzen Land, an denen man auf dem Sand fahren konnte. Das war immer gut gewesen, wenn ich mit den Hunden hergekommen war. Jetzt hasste ich, dass ich nirgendwohin konnte, wo die Autos keinen vollständigen Zugang hatten.

Ich hielt meinen Kopf gesenkt, damit die Baseballkappe den größten Teil meines Gesichts bedeckte, und rannte mit den Hunden los, bis wir wieder beim Range Rover ankamen. Ich lud sie ein und beschloss, durch die Gegend zu fahren, um zu sehen, ob mir etwas Ungewöhnliches auffiel.

Auf dem Parkplatz des Supermarkts, auf dem ich den schwarzen Cadillac gesehen hatte, stieß ich auf viele weitere schwarze Autos, von denen einige sogar Cadillacs waren. Aber keiner davon hatte ein New Yorker Kennzeichen.

Vielleicht haben sie die Stadt verlassen!

Ich fuhr trotzdem weiter, nur zur Sicherheit, und steuerte alle Hotels in der Umgebung an, um mir die Parkplätze anzusehen. Ich entdeckte alle möglichen Nummernschilder, aber ich sah keinen einzigen schwarzen Cadillac aus New York.

Hoffnung stieg in mir auf, als ich nach und nach immer mehr

Orte von meiner Liste strich. Ich machte mich auf den Heimweg und kam an unserem Lieblingsrestaurant, Pepe's Taqueria, vorbei. Chase und ich holten uns dort normalerweise mehrmals pro Woche etwas zu essen. „Tacos sind immer gut." Ein leckerer Frühstücks-Taco klang nach meinem stressigen Start in den Tag perfekt, also bog ich dort ab.

Als ich auf den überfüllten Parkplatz fuhr, bemerkte ich einen Mann, der gerade aus der Tür trat. Schwarzer Anzug. Schwarzer Fedora-Hut. Dunkle Sonnenbrille.

Mir blieb das Herz stehen, als ich langsam näherkam und beobachtete, in welchen Wagen der Mann einstieg. Ich hielt aber nicht an, um nicht verdächtig zu wirken.

Verdammt! Der schwarze Cadillac!

Als er vom Parkplatz fuhr, sah ich das New Yorker Kennzeichen hinten am Wagen und hatte das Gefühl, ich würde direkt am Drive-in-Schalter zusammenbrechen.

„Willkommen bei Pepe's. Wie lautet Ihre Bestellung?", fragte eine vertraute Frauenstimme.

Ich hatte keinen Appetit mehr, aber ich musste etwas bestellen. „Ähm, ja. Kann ich Eistee und einen Kartoffel-Ei-Käse-Taco haben?"

„Sind Sie das, Arabella?", fragte die Frau.

Jetzt wusste ich, wer sie war. „Leticia?"

„Natürlich", sagte sie. „Wer sonst? Ich kümmere mich darum. Fahren Sie weiter zur Kasse."

Wenn Leticia sagte, dass sie sich darum kümmerte, bedeutete das, dass ich wie ein Ehrengast behandelt werden würde. Sie war die beste Kellnerin, die ich je getroffen hatte. Es war wirklich schade, dass mir der Appetit vergangen war und ich keine Ahnung hatte, wann oder ob er jemals wiederkommen würde.

Aber ich fuhr weiter und hielt an dem kleinen Fenster neben der Kasse. Sie schob es auf und reichte mir das Getränk. „Das macht fünf Dollar, Miss."

Ich gab ihr das Geld. „Hier, bitte."

Sie stützte ihren Arm auf den Fenstersims. „Gerade war ein Mann hier, der Ihren Akzent hatte. Er war aber schrecklich unhöflich. Das Arschloch hat dem armen Rene nicht einmal Trinkgeld gegeben."

„Wirklich?" Ich wusste, dass sie über den Mann redete, den ich beobachtet hatte. „Ich habe gesehen, wie ein Mann wegfahren ist, als ich auf den Parkplatz kam. Er trug einen schwarzen Anzug und einen Hut."

„Ja, das war er. Kleiden sich dort, wo Sie herkommen, alle Idioten so? Und wo ist das überhaupt?"

„New York und ja, ich kenne viele Männer, die sich so kleiden. Hat er zufällig gesagt, warum er hier in der Stadt ist? Ich meine, wer fährt mit Anzug und Krawatte in den Urlaub?"

„Sie wissen, wie wir hier sind", sagte sie. „Sehr freundlich. Rene hat erzählt, dass er sich vorgestellt und ihn nach seinem Namen gefragt hat, aber der Mann hat ihn angeschnauzt, dass es ihn nichts angeht. Das war so unverschämt."

Ich konnte mir vorstellen, dass die Männer, mit denen mein Vater zusammenarbeitete, so etwas sagen würden. „Wie seltsam. Er klingt wirklich wie ein Mistkerl."

„Ja, nicht wahr?" Sie drehte sich um, als ihr jemand eine große Tüte reichte. „Hier ist Ihr Taco. Jedenfalls hat der Kerl Rene gefragt, ob es in der Stadt Mädchen gibt, die wie er reden und in unser Restaurant gekommen sind. Mädchen von der Ostküste."

Mir wurde schwindelig und ich dachte, ich könnte ohnmächtig werden. „Wissen Sie, was er ihm geantwortet hat?"

„Ich glaube, er hat etwas darüber gesagt, dass viele Mädchen von überallher zu uns kommen. Was ist überhaupt das Problem von diesem Kerl? Er kommt nach Texas wie irgendein Mafia-Typ und sucht hier nach Mädchen, die er zu Hause finden könnte. Das ergibt überhaupt keinen Sinn, oder?"

„Nein, wirklich nicht." Für mich ergab es durchaus Sinn. „Danke für alles. Wenn wir das nächste Mal herkommen, bekommen Sie ein besonders gutes Trinkgeld. Ich wünsche Ihnen einen schönen Tag, Leticia."

„Das wünsche ich Ihnen auch. Bis bald."

„Ja, bis bald."

Als ich losfuhr, wusste ich, dass mein Bauchgefühl genau richtig gewesen war. Der Mann arbeitete mit meinem Vater zusammen und suchte mich. Ich hatte keine Ahnung, wie sie mich in Brownsville aufgespürt hatten. Aber ich musste irgendeinen Hinweis hinterlassen haben.

Ich kam an dem Busbahnhof vorbei, an dem ich damals in der Stadt eingetroffen war. Mir kam der Gedanke, dass sie mich vielleicht mithilfe des Busunternehmens gefunden hatten. Dann schaute ich auf die andere Straßenseite zu dem billigen Motel, in dem ich gewohnt hatte, bis Chase mich eingestellt hatte. Und genau dort, auf dem Parkplatz, stand der schwarze Cadillac.

Gott steh mir bei, er wird herausfinden, wo ich wohne!

Ich zerbrach mir den Kopf und versuchte, mich an alles zu erinnern, was ich dem Manager des Motels darüber erzählt hatte, wohin ich gehen würde, als ich dort ausgezogen war. Meine Erinnerungen waren bestenfalls vage. Ich hatte gesagt, dass ich einen Job als persönliche Assistentin eines Mannes bekommen hatte, der ein neues Technologieunternehmen besaß. Ich hatte gesagt, er wollte, dass ich in seinem Gästehaus wohnte, sodass ich das Zimmer im Motel nicht mehr brauchen würde. Aber ich dachte nicht, dass ich Chases Namen jemals erwähnt hatte.

Ich fuhr nach Hause und verbrachte den Rest des Tages damit, mich im Gästehaus zu verstecken, während Mary das Haupthaus putzte. Erst nachdem sie fertig war, ging ich dorthin. Ich war so nervös, dass all meine Fingernägel abgekaut waren.

Chase kam glücklich pfeifend nach Hause. „Hey, Liebling." Er ließ sich neben mir auf die Couch fallen. „Ich habe früher Feierabend gemacht."

„Ja, das sehe ich." Ich konnte mich überhaupt nicht konzentrieren und stand auf, um mich zu beschäftigen. „Möchtest du ein

Bier?" Ich wollte nicht direkt neben ihm sein, aus Angst, dass er meine innere Unruhe spüren würde.

„Gern, aber ich kann es mir selbst holen. Du musst das nicht tun."

„Nein, lass es mich holen." Es würde mir die Möglichkeit geben, ein paarmal tief durchzuatmen und mich zu beruhigen, damit er meine Angst nicht bemerkte.

„Ich dachte, wir könnten heute Abend zu Pepe's essen gehen."

„Nein!", schrie ich und zuckte zusammen.

Chase war erst seit ein paar Minuten zu Hause und ich benahm mich schon wie eine Wahnsinnige. Ich wusste nicht, wie ich weiterhin vor ihm geheim halten sollte, was passiert war.

Aber was würde mit mir – und mit *uns* – passieren, wenn er es schließlich herausfand?

KAPITEL EINUNDZWANZIG

CHASE

Was ist hier los?

Angst hing schwer in der Luft. Mit Arabella stimmte etwas nicht. Ich war mir nicht sicher, ob ich versuchen sollte, mit ihr darüber zu sprechen, oder ob ich noch ein bisschen abwarten sollte, damit sie sich beruhigen konnte.

Als sie zurückkam, reichte sie mir verlegen eine Bierflasche. „Tut mir leid, dass ich geschrien habe. Ich habe Bauchschmerzen. Also kann ich heute nicht ausgehen."

Bei ihrer Erklärung fühlte ich mich ein wenig besser, aber ich war mir nicht sicher, ob das alles war. „Hast du etwas dagegen genommen?"

„Ähm, was denn?" Sie setzte sich auf einen Stuhl anstatt neben mich auf die Couch.

„Keine Ahnung. Warum hast du Bauchschmerzen? Sind es Blähungen? Durchfall? Deine Periode?"

Ihre Wangen röteten sich, als sie den Kopf senkte. „Chase! Über solche Dinge möchte ich ganz bestimmt nicht mit dir diskutieren. Wie peinlich. Mir ist einfach nicht gut. Ich weiß nicht, warum das so ist oder was ich tun soll, um es besser zu machen. Ich habe keine Lust, irgendwohin zu gehen. Ich koche uns etwas zum Abendessen. Das ist überhaupt kein Problem."

„Warum solltest *du* das Abendessen kochen, wenn du nichts essen willst? Ich bestelle etwas und besorge dir Kartoffelpüree oder irgendetwas anderes Beruhigendes für deinen Magen, falls du später Hunger bekommst."

Sie nickte, obwohl sie immer noch aufgebracht aussah. „Das ist sehr nett von dir. Danke."

Da sie so durcheinander war, fragte ich mich, ob sie tagsüber etwas mit den Hunden unternommen hatte. „Sind die Hunde heute draußen gewesen?"

Ihre Augen begegneten meinen. „Ich habe meine Aufgaben erledigt. So wie immer, seit du mich eingestellt hast. Ich habe die beiden an den Strand mitgenommen. So wie ich es jeden Tag mache."

„In Ordnung." Ich konnte sehen, dass sie gereizt war, und wollte es nicht noch schlimmer machen. „Ich habe nur gefragt, weil es dir offensichtlich nicht gut geht. Wenn du keine Energie gehabt hättest, sie nach draußen mitzunehmen, hätte ich es getan. Weißt du, ich verstehe, dass es schwierig sein kann, deiner normalen Routine zu folgen, wenn du dich schlecht fühlst. Ich bin deswegen nicht wütend oder irritiert. Ich werde mich nie darüber aufregen, dass du dich nicht wohlfühlst, Liebling."

„Danke." Sie sah weg. „Ich freue mich, dass du das verstehst. Aber ich habe heute meinen Job gemacht. Wie an jedem anderen Tag auch."

„Wenn du dich morgen immer noch schlecht fühlst, schlaf einfach aus oder tu, was du willst. Du kannst dich krankmelden, Arabella. Ich werde dir dein Gehalt deswegen nicht kürzen, falls du dir deswegen Sorgen machst."

„Ich mache mir überhaupt keine Sorgen." Sie stand auf, ging zum Fenster und zog den Vorhang ein wenig zurück, um nach draußen zu sehen. „Du hast das Tor hinter dir abgeschlossen, oder?"

„Das mache ich immer." Ich trank einen Schluck von dem kalten Bier und versuchte herauszufinden, was sie so verstimmt hatte. „Warum?"

Sie drehte ihren Kopf, um mich anzusehen, und zischte: „Ich frage nur, das ist alles."

„Das kann ich sehen." Ich war mir nicht sicher, wie ich aufhören konnte, ihren Zorn auf mich zu ziehen. Also griff ich nach der Fernbedienung und schaltete den Fernseher ein.

Auf der Suche nach etwas Lustigem, das sie hoffentlich aufmuntern würde, fand ich eine romantische Komödie. Sie nahm am anderen Ende der Couch Platz, schlug die Beine übereinander und versuchte, sich so weit wie möglich von mir fernzuhalten, ohne den Raum zu verlassen.

Ich zog mein Handy aus der Tasche und überlegte, was ich zum Abendessen bestellen sollte. Ich hatte Lust auf mexikanisches Essen, also suchte ich nach einem Restaurant, das einen Lieferservice hatte. So wie sie sich benahm, wollte ich sie nicht allein lassen. Sie schien besorgt und vielleicht sogar ein wenig verängstigt zu sein.

Ich gab meine Bestellung auf und beschloss dann, mit Arabella darüber zu sprechen, was wirklich vor sich ging. „Ich habe Tortilla-Suppe für dich bestellt. Und Nachos mit allen Extras, genauso, wie du sie magst."

„Okay", sagte sie schnell, ohne mich anzusehen.

„Das Essen sollte innerhalb einer Stunde hier sein."

„Okay."

Ich stand auf. „Ich hole mir noch ein Bier. Kann ich dir etwas mitbringen?"

„Nein", sagte sie und ihre Augen blieben fest auf den Fernseher gerichtet.

Als ich in die Küche ging, zerbrach ich mir den Kopf darüber, was los sein könnte. Sie war am Vortag ein Nervenbündel gewesen, aber ich hatte das dem Druck zugeschrieben, ein perfektes Essen für unser einmonatiges Jubiläum zuzubereiten.

Jetzt war sie allerdings noch nervöser und das beunruhigte mich. Ich holte ein weiteres Bier für mich und eine Flasche Wasser für sie aus dem Kühlschrank. Sie hatte gesagt, dass sie nichts wollte, aber ich würde nicht ohne etwas für sie ins Wohnzimmer zurückkehren.

Ich blieb stehen, kurz bevor ich das Zimmer wieder betrat. Sie hatte mir zu unserem Jubiläum ein fantastisches Abendessen gekocht und ich hatte nichts für sie getan. Aber ich hatte nicht gewusst, dass sie so eine große Sache daraus machen würde.

Das muss es sein – sie ist wütend, weil ich nichts getan habe, um diesen besonderen Anlass zu feiern.

Mir fiel plötzlich ein, was ich für sie tun könnte. Ich reichte ihr die Wasserflasche, sobald ich hereinkam. „Bitte. Du hast gesagt, dass du nichts willst, aber ich dachte, ich bringe dir trotzdem eine Flasche Wasser." Ich setzte mich neben sie. „Weißt du, ich habe allen von dem Abendessen vorgeschwärmt, das du gestern für uns gekocht hast. Es war so gut und die Atmosphäre war auch außergewöhnlich romantisch. Ich musste jedem erzählen, wie wunderbar du bist und wie glücklich ich bin, dass wir uns gefunden haben."

Sie legte den Kopf schief und sah mich mit sanften Augen an. „Oh, das hast du gemacht?"

„Ja." Es war keine Lüge. Ich hatte nur nicht daran gedacht, ihr davon zu erzählen. „Ich fürchte, ich habe unser Jubiläum ruiniert. Ich habe dir nichts geschenkt. Ich könnte es damit entschuldigen, dass ich so hart arbeite, aber das ist nicht die Wahrheit. Die Wahrheit ist, dass ich noch nie zuvor in einer so innigen Beziehung gewesen bin." Ich schüttelte den Kopf. Meine Gefühle auszudrücken war wirklich nicht meine Stärke. „Ich schätze, was ich damit sagen will, ist, dass das für mich genauso neu ist wie für dich. Und dass es mir leidtut." Ich zog mein Portemonnaie aus der Tasche. „Ich würde mich freuen, wenn du diese Kreditkarte nimmst und dir damit kaufst, was du willst. Ich dachte, du möchtest vielleicht neue Kleider, Schuhe, Handtaschen und so weiter. Die Karte hat kein Limit, also halte dich nicht zurück, Liebling. Ich will, dass du schöne Dinge hast. Du bist mein Mädchen und es soll dir an nichts mangeln."

Ihre Augen waren auf die Kreditkarte gerichtet, als sie den Kopf schüttelte. „Nein danke."

„Was?" Ich konnte nicht glauben, dass sie mein Geschenk ablehnte. „Geht es hier um Stolz?"

„Nein, nicht wirklich." Sie holte tief Luft. „Ich will einfach nicht einkaufen gehen."

„Dann bestelle etwas online. Mir ist egal, wie du es machst. Kaufe dir einfach, was du willst. Ich meine es ernst, Arabella. Ich möchte, dass du das Allerbeste hast." Ich legte die Kreditkarte in ihre Hand. „Behalte sie. Benutze sie. Ich will sie nicht zurück. Das ist ab sofort deine Kreditkarte. Sobald du deine Papiere wieder hast, besorge ich dir eine Karte unter deinem Namen."

Ihr Kopf sank. „Chase, meine Papiere kommen nicht so schnell – ich habe die Formulare immer noch nicht ausgefüllt."

Ich hatte geahnt, dass sie in dieser Hinsicht noch nichts unternommen hatte. „Arabella, du kannst mir alles erzählen, Liebling. Alles. Ich werde dich niemals für irgendetwas verurteilen. Du weißt, dass du mir vertrauen kannst, nicht wahr?"

Sie sah mich an und ihre Augen glänzten, als würde sie gleich weinen. „Ja, ich weiß. Aber es gibt Dinge, über die ich nicht sprechen kann. Und der Versuch, jetzt meinen Führerschein und meine Sozialversicherungskarte zu ersetzen, könnte schlecht für mich enden."

„Wie das?" Ich wusste, dass ich sie dazu drängte, mir Dinge zu sagen, die sie nicht sagen wollte, aber sie musste lernen, mir in jeder Hinsicht zu vertrauen, sonst würde unsere Beziehung irgendwann scheitern. „Du musst verstehen, dass es unserer Liebe schadet, wenn du mir so wichtige Dinge verheimlichst.

Wenn wir einander nicht vollständig vertrauen, wird das für keinen von uns funktionieren."

Sie starrte in meine Augen, bevor sie fragte: „Was wäre, wenn dich das, was ich sage, in Gefahr bringen würde?"

„Hast du Ärger mit der Polizei?" Ich musste es wissen. „Beherberge ich hier eine flüchtige Kriminelle?"

„Du beherbergst hier *keine* flüchtige Kriminelle", sagte sie und lachte.

Ich war froh, sie lachen zu hören. Hoffentlich bedeutete es, dass es nicht so schlimm war, wie ich dachte. „Wenn du mir nicht sagst, was los ist, muss ich das absolut Schlimmste annehmen. Und ich muss ehrlich zu dir sein über etwas, das ich getan habe."

Ihre Augen weiteten sich und sie wurde blass. „Was hast du getan, Chase?"

„Ich habe deinen Namen überprüft, um zu sehen, ob du als vermisste Person aufgeführt bist." Es fühlte sich gut an, mir das von der Seele zu reden. „Aber ich wollte nicht nachsehen, ob du auf einer Fahndungsliste stehst. Ich hatte Angst, dass mich das FBI oder die CIA oder was auch immer finden und dazu zwingen könnte, dich an sie auszuliefern, wenn ich das tue. Und wenn das jemals passieren sollte, glaube ich nicht, dass ich es tun könnte. Ich glaube, ich könnte dich an niemanden ausliefern, Arabella."

„Nun, darüber musst du dir keine Sorgen machen. Die Polizei sucht nicht nach mir."

„Aber irgendjemand sucht dich, oder?" Ich hatte das Gefühl, dass es so sein musste, sonst hätte sie kein Problem damit, sich neue Papiere zu besorgen.

Sie kaute auf ihrer Unterlippe herum und flüsterte: „Ich bin mir nicht sicher."

„Warum sollte jemand nach dir suchen?", fragte ich und dachte dann an ihren Vater. „Hast du deinem Vater Bescheid gesagt, bevor du weggegangen bist? Hast du Angst davor, dass er dich findet? Weil du eine erwachsene Frau bist und er dich zu nichts zwingen kann. Das musst du verstehen. Er kann dir nichts antun, Liebling. Das werde ich nicht zulassen. Bei mir bist du in Sicherheit." Ich legte meinen Arm um sie und küsste ihren Kopf, während sie sich an mich klammerte. Ich hatte das Gefühl, ins Schwarze getroffen zu haben.

„Ich habe ihm nur deshalb nichts gesagt, weil ich nicht wollte, dass er mich aufhält. Und ich will nicht, dass er weiß, wo ich bin. Ich will es einfach nicht. Ich vertraue dir, aber ich möchte nicht, dass du in Gefahr gerätst. Mein Vater kann ein gefährlicher Mann sein und ich will ihn nicht in unserer Nähe haben."

„Ich kann auch ein gefährlicher Mann sein." Ich umarmte sie fest und streichelte ihre Wange. Sie sollte wissen, dass sie auf mich zählen konnte. „Weißt du, es gibt Dinge, die wir tun können, um sicherzustellen, dass dein Vater nie wieder die Kontrolle über dich hat. Falls du dir deswegen Sorgen machst."

Tränen liefen über ihre Wangen, als sie zu mir aufsah. „Du liebst mich wirklich, nicht wahr?"

„Ich liebe dich wirklich."

Mehr als du dir vorstellen kannst.

KAPITEL ZWEIUNDZWANZIG

ARABELLA

„Es tut mir leid, dass ich in letzter Zeit so gereizt war", sagte ich. Chase war der geduldigste und toleranteste Mensch, den ich je gekannt hatte.

Er umarmte mich wieder und küsste meinen Kopf. „Ich erwarte nicht, dass du immer großartig gelaunt bist, Liebling. Das hier ist das wirkliche Leben, und im wirklichen Leben haben Leute manchmal schlechte Laune oder irgendetwas belastet sie."

„Du hattest seit dem Tag, an dem ich dich kennengelernt habe, nie schlechte Laune."

„Dann hast du diese Momente verpasst. Es gibt viele davon auf Arbeit. Wenn ich an einem Projekt arbeite und es nicht funktioniert, bin ich frustriert."

„Das geht wohl jedem so." Ich schmiegte mich an ihn und legte meinen Kopf auf seine Schulter.

„Ja, und jeder würde launisch werden, wenn er frustriert ist oder Angst vor etwas hat. Fühle dich also nicht schuldig deswegen. Aber du solltest versuchen, dich von mir trösten zu lassen. So wie ich, wenn ich nach einem schlechten Tag zu dir nach

Hause komme. Du bringst mich immer zum Lächeln, selbst wenn ich in der schlechtesten Stimmung bin."

Ich musste ihm einen Kuss geben, weil er so etwas Süßes gesagt hatte. „Du machst mich auch glücklich, Chase – mehr, als du jemals wissen kannst. Ich möchte nicht, dass du denkst, dass meine Stimmung oder meine Unfähigkeit, sie zu unterdrücken, etwas mit dir zu tun hat." Ein Teil meines Problems war, dass ich Chase gegenüber nicht hundertprozentig ehrlich sein konnte, und das war frustrierend für mich.

Aber wenn ich ihm erzählte, was mein Vater getan hatte, würde es auch ihn in Gefahr bringen. Meine Situation war kompliziert und da ich mit niemandem darüber reden konnte, wurde es für mich immer schwieriger, damit umzugehen.

Etwas zu verschweigen, das für mich so schmerzhaft und tödlich war, hatte in vielerlei Hinsicht eine negative Wirkung auf mich. Es war ein Wunder, dass ich all das lange genug verdrängt hatte, um mich in Chase zu verlieben.

„Ich habe eine Theorie – wenn du dich bei mir endlich vollkommen sicher und geborgen fühlst, wirst du mir alles erzählen. Ich weiß, dass du mir einiges verheimlichst, aber damit kann ich umgehen. Das sollst du wissen. Für dich kann ich mit allem umgehen, Arabella Loren."

„Denkst du?" Ich hasste es, wenn er meinen Nachnamen sagte – die verkürzte Version davon. Ein Teil von mir wollte ihm zumindest darüber die Wahrheit sagen. Der andere Teil befürchtete, er würde im Internet danach suchen, um mehr über mich herauszufinden, und sich dadurch selbst einem Risiko aussetzen.

Obwohl mein Vater in vielen Dingen altmodisch war, kannten er und seine Partner sich mit Computern aus. Sie wussten, wie man Menschen auf jede erdenkliche Weise aufspürte. Und während jemand in der Stadt war, der mit ziemlicher Sicherheit zur Organisation meines Vaters gehörte, wollte ich nicht riskieren, dass er den Weg zu mir fand.

„Kannst du mir mehr über deinen Vater erzählen und

darüber, was du damit meinst, wenn du sagst, dass er ein gefährlicher Mann sein kann?"

Ich sträubte mich, weil ich nicht zu viel verraten wollte. Aber da ich schon so viel preisgegeben hatte, beschloss ich, ihm noch ein bisschen mehr zu erzählen. „Er ist Teil einer Gruppe."

„So ähnlich wie die Kolumbusritter?", fragte er mit einem schiefen Grinsen.

Kopfschüttelnd sagte ich: „Eine Gruppe von Männern, die Geschäfte machen – alle möglichen Geschäfte. Sie verdienen zusammen Geld und sorgen gemeinsam dafür, dass ihre Kunden bezahlen. Dabei haben sie auch mit Leuten zu tun, die versuchen, ihnen in die Quere zu kommen."

Er kniff die Augen zusammen und sagte: „Das erinnert mich an einen Film, den ich einmal gesehen habe. Ich glaube, er hieß *Goodfellas*." Er sah mich mit hochgezogenen Augenbrauen an, als ob der Vergleich von Bedeutung wäre.

„Diesen Film kenne ich nicht." Ich zuckte mit den Schultern. Es war keine Lüge – ich hatte noch nie Filme über Männer gesehen, die wie mein Vater waren. Ich wusste, dass es da draußen einige davon gab, aber meine Mutter hatte mir nie erlaubt, sie anzusehen.

„Es geht darin um die Mafia", sagte er. Meine Nackenhaare stellten sich auf.

Ist mein Vater in der Mafia?

„Ich habe nie genau erfahren, woran mein Vater beteiligt ist. Ich bezeichne es einfach als Gruppe. Er hat Partner. Alle kleiden sich gleich. Sie fahren die gleichen schwarzen Cadillacs. Und alle tragen Fedora-Hüte und dunkle Sonnenbrillen. Du denkst nicht …" Ich konnte nicht einmal die Worte aussprechen.

„Dass dein Vater in der Mafia ist?" Er nickte. „Vielleicht ist er das wirklich. Erzähle mir mehr darüber, was er tut."

„Es ist nicht so, als ob ich das wüsste, Chase." Ich wusste allerdings, dass er jemanden töten konnte – sogar jemanden, den er eigentlich lieben sollte. Wenn er seine eigene Frau umbringen konnte, konnte er jeden umbringen – und hatte wahrscheinlich schon viele andere Menschen auf dem Gewissen. Er wäre nicht so ruhig gewesen, als er meine Mutter erschossen hatte, wenn es sein erstes Mal gewesen wäre.

„Der Grund, warum Menschen bei organisierter Kriminalität die gleiche Kleidung tragen, ist, dass man dadurch niemanden in der Gruppe eindeutig identifizieren kann. Wie in einer Tierherde, in der alle gleich aussehen. Zur Tarnung", sagte er. „Warum wollen dein Vater und seine Partner nicht, dass jemand sie identifizieren kann?"

„Wenn sie irgendwelche Verbrechen begehen, wäre es wahrscheinlich schwierig zu beweisen, wer von ihnen es getan hat. Dadurch könnten sie des Verbrechens nicht einmal angeklagt werden. Außerdem ist es schwer zu erkennen, wie sie unter den Hüten, Sonnenbrillen und Anzügen wirklich aussehen. Dadurch haben alle ungefähr die gleiche Statur. Sogar ihre Schuhe sind ähnlich – glänzend schwarz und vorne abgerundet."

„Wenn also Fußabdrücke an einem Tatort zurückbleiben, ist es extrem schwer zu sagen, wer von ihnen dort war." Chase sah ein wenig erschüttert aus, als er aufstand. „Ich hole mir noch ein Bier. Möchtest du auch irgendetwas?"

„Nein. Ich habe dir doch von meinen Bauchschmerzen erzählt." Ich hatte nicht gelogen. Ich hatte einen Knoten im Bauch. Aber ich wusste, warum das so war. Meine Nerven waren zum Zerreißen gespannt nach allem, was in den letzten vierundzwanzig Stunden passiert war.

Ich dachte an meinen Vater und seine Partner, während Chase weg war. Wenn alle zusammen waren, konnte ich nicht einmal meinen Vater in der Gruppe erkennen. Und ich hatte nie genug Zeit in ihrer Nähe verbracht, um zu wissen, wie einer der Männer aussah, mit denen er zusammenarbeitete. Aber ich wusste, wie sie sich kleideten – und der Mann aus New York kleidete sich genauso und fuhr auch das gleiche Auto.

Es gab einfach zu viele Ähnlichkeiten, als dass es ein Zufall sein könnte. Und die Tatsache, dass er nach einem Mädchen mit einem ähnlichen Akzent suchte, war ein deutliches Warnzeichen. Meine einzige Hoffnung bestand darin, mich eine Woche oder länger von der Stadt fernzuhalten. Bestimmt würde er dann in eine andere Stadt weiterziehen, um seine Suche dort fortzusetzen.

Ich sollte Chase davon erzählen.

Er kam wieder herein. „Ich habe einen Freund, der uns vielleicht bei dieser Angelegenheit helfen kann. Ich werde morgen mit ihm darüber sprechen, aber zuerst brauche ich deine Führerscheinnummer und deine Sozialversicherungsnummer. Ich glaube nicht, dass er sonst etwas machen kann. Du musst keine Ersatzpapiere beantragen. Du musst nur die entsprechenden Behörden anrufen und dir die Nummern besorgen. Ich denke, danach kann ich mich um alles Weitere kümmern."

Mein Führerschein und meine Sozialversicherungskarte waren in dem Karton, den ich von zu Hause mitgenommen und im Schlafzimmerschrank im Gästehaus versteckt hatte. Aber ich hatte nicht vor, sie irgendjemanden zu überlassen, und zumindest das konnte ich ihm erklären. „Chase, das Letzte, was ich will, ist, dass mein Vater herausfindet, wo ich bin, sodass er herkommen und mich zur Rede stellen kann, warum ich aus heiterem Himmel weggegangen bin. Ich befürchte, dass einer seiner Partner diese Nummern im Auge behält und nur darauf wartet, dass sie in irgendeinem System auftauchen."

„Ich glaube nicht, dass es so funktioniert, Liebling." Er setzte sich neben mich und trank einen Schluck Bier. „Kreditkarten und Bankkarten können zurückverfolgt werden, aber auf die Nummern deiner Papiere können nur Regierungsbehörden zugreifen."

„Bist du dir da sicher?" Ich war es nicht. Ich hatte nicht einmal gemerkt, dass mein Vater in der Mafia sein könnte, aber ich wusste, dass er weitreichende Verbindungen hatte. Ich war also nicht bereit, Chases Theorie zu testen.

„Du hast recht. Ich bin mir nicht hundertprozentig sicher, aber ich kann es herausfinden." Er stellte die Bierflasche auf den Couchtisch. Dann drehte er sich zu mir um und nahm meine Hände in seine. „Im Ernst, Arabella, was soll schon passieren, wenn dein Vater dich findet und fragt, warum du weggegangen bist, ohne es ihm zu sagen? Das ist alles, was er tun kann, Liebling – dir ein paar Fragen stellen. Ich glaube nicht, dass das ein guter Grund ist, dich weiter vor ihm zu verstecken. Vielleicht solltest du darüber nachdenken, ihn anzurufen und ihm zu sagen, dass du an deinem neuen Wohnort glücklich und in Sicherheit bist. Du kannst dich auch dafür entschuldigen, dass du ihm Kummer bereitet hast. Vielleicht geht es dir dann besser. Das sollte dir die Last von deinen Schultern nehmen."

Das könnte ich niemals tun. Aber ich wollte nicht, dass Chase das wusste. „Ich denke drüber nach."

„Das solltest du wirklich tun. Du hast gesagt, dass du mich nicht in Gefahr bringen willst. Aber Tatsache ist, dass er, wenn er dich sucht und bei mir findet, vielleicht etwas Falsches über mich denkt. Er könnte denken, dass ich dich entführt oder einer Gehirnwäsche unterzogen habe. Und jeder Vater, der diese Bezeichnung verdient, würde in so einem Fall zuerst schießen und später Fragen stellen."

Mir lief ein Schauder über den Rücken. Chase wusste nicht, wie nahe seine Worte dem kamen, was ich über meinen Vater wusste.

Aber ich wusste auch, dass mein Vater keine Entführung vermuten würde – zumindest war Chase in dieser Hinsicht in Sicherheit. Allerdings nur, wenn ich ihm niemals erzählte, was mein Vater getan hatte. „Weißt du, mein Vater denkt wahrscheinlich nicht, dass ich entführt worden bin."

Er starrte mir in die Augen. „Warum nicht?"

Das kann ich dir nicht sagen.

„Nun, ich habe einige meiner Sachen mitgenommen", fiel mir spontan ein. „Entführungsopfer können normalerweise nichts mitnehmen. Und mein Vater ist kein dummer Mann oder jemand, der voreilige Schlüsse zieht. Ich bin mir ziemlich sicher, dass er weiß, dass ich allein weggegangen bin."

„Dann sucht er dich vielleicht gar nicht, Arabella. Vielleicht weiß er, dass du Freiraum brauchst, und will dich gar nicht dazu drängen, zurückzukommen. Hast du schon einmal daran gedacht?"

Wenn er die ganze Wahrheit wüsste, würde er solche Dinge nicht sagen. Und so schwer es auch war, sie für mich zu behalten – ich musste es weiterhin tun. „Ich denke, ich sollte wirklich in Ruhe über alles nachdenken."

„Okay. Aber es wäre schön, wenn diese Sache nicht mehr wie eine bedrohliche Gewitterwolke über uns hängen würde. Und wenn etwas so Einfaches wie ein Anruf uns beiden Frieden verschaffen kann, warum sollen wir es nicht machen?"

Wieder lief mir ein Schauder über den Rücken, als mir bei dem Wort ‚Frieden' etwas einfiel. *Chase könnte trotzdem in Gefahr sein, wenn mein Vater glaubt, ich hätte meinem neuen Freund etwas erzählt, das ihn belasten könnte!*

Natürlich wusste im Moment niemand, dass ich etwas mit Chase zu tun hatte. Aber wenn ich jemals aufgespürt wurde, würden ich und alle, die mir nahestanden, ganz bestimmt zu Zielscheiben werden.

Mein Herz raste bei dieser Erkenntnis. Ich hatte Chase in Lebensgefahr gebracht und es bis zu diesem Moment nicht einmal gemerkt.

„Ich verspreche dir, lange und gründlich darüber nachzudenken, Chase."

KAPITEL DREIUNDZWANZIG

CHASE

Am nächsten Morgen fuhr ich zum Gerichtsgebäude, um mit einer alten Freundin von der Highschool zu sprechen, die dort arbeitete. Clara lächelte mich an, als ich ihr Büro betrat. „Guten Morgen. Lange nicht gesehen, Chase Duran."

„Hi, Clara. Ich habe viel gearbeitet, deshalb hast du mich nicht gesehen. Meine Brüder und ich haben große Pläne."

„Ja, ich habe von eurem aufregenden Projekt gehört. Wie läuft es?", fragte sie.

„Ganz gut. Wir arbeiten gerade an einem Prototyp und hatten bereits Erfolg damit." Ich hielt meine gekreuzten Finger hoch. „Wünsche uns Glück."

Auch sie hielt ihre gekreuzten Finger hoch. „Wird erledigt. Verrate mir, was dich heute hierhergeführt hat."

„Ich habe ein paar Fragen." Als ich mich an die Theke lehnte, wusste ich, dass sie selbst bald einige Fragen haben würde. „Was muss ich tun, um eine Heiratslizenz zu bekommen?"

„Eine was?" Sie legte ihre Hand auf ihr Herz und tat so, als würde sie in Ohnmacht fallen.

„Eine Heiratslizenz." Ich lachte über ihren gespielten Schock. „Ich habe noch nie eine beantragt und muss wissen, was ich und meine Lady dafür brauchen."

„Und wer ist deine Lady, Chase?"

„Arabella Loren. Du kennst sie nicht. Sie ist nicht von hier." Ich dachte, ich sollte so viele Fragen wie möglich beantworten, bevor sie sie stellen musste. „Und wir sind erst seit einem Monat zusammen, aber wenn man weiß, dass man die Richtige gefunden hat, dann weiß man es einfach."

„Wow!" Sie schüttelte den Kopf und wirkte verblüfft. „Nun, lass mich dir das Formular geben, das du ausfüllen musst." Sie schob es über die Theke zu mir.

Als Erstes las ich, dass wir beide einen Identitätsnachweis mit Lichtbild benötigten. „Okay, ich habe ein kleines Problem. Sie hat ihren Führerschein verloren. Sie kommt aus dem Bundesstaat New York, also weiß ich nicht, wie schnell sie einen Ersatz bekommen kann. Könntest du den Antrag nur mit der Führerscheinnummer bearbeiten? Schließlich sind wir alte Freunde."

Clara blickte über ihre Schulter, um sich zu vergewissern, dass niemand in der Nähe war. „Ich kann darüber hinwegsehen. Aber nur weil ich dich schon ewig kenne."

„Sie hat auch ihre Sozialversicherungskarte verloren, aber sie versucht, beide Nummern herauszufinden. Wenn wir sie haben, sollte das reichen, oder?"

„Ja. Aber achte darauf, dass ihr den Antrag bei mir einreicht und bei niemandem sonst."

Ich las noch etwas auf dem Formular, das sie mir gegeben hatte. „Also müssen wir zweiundsiebzig Stunden warten, bevor wir heiraten können?" Ich hatte nicht gewusst, dass es eine Wartezeit gab.

„Eigentlich schon. Aber ein Bezirksrichter kann euch davon befreien. Johnny Caldwells Büro befindet sich gleich am Ende des Flurs, wenn du ihn darum bitten möchtest. Verdammt, er kann euch sogar trauen, wenn ihr wollt."

„Also heißt das, dass sie und ich hierherkommen, das Formular für die Lizenz ausfüllen und dann den Flur hinunter zu Johnny gehen können, der dann den Rest erledigt?"

„Und danach könnt ihr direkt zu mir zurückkommen und ich werde euch eure Heiratsurkunde ausstellen. Ihr beide könnt dieses Gerichtsgebäude innerhalb einer Stunde als Ehepaar verlassen."

Das klang großartig. „Du hast es mir einfacher gemacht, als ich je erwartet hätte. Danke, Clara. Soll ich dich anrufen, um dir mitzuteilen, an welchem Tag wir heiraten wollen?"

„Nicht nötig. Ich bin von Montag bis Freitag hier, Chase. Aber vielleicht solltest du zu Johnny gehen und ihn fragen, wann er Zeit hat." Sie zeigte auf die Tür links. „Wenn du durch diese Tür gehst, kannst du eine Abkürzung zu seinem Büro nehmen. Das erspart dir den offiziellen Weg."

„Du bist ein Engel." Als ich auf dem Weg zu Johnny eine Melodie pfiff, hatte ich das Gefühl, dass sich alles ändern würde. Durch die Heirat mit mir sollte Arabella sich sicher fühlen. Ihr Vater klang ziemlich traditionell, also würde er hoffentlich denken, dass er nicht mehr für sie verantwortlich war, sobald sie und ich rechtmäßig verheiratet waren.

Ich klopfte an die Tür von Johnnys Büro und eine Frau sagte: „Herein."

Als ich die Tür öffnete, sah ich eine Sekretärin, die an einem kleinen Schreibtisch saß. „Ist Johnny hier?"

„Richter Caldwell ist hier, Sir. Wen darf ich ihm melden?"

„Chase Duran."

Ich wartete, während sie aufstand und durch die Tür im hinteren Bereich des Zimmers ging. Nur wenige Augenblicke später kam sie zurück. „Er empfängt Sie jetzt, Sir."

Ich durchquerte den Raum und betrat das Büro des Mannes, mit dem ich zur Schule gegangen war. „Johnny, wie geht es dir?"

Er schüttelte mir die Hand und wir klopften einander auf den Rücken. „Großartig, Chase. Und dir?"

„Mir auch." Ich setzte mich auf den Stuhl, auf den er deutete.

Er nahm auf dem Stuhl mir gegenüber Platz. „Ich gehe davon aus, dass du hier bist, um mir eine Frage zu stellen, und nicht nur, um mich zu besuchen."

„Ich war gerade am anderen Ende des Flurs und habe mit Clara gesprochen. Sie hat gesagt, dass ich mit dir reden soll."

„Also los, rede. Ich bin ganz Ohr."

Ich konnte nicht aufhören zu lächeln. „Ich will mein Mädchen bitten, mich zu heiraten."

„Heilige Scheiße! Glückwunsch, Mann!" Er sprang auf und ich tat das Gleiche, bevor wir uns noch einmal umarmten. „Also, willst du, dass ich euch traue?"

„Ja. Und ich möchte dich fragen, ob du dafür sorgen kannst, dass wir nicht warten müssen."

„Das ist überhaupt kein Problem. Ich helfe dir gerne."

„Kannst du irgendwie die Vorschrift umgehen, dass du einen Nachweis ihrer Identität sehen musst? Sie hat ihre Papiere verloren und sie kommt aus New York. Es kann also lange dauern, bis sie einen Ersatz bekommt."

„Das kann ich. Aber sie braucht ihre Führerscheinnummer für das Formular. Und ihre Sozialversicherungsnummer."

„Ja, sie versucht gerade, sie herauszufinden."

„Also wird Chase Duran endlich in den Hafen der Ehe einfahren. Wie alt bist du inzwischen? Vierunddreißig oder so?", fragte er.

„Fünfunddreißig. Ich glaube, ich habe lange genug gewartet." Ich musste lachen. „Aber ich sollte dir sagen, dass ich ihr noch keinen Heiratsantrag gemacht habe. Das hier ist also etwas voreilig."

„Wie lange seid ihr schon zusammen?"

„Einen Monat."

Seine Augen weiteten sich. „Ähm, Chase, das ist nicht sehr lange. Wie alt ist das Mädchen?"

„Dreiundzwanzig." Mir war klar, dass sie jung war, aber sie war die Richtige. Das wusste ich ohne Zweifel.

„Das ist ein ziemlich großer Altersunterschied", sagte er und schüttelte den Kopf. „Bist du dir sicher, Chase? Vielleicht muss sie erst noch erwachsen werden. Ich würde es hassen, wenn eure Ehe in einer Scheidung enden würde."

„Ihr Alter macht mir überhaupt keine Sorgen. Sie ist schön, intelligent und hat ein großes Herz. Und sie liebt mich genauso sehr, wie ich sie liebe." Ich erwähnte ihre Befürchtungen in Bezug auf ihren Vater nicht. Meine Hoffnung war, dass sie all das vergessen würde, sobald wir verheiratet waren.

Wenn ich ihr eine Zukunft gab, würde sie die Vergangenheit hoffentlich loslassen können.

„Nun, wenn sie Ja sagt, werde ich euch gerne trauen. Es wäre mir ein Vergnügen."

„Großartig." Ich wusste, dass ich auf ihn zählen konnte. „Nun, ich muss los – ich muss einen Ring kaufen." Ich stand auf. „Oh ja. Gibt es Tage, an denen du nicht hier arbeitest?"

„Nur am Wochenende. Ansonsten bin ich immer von neun bis fünf hier. Ihr könnt jederzeit vorbeikommen. Ich freue mich darauf, sie kennenzulernen."

„Ja, du wirst sehen, wovon ich rede. Sie ist etwas ganz Besonderes. Bis bald." Ich grinste. „Drücke mir die Daumen, dass sie Ja sagt."

„Ich bin sicher, dass du nichts zu befürchten hast. Kaufe ihr einen teuren Ring. Es ist schwer, zu einem großen Diamanten Nein zu sagen."

„Ja, nicht wahr?" Ich lachte, als ich sein Büro verließ. „Nochmals vielen Dank, Johnny."

„Kein Problem."

Ich steckte meine Hände in die Hosentaschen, verließ das Gerichtsgebäude und ging die Straße hinunter zum örtlichen Juweliergeschäft. Als ich die Tür öffnete, war ich überrascht zu sehen, dass mein ältester Bruder Cayce und Zurie an der Theke standen.

Sie zeigte auf etwas in der Vitrine. „Kann ich das anprobieren?"

„Ich bin gleich bei Ihnen, Sir. Sehen Sie sich ruhig um, während ich diese Kunden bediene", sagte der Mann hinter der Theke zu mir.

Cayce und Zurie blickten kurz auf und wirkten verblüfft, als sie mich sahen. „Was machst du hier, Chase?", fragte Cayce. Die Verwirrung in ihren Gesichtern war offensichtlich.

„Ich bin gekommen, um einen Verlobungsring zu kaufen."

Cayce wurde blass. Zuries Augen weiteten sich. Und dem Mann hinter der Theke standen Dollarzeichen ins Gesicht geschrieben, als er rief: „Herzlichen Glückwunsch, Sir! Ich habe genau das Richtige für Sie."

Ich wette, dass Sie das haben.

Aber Cayce dämpfte die Vorfreude des armen Mannes. „Wir werden sehen. Mein Bruder muss verdammt noch mal langsamer machen."

„Mir geht es gut." Ich betrachtete die Verlobungsringe in der Vitrine. „Hier gibt es eine hübsche Auswahl."

„Chase, du kennst das Mädchen kaum", fuhr Cayce fort.

„Ich kenne Arabella sehr gut. Wir sind vielleicht noch nicht lange zusammen, aber mein Herz kennt sie und ihr Herz kennt mich."

„Und wenn sie noch nicht bereit ist?", fragte Zurie. „Hast du daran gedacht? Sie ist sehr jung, Chase."

„Nun, wenn sie nicht bereit ist, dann ist es eben so. Aber ich bin bereit, sie zu fragen. Also werde ich genau das tun. Und ich brauche einen schönen Ring, den sie tragen kann, bis sie bereit ist, mich zu heiraten." Ich würde sie nicht drängen. Aber ich wollte sie wissen lassen, dass wir heiraten konnten, sobald sie es wollte.

Cayce schien jedoch nicht überzeugt zu sein. „Wie lange denkst du schon darüber nach, sie das zu fragen?"

„Hm." Ich versuchte, mich genau zu erinnern, wann mir die Idee in den Sinn gekommen war. „Seit gestern Abend gegen sechs."

„Heilige Scheiße!", rief Cayce. „Du hast den Verstand verloren."

„Cayce, manchmal weiß man einfach, dass man die Richtige gefunden hat. Ich sehe keinen Grund dafür, zu warten. Und ich denke, es wird alles zwischen uns besser machen."

„Läuft es nicht gut zwischen euch beiden?", fragte Zurie besorgt. „Weil du wissen solltest, dass Heiraten keine Probleme löst. Im Gegenteil. Verheiratet zu sein ist harte Arbeit. Man muss immer an seinen Partner und seine Bedürfnisse denken. Man muss ihn vor sich selbst stellen. Und wenn ihr beide Kinder habt, haben sie Vorrang vor euren Bedürfnissen. Es ist nicht leicht, Chase, und es hat schwerwiegende Konsequenzen, wenn es nicht funktioniert. Man darf das nicht auf die leichte Schulter nehmen."

„Hör ihr gut zu", setzte Cayce den Vortrag fort, den sie begonnen hatte. „Man darf nicht aus einer Laune heraus heiraten. Dafür ist es viel zu ernst."

„Wir wohnen schon seit einem Monat zusammen. Ich glaube, das beweist, dass wir zusammenpassen." Ich fand, dass die beiden völlig übertrieben reagierten.

„Was ist ihre Lieblingsfarbe?", fragte Zurie.

Ich sah Cayce an. „Sag mir, was Zuries Lieblingsfarbe ist, Cayce."

Er starrte sie einen Moment lang an und versuchte anscheinend, ihre Gedanken zu lesen, da ich wusste, dass er keine Ahnung hatte. Sie zupfte am Ausschnitt ihres roten Shirts.

„Silber", sagte er mit solcher Überzeugung in seiner Stimme, dass ich fast gelacht hätte.

„Rot", korrigierte ich ihn. „Du hast deiner Frau wohl nicht

genug Aufmerksamkeit geschenkt. Sie hat an ihrem Shirt gezerrt, um dir einen Hinweis zu geben, und du hast es nicht einmal bemerkt."

„Nein, er hat recht. Ich hatte ganz vergessen, dass Silber meine Lieblingsfarbe ist", sagte sie.

Ich durchschaute die beiden. „Hört zu, ich weiß, dass ihr nur versucht, mich vor einem Fehler zu bewahren, und deshalb denkt, dass es noch zu früh ist."

„Nein", sagte Cayce. „Ich meine, ja, wir wollen nicht, dass du einen Fehler machst. Aber wir denken nicht nur, dass es zu früh ist – das ist es wirklich. Es gibt keinen Grund, etwas so Wichtiges zu überstürzen."

Der Mann hinter der Theke mischte sich ein: „Aber es gibt auch keinen Grund, ihr den Ring nicht zu geben, oder?"

Zumindest hatte ich ihn auf meiner Seite.

So gut ich mich auch mit Cayce und Zurie verstand – ich wusste, dass ihre Vorbehalte aus ihrer Sicht richtig waren. Aber ich hatte wichtigere Sorgen als die Meinung anderer Leute über meine Beziehung.

Arabella hatte vor irgendetwas schreckliche Angst und ich würde alles tun, um sie glücklich zu machen. Wenn das bedeutete, dass ich sie heiraten musste, damit sie ihren Seelenfrieden hatte, dann war es die einfachste Entscheidung, die ich jemals treffen würde.

KAPITEL VIERUNDZWANZIG

ARABELLA

Da ich das Anwesen nicht verlassen wollte, war ich mit den Hunden über das Grundstück gelaufen, sodass sie sich dort austoben konnten, wo ich mich am sichersten fühlte. Der Stress meiner Situation belastete mich immer mehr. Ich brauchte die Bewegung genauso sehr wie sie.

Ohne Wind und Wasser zur Abkühlung in der Hitze herumzurennen war jedoch hart für mich. Mein Gesicht war knallrot, als ich das Haus betrat, nachdem ich die Hunde wieder in ihren Zwinger gebracht hatte.

Ich duschte kalt, um meinen Körper abzukühlen. Während ich meine Stirn gegen die geflieste Wand lehnte, beschloss ich, dass sich etwas ändern musste. Das alles machte mich wahnsinnig. Ich war nicht ich selbst und konnte an nichts anderes denken als daran, was passieren würde, wenn der Mann aus New York mich fand.

Wird er mich einfach erschießen?

Wird er mich quälen?

Werden die Schmerzen schrecklich sein?

Was passiert, wenn ich sterbe?

Wird meine Mutter da sein und mich in den Himmel führen?

Ich hatte mit eigenen Augen gesehen, wie meiner Mutter in den Kopf geschossen wurde. Ich würde nie vergessen, wie ihr Körper auf den Boden gestürzt war und ihre Augen sofort leer geworden waren. Hatte ihre Seele ihren Körper in dem Moment verlassen, als die Kugel ihr Gehirn durchdrungen hatte? Würde meine Seele das Gleiche tun? Oder würde ich leiden?

Würde ich stunden-, tage- oder vielleicht sogar wochenlang Schmerzen haben? Oder würde ich einfach aufhören zu existieren?

Diese Gedanken machten mich verrückt. Ich musste sie aufhalten. Ich musste mich endlich wieder unter Kontrolle bekommen. Die Bewegung hatte eine Weile geholfen. Aber sobald mein Körper abgekühlt war, begannen sofort wieder die fürchterlichen Grübeleien.

Ich schüttete Shampoo in meine Handfläche, wusch mir die Haare und versuchte, ein Lied zu singen, um mich abzulenken. „Ich werde diese Gedanken aus meinem Kopf vertreiben. Sie haben keine Macht über mich."

Aber das Lied funktionierte nicht, egal wie oft ich den Text sang. Ich stieg aus der Dusche, trocknete mich ab und zog dann ein dünnes Sommerkleid an. Vielleicht könnte ich mich damit beschäftigen, etwas zu kochen.

Ich ging in die Küche, suchte ein paar Zutaten und machte mich an die Arbeit. Ich hackte, schnitt und würfelte das Gemüse, gab es in einen Topf und goss Hühnerbrühe darüber, bevor ich es bei schwacher Hitze auf den Herd stellte und köcheln ließ.

Ich hatte keine Ahnung, was ich machte – ich war einfach kreativ. „Dazu könnte Wurst gut passen." Ich fand ein Stück im Kühlschrank, schnitt es in kleine runde Scheiben und fügte sie zu der suppenartigen Mischung hinzu.

Im Brotkasten war noch etwas von dem Baguette, also schnitt ich es in Scheiben und legte sie auf ein Backblech. Dann schmolz ich etwas Butter, bestrich sie damit und streute Knoblauchpulver darüber.

Als ich die Suppe würzte, stiegen Düfte auf, die mich an mein Zuhause erinnerten. Der Oregano versetzte mich in die Zeit zurück, als meine Großmutter noch gelebt hatte.

Sie war hochbetagt im Schlaf gestorben. Ich dachte, das wäre ein friedlicher Weg, diese Welt zu verlassen. Wir alle mussten irgendwann gehen. Einige von uns durften einfach einschlafen und andere mussten schwerere Wege gehen.

Was wird mein Schicksal sein?

Die Tür ging auf und ich zuckte zusammen. „Chase! Was machst du so früh zu Hause?"

Er eilte zu mir und nahm mich in seine starken Arme, bevor ich wusste, wie mir geschah. „Ich konnte es kaum erwarten, zu dir nach Hause zu kommen, Liebling." Sein Mund eroberte meine Lippen mit einem hungrigen Kuss.

Er hob mich hoch, setzte mich auf die Theke, sodass mein kurzes Kleid nach oben rutschte, und drückte seine Erektion gegen mein Höschen.

Ich hatte nicht einmal an ihn oder uns oder Sex gedacht, aber die Art und Weise, wie er mich berührte, machte mich bereit für ihn. Ich spürte, wie er sich bewegte, und hörte, wie seine Hose auf den Fliesenboden fiel. Mit einer schnellen Bewegung schob er mein Höschen zur Seite, zog mich an sich und glitt in mich hinein.

Ich stöhnte, als wir verbunden waren, und verlor mich in ihm. Ich strich mit meinen Händen durch seine dicken Locken und schmolz dahin, als er mich mit so viel Leidenschaft liebte, dass ich dachte, ich würde weinen, wenn er jemals aufhörte.

Wenn wir das für immer tun könnten, würde ich als glückliche Frau sterben.

Sein Mund verließ meine Lippen und küsste meinen Hals. „Du warst alles, woran ich den ganzen Tag denken konnte, Liebling."

Vor Verlangen keuchend flüsterte ich: „Ich bin froh, das zu hören." Er konnte ruhig den ganzen Tag an mich denken. Mit dem Ergebnis war ich mehr als zufrieden.

Er leckte die Stelle direkt hinter meinem Ohr und machte mich wahnsinnig. Ich krallte mich an seinen Rücken, als mein Körper zitterte. „Du hast keine Ahnung, wie sehr ich dich liebe, Arabella."

„Es fühlt sich so an, als ob du mich sehr liebst." Mein Körper brannte für ihn. „Und ich liebe dich genauso sehr."

Ich hatte noch nie so stark für jemanden empfunden. Das war Liebe. Das wusste ich mit Sicherheit. Es war richtig. So sollte sich Liebe anfühlen.

Er brachte mich über den Rand der Ekstase und ich stöhnte, als mein Körper erbebte. Sein Orgasmus erfüllte mich mit Hitze und raubte mir den Atem, während seine Lippen über meinen Hals wanderten und schließlich zu meinen Lippen zurückkehrten. „Danke."

„Ich habe dir zu danken", flüsterte ich. Mein Körper war erschöpft und ich klammerte mich einen Moment lang an ihn, um mich zu erholen. Als mir plötzlich etwas klar wurde, richtete ich mich auf.

Verdammt! Ich habe nicht verhütet!

Bei seiner wilden Verführung hatte ich gar keine Zeit gehabt, mein neues Verhütungsmittel anzuwenden. Ich biss mir auf die Unterlippe und überlegte, ob ich etwas sagen sollte. Ich kam zu dem Schluss, dass es definitiv die Stimmung verderben würde, also behielt ich es für mich.

Ich hatte meine monatlichen Zyklen nie genau im Auge behalten, aber ich wusste, dass es Zeit für meine Periode war. Ich war mir nicht sicher, wann eine Frau fruchtbar war, aber ich dachte, dass ich so kurz vor meiner Periode unmöglich fruchtbar sein konnte. Ich verdrängte den Gedanken daran, als er mich ins Badezimmer trug, wo wir zusammen duschten und uns noch einmal liebten.

Der Mann hatte Ausdauer. Ich hatte keine Ahnung, wie andere Männer im Bett waren, aber für mich war Chase der Allerbeste. Ich hatte keine Lust, jemals mit einem anderen Mann zusammen zu sein. Die bloße Vorstellung war abstoßend für mich.

Nach unserem dritten oder vierten Mal – ich hatte ehrlich gesagt aufgehört zu zählen – drehte ich mich auf meiner Seite des Betts um und sah ihn an, während er versuchte, zu Atem zu kommen. „Ich sollte nach der Suppe sehen. Ich habe sie köcheln lassen. Vielleicht muss ich die Hitze etwas erhöhen."

„Warte." Er nahm meine Hand, um mich festzuhalten. „Es gibt etwas, das ich dich gerne fragen würde."

Ich setzte mich auf. Ich hatte keine Ahnung, was er mich fragen wollte, aber er sah ernst aus. „Ist es etwas Schlimmes?"

„Ich hoffe nicht, dass du so denkst." Auch er setzte sich auf. Dann beugte er sich vor, um seine Hose aufzuheben. Er hatte sie aus der Küche mitgenommen und neben seiner Seite des Betts auf den Boden geworfen.

Aufregung erfüllte mich, als ich zusah, wie er eine kleine weiße Schatulle aus seiner Hosentasche zog. „Hast du mir Schmuck gekauft?"

„So ähnlich." Er öffnete die Schatulle und ich sah darin einen riesigen funkelnden Diamantring.

Ich presste meine Hände auf meinen Mund und wusste nicht, was mich als Nächstes erwartete. „Er ist wunderschön!"

„Ich freue mich, dass er dir gefällt." Er nahm ihn aus der Schatulle. „Hoffentlich hat er die richtige Größe."

„Chase, er sieht wie ein Verlobungsring aus." Ich blickte in seine leuchtenden grünen Augen, als er lächelte.

„Ja, das ist er auch. Nichts würde mich glücklicher machen als deine Zustimmung, ihn zu tragen."

„Fragst du mich etwa …?" Ich verstummte, als sich ein Kloß in meinem Hals bildete.

„… ob du mich heiraten willst?" Er nickte. „Ich frage dich, ob du Mrs. Chase Duran werden möchtest."

Mir war schwindelig. Meine Lunge brannte, weil ich mich weigerte, Luft zu holen. Ich hatte Angst, dass alles ein Traum war und ich aufwachen würde, wenn ich atmete.

Seine dunkelblonden Locken waren zerzaust und seine Wangen waren nach unserem leidenschaftlichen Liebesspiel gerötet. Seine Lippen waren zu einem leichten Lächeln verzogen. Einem Lächeln, das mir sagte, dass er sich nicht sicher war, wie ich reagieren würde, aber dass er auf ein Ja hoffte.

Ich werde ihn für immer so in Erinnerung behalten.

Schweiß glänzte auf seiner Stirn. Ich streckte die Hand aus und wischte sie ab. Dann strich ich durch seine Haare und nickte. „Ja, Chase. Ich würde liebend gern deine Frau werden."

Eine Träne lief über seine Wange und ich begann zu schluchzen. Meine Hand zitterte, als ich sie ausstreckte, damit er den Ring an meinen Finger stecken konnte. „Du hast mir einen Moment lang Angst gemacht, Liebling."

Ich wischte mir die Augen ab, damit ich den Ring an meinem Finger sehen konnte. „Er passt perfekt."

„Ich bin froh, das zu hören." Er küsste mich zärtlich. „Wir können heiraten, sobald du willst. Ich habe bereits mit den Leuten im Gerichtsgebäude gesprochen. Wir können alles in ungefähr einer Stunde erledigen. Du musst nur deine Identifikationsnummern besorgen. Sie brauchen weder deinen Führerschein noch deine Sozialversicherungskarte. Und niemand kann dich aufspüren, nur weil die Nummern auf der Heiratsurkunde stehen. Das habe ich überprüft, bevor ich heute Morgen zum Gerichtsgebäude gefahren bin."

„Hast du das alles heute Morgen gemacht?" Ich musste lachen. „Du warst heute ein vielbeschäftigter Mann, hm?"

„Ich habe jede Minute genossen." Er umfasste mein Gesicht und fragte: „Weißt du schon, wann du meine Frau werden möchtest?"

Ich hatte mir den ganzen Tag so viele Gedanken über meinen Tod gemacht, dass ich das Gefühl hatte, mir würde die Zeit davonlaufen. Wenn ich auch nur eine Nacht als Chases Frau verbringen könnte, wäre es genug, um meinem Leben einen Sinn zu geben.

Ich würde nicht sterben, ohne geliebt worden zu sein. Ich würde nicht sterben, ohne mit dem Mann verheiratet gewesen zu sein, den ich mehr als alles andere auf der Welt liebte. Also fiel mir meine Antwort leicht. „Sobald du mich willst, Chase."

„Ich würde dich sofort heiraten, wenn das möglich wäre." Er küsste mich wieder. „Ich freue mich, dass du genauso bereit bist, unser Eheleben zu beginnen, wie ich. Um ehrlich zu sein, habe ich mir ein wenig Sorgen gemacht, dass du vielleicht noch warten möchtest, weil wir erst einen Monat zusammen sind. Aber das habe ich in Kauf genommen. Ich würde alles für dich tun, Arabella. Alles auf der Welt."

Ich streichelte seine Wangen und konnte meine Tränen nicht zurückhalten. „Du bist der beste Mann auf der ganzen Welt, Chase Duran. Es gibt niemanden, der besser ist als du. Nicht für mich. Du bist alles. Du bist der Einzige, mit dem ich mein Leben verbringen will."

Auch wenn dieses Leben vielleicht bald endet.

„Es gibt keine bessere Frau für mich als dich, Arabella. Ich kann kaum erwarten, dass du meinen Nachnamen trägst." Er legte seine Arme um mich und lachte. „Wir werden das glücklichste Ehepaar aller Zeiten sein!"

Ich hoffte, dass er damit recht hatte. Und ich hoffte, dass wir mehr als ein paar glückliche Tage als Ehepaar haben würden.

Hoffnung. Davon hatte ich in den Tagen, seit der Mann aus New York in der Stadt aufgetaucht war, nicht viel gehabt.

Meine Stimmung war plötzlich gedämpft – aber ich schaffte es, mich zusammenzureißen. Ich holte tief Luft, wohlwissend, dass ich Chase eher früher als später die Wahrheit gestehen musste.

CHASE

„Ja, sie hat heute Morgen ihre Identifikationsnummern herausgefunden", sagte ich zu Callan, als wir zu unseren Trucks hinausgingen. „Ich habe mir morgen freigenommen, damit wir zum Gerichtsgebäude fahren und es offiziell machen können. Morgen Mittag bin ich ein verheirateter Mann."

„Ich kann es kaum glauben, Chase. Ich kann nicht glauben, dass Arabella damit einverstanden ist. Ich meine, ihr beide seid noch nicht lange zusammen."

Alle sagten das Gleiche. Ich konnte nicht von ihnen erwarten, dass sie verstanden, wie Arabella und ich füreinander empfanden. „Die Dauer spielt keine Rolle. Nur die Gefühle zählen. Seit sie in meinem Leben ist, ist mein Herz voller Liebe. Warum also soll ich warten?"

„Ihr zwei lebt zusammen", sagte er. „Es ist, als wärt ihr schon verheiratet. Ich verstehe einfach nicht, warum ihr alles so überstürzt. Ich meine, ihr hattet ein Date, bevor du sie gebeten hast, bei dir einzuziehen, richtig? Und einen Monat später machst du ihr einen Heiratsantrag? Und einen Tag später heiratest du sie tatsächlich?"

„Es sind zwei Tage zwischen dem Antrag und der Heirat." Ich wusste, dass das immer noch schlecht klang. „Ich wünschte, ich könnte die richtigen Worte finden, um es euch allen zu erklären. Es ist einfach ein Gefühl – ein starkes, überwältigendes Gefühl."

„Ich glaube nicht, dass man sich überwältigt fühlen sollte, wenn man den Bund der Ehe eingeht. Aber das ist nur meine Meinung, Bruder." Er stieg in seinen Truck. „Du willst für das Mädchen also nicht einmal eine richtige Hochzeitsfeier veranstalten?"

„Sie will keine. Bei der Trauung werden nur wir beide anwesend sein – so wie es von Anfang an war." Ich fand, dass das romantisch klang.

„Das klingt, als hättet ihr euch von allen anderen abgeschottet." Er schüttelte den Kopf. „Das ist nicht gesund."

„Nun, ich habe versucht, sie dazu zu überreden, sich Freunde zu suchen, aber sie hat noch keine Aktivität gefunden, die sie genug interessiert, um einer Gruppe oder einem Verein beizutreten." Ich dachte auch, dass Arabella ziemlich isoliert war. „Das liegt vielleicht daran, dass sie Angst davor hat, dass ihr Vater sie suchen könnte. Aber ich glaube, sobald sie meine Frau ist, wird sie sich sicher fühlen und nicht mehr befürchten, dass er sie zurück nach New York zerrt."

„Was für ein Mann ist er?" Er hob die Hand, um mich aufzuhalten, bevor ich etwas sagen konnte. „Warte. Beantworte das nicht, weil du es nicht weißt. Alles, was du hast, ist ihr Wort."

„Sie hat niemanden mehr außer ihrem Vater. Ihre Großmutter und ihre Mutter sind bereits tot. Andere nahe Verwandte hat sie nicht. Ich glaube, sie hatte Freunde, aber sie kontaktiert sie wahrscheinlich nicht, weil sie Angst hat, dass sie ihrem Vater verraten, wo sie ist."

„Hat sie dir von ihren Freunden erzählt?", fragte er skeptisch.

„Abgesehen von einigen Highschool-Freunden, die sie

nebenbei erwähnt hat, haben wir noch nicht darüber gesprochen. Aber wir werden es tun. Eines Tages. Ich bin davon überzeugt, dass sich die Lage nach unserer Heirat entspannen wird." Darauf machte ich mir große Hoffnungen.

„Du scheinst zu denken, dass die Ehe ein Allheilmittel ist. Ich finde das urkomisch. Eine Heiratsurkunde ist ein Blatt Papier, Chase. Kein Zaubertrank, der zwei Menschen dazu bringt, sich plötzlich anders zu verhalten, nachdem sie alles füreinander aufgegeben haben."

„Ich sehe das nicht so. Ich sehe es als Verpflichtung füreinander, die ein Leben lang halten soll. Aber ich denke, dass es einen verändert, jemanden zu haben, dem man sich verpflichtet fühlt."

Er legte den Kopf schief, als er mich anstarrte. „Wie das?"

„Ich bin noch nicht verheiratet, also habe ich darauf keine Antwort. Es ist nur ein Gefühl, mehr nicht." Ich war es leid, mich vor meinen Brüdern zu rechtfertigen. Es war sinnlos. Am Ende würden sie Arabella als meine Frau akzeptieren. Das wusste ich ohne Zweifel.

„Und ich habe das Gefühl, dass du am Morgen nach deiner Hochzeit aufwachen und feststellen wirst, dass du dich die ganze Zeit geirrt hast. Sie wird dasselbe Mädchen sein, das du kanntest, bevor du die Heiratsurkunde unterschrieben und das Ehegelübde abgelegt hast. Ich denke, dass du enttäuscht sein wirst, wenn du feststellst, dass sie auch nur ein Mensch ist, der sich nicht an einem Tag ändern kann. Und ich fürchte, ihr werdet euch weiterhin abschotten."

„Das ist in Ordnung, weil ich sie so mag, wie sie ist", erwiderte ich. „Außerdem weiß ich, dass sie kein Problem damit hat, anderen Menschen nahezukommen. Du hast selbst gesehen, wie gut sie sich mit Clarisse verstanden hat, als ich sie zu Cayce mitgenommen habe. Sobald sie sich hier eingelebt hat, wird sie Freunde finden und zu der Frau werden, die sie sein soll."

„Erwarte nur nicht, dass das über Nacht passiert." Er schloss die Tür und kurbelte das Fenster herunter. „Wie auch immer, ich liebe dich und hoffe, dass ihr beide ein wundervolles Leben zusammen habt und mir viele Nichten und Neffen zum Verwöhnen schenkt."

„Danke." Ich wusste, dass mir das all meine Brüder am Ende sagen würden. Sie hatten das Gefühl, mich vor der schnellen Heirat warnen zu müssen, aber sie würden uns auf jeden Fall akzeptieren, denn wir waren schließlich eine Familie.

„Wir sehen uns am Montag."

„Gehst du mit ihr auf Hochzeitsreise?"

„Ich werde sie mit einem Wochenendtrip auf einer Yacht überraschen, die ich nur für uns gebucht habe. Morgen Nachmittag, kurz nachdem wir geheiratet haben, geht es los. Wir werden die Segel setzen und drei Nächte im Golf von Mexiko verbringen, bevor wir zurück zum Hafen fahren."

„Was ist mit deinen geliebten Hunden?"

„Danke der Nachfrage. Willst du bei mir wohnen, während wir weg sind, damit du dich um sie kümmern kannst? Sie lieben ihren Onkel Callan von all meinen Brüdern am meisten."

„Und das fragst du mich jetzt?" Er verdrehte die Augen. „Entscheidest du alles so spontan?"

„Meistens." So war ich einfach. „Also, machst du es?"

„Ich denke schon. Zum Glück habe ich für das Wochenende noch keine Pläne gemacht."

„Großartig." Ich war froh, dass er die Hunde erwähnt hatte. Da ich so viel organisieren musste, hätte ich fast vergessen, ihn zu fragen. „Dann bis Montag. Danke, dass du auf die beiden aufpasst."

„Sicher."

Ich stieg in meinen Truck und machte mich auf den Heimweg. Ich freute mich darauf, Arabella zu sehen. Aber das war nichts Neues. Dieses Gefühl hatte ich jeden Tag, seit ich sie eingestellt hatte. Zu ihr nach Hause zu kommen war herrlich.

Im Blumenladen holte ich den Strauß ab, den ich zuvor telefonisch bestellt hatte, und fuhr dann zum Spirituosenladen, um

Champagner zum Feiern zu besorgen. An der Kasse kaufte ich zusätzlich eine Schachtel Pralinen.

Mit Geschenken beladen, fuhr ich in die Garage und ging durch die Küche ins Haus, so wie ich es immer tat. „Schatz, ich bin zu Hause!"

Ich hörte nichts, also ging ich weiter und dachte, sie müsste irgendwo im Haus sein. Licht strömte ins Wohnzimmer und ich sah, dass die Haustür weit offenstand.

„Arabella?", rief ich, als ich aus der Tür schaute, sie aber auch draußen nicht fand.

Ich legte alles, was ich trug, auf die Couch, ging ins Schlafzimmer und fand es leer vor. Die Badezimmertür war offen, aber das Licht war aus. „Liebling?"

Angst breitete sich in mir aus, während ich zum Schrank marschierte. Als ich ihn öffnete, befürchtete ich das Schlimmste. Aber dann sah ich, dass all ihre Kleider noch da waren.

Sie hat mich nicht verlassen.

Plötzlich fühlte ich mich wie ein Idiot. Ich ging nach draußen, um nachzusehen, ob der Range Rover in der Garage neben dem Gästehaus parkte. Er war dort und stand an derselben Stelle wie immer.

Ich machte mich auf den Weg zu den Hunden, weil ich dachte, dass sie bei ihnen sein musste. Ich fand die beiden, aber nicht Arabella. „Ich wünschte, ihr könntet reden." Ich sah mir ihre Wassernäpfe an und stellte fest, dass sie staubtrocken waren. „Kein Wasser?"

Ich holte den Wasserschlauch und füllte ihre Näpfe. Mir wurde schlecht bei der Erkenntnis, dass etwas nicht stimmte. Arabella füllte ihre Wassernäpfe mehrmals am Tag – wenn es so heiß war, musste sie das tun.

Ich ging wieder hinein und überprüfte jedes einzelne Zimmer. Als mein Handy klingelte, musste ich über mich selbst lachen. „Verdammt. Ich habe noch nicht einmal daran gedacht, sie anzurufen."

Ich sah, dass ich eine Textnachricht von Johnny erhalten hatte, der mir sagte, dass er die Zeremonie am nächsten Morgen durchführen könnte. Ich dankte ihm und rief Arabella an.

Es klingelte und klingelte. Dann wurde der Anruf an die Mailbox weitergeleitet. Wir hatten angefangen, unsere Standorte miteinander zu teilen, und ich sah nach, wo sie sich aufhielt. Aber ich fand nur heraus, dass sie irgendwo im Haus war.

Ich rief immer wieder ihr Handy an, während ich durch das Haus ging, und hörte schließlich ein leises Klingeln. Ich konnte ihr Handy zwar nicht sehen, aber als ich dem gedämpften Geräusch folgte, fand ich es in unserem Schlafzimmer.

Es lag auf dem Boden. Als ich mich umschaute, bemerkte ich eine winzige Delle in der Wand, ungefähr einen Meter über der Stelle, wo das Handy ein Stück weit unter dem Bett lag. Hatte sie es dorthin geworfen?

Das ergab keinen Sinn. Ich steckte beide Handys in meine Tasche und ging durch die Küche zurück in die Garage, um nachzusehen, ob sie eines meiner anderen Autos genommen hatte. Aber nein, sie waren alle noch da.

„Ein Mensch kann nicht einfach verschwinden."

Ich ging zurück ins Haus und mir fiel etwas auf, als die Sonne darauf schien. Auf der Theke fand ich den Verlobungsring, den ich ihr am Vorabend geschenkt hatte.

Meine Beine gaben unter mir nach und ich landete auf dem Boden, während ich den Ring zwischen Daumen und Zeigefinger hielt.

Sie hat mich verlassen.

Das war die einzig mögliche Antwort. Ich hatte sie bedrängt und alles überstürzt und sie hatte wahrscheinlich das Gefühl gehabt, dass sie keine andere Wahl hatte, als mich ohne ein Wort zu verlassen. Sie hatte ihr Handy zurückgelassen, damit ich sie nicht anrufen und anflehen konnte, zurückzukommen. Und ihren Ring hatte sie zurückgelassen, damit sie nie wieder an mich erinnert wurde.

Sie war einfach weggegangen. All ihre Habseligkeiten waren noch im Haus – so dringend hatte sie von mir weggewollt. Sie war einfach aus der Haustür gegangen und hatte alles hinter sich gelassen. Wahrscheinlich genauso, wie sie das Haus ihres Vaters verlassen hatte.

Meine Brüder hatten recht gehabt. Sie war nicht die Frau, für die ich sie gehalten hatte. Diese Frau hätte mich nicht verlassen, ohne ein Wort zu sagen.

Meine Gedanken überschlugen sich und ich hatte keine Ahnung, was ich als Nächstes tun sollte. Ich dachte an jedes Gespräch zurück, das wir in den letzten Tagen geführt hatten, und fragte mich, ob es Anzeichen dafür gegeben hatte, dass sie unglücklich war.

Sie hatte begonnen, ehrlicher zu mir zu sein, und mir einen Einblick in ihre Gedanken gewährt. Ich hatte es als gutes Zeichen betrachtet. Sie hatte mir erzählt, wie sie ihr altes Leben aufgegeben hatte, ohne ihrem Vater etwas zu sagen. Aber sie hatte mir nie verraten, warum sie etwas so Drastisches getan hatte.

Vielleicht hatte sie es nicht erwähnt, weil sie wusste, dass es ein trivialer Grund war und ich sie deswegen für oberflächlich und psychisch instabil halten würde. Ein geistig gefestigter Mensch wäre nicht nur mit der Kleidung, die er am Körper trug, weggegangen – nicht ohne Grund.

Ich wiegte mich auf den Fersen vor und zurück, während ich daran dachte, wie meine Brüder darauf reagieren würden. Dafür war ich noch nicht bereit.

Wenn ich sie um Unterstützung bat, würden sie mir nur sagen, dass ich jemandem, den ich kaum kannte, niemals hätte vertrauen sollen. Sie würden mir sagen, wie dumm ich gewesen war, so verdammt schnell zu machen.

Und sie hätten recht.

KAPITEL SECHSUNDZWANZIG

ARABELLA

Ich hatte alles ruiniert. Als ich gefesselt und geknebelt im Kofferraum des schwarzen Cadillacs lag, dem ich unbedingt hatte ausweichen wollen, hatte ich viel Zeit, darüber nachzudenken, wie ich dort gelandet war.

Mich nicht um meine eigenen Angelegenheiten zu kümmern war der erste und möglicherweise größte Fehler gewesen, den ich gemacht hatte. Ich hätte in jener Nacht nie aus meinem Zimmer herauskommen sollen. Schließlich kannte ich den Verhaltenskodex im Haus meines Vaters. *Misch dich nicht ein.*

Der zweite Fehler, den ich gemacht hatte, war, mein Zuhause zu verlassen. Damit hatte ich andere gefährdet und genau das hatte mich dazu gebracht, nachzugeben und mit dem Mann wegzugehen, den mein Vater mir nachgeschickt hatte.

Der dritte Fehler war gewesen, den Bus zu nehmen. Ich hatte gedacht, ich hätte klug gehandelt. Wie sich herausgestellt hatte, war auch das ein Irrtum gewesen.

Vielleicht hatte es an dem Schockzustand gelegen, in dem ich mich befunden hatte, nachdem ich gesehen hatte, wie meine

Mutter von meinem Vater ermordet worden war. Ich hatte damals keinen klaren Gedanken fassen können.

Obwohl es erforderlich gewesen war, meinen Führerschein vorzuzeigen, um das Busticket zu kaufen, hatte ich nicht daran gedacht, dass jemand diese Informationen von dem Busunternehmen bekommen könnte.

Anscheinend hatte der Mann, den mein Vater damit beauftragt hatte, mich aufzuspüren, spezielle Methoden, um Leute zum Reden zu bringen. Er hatte mir gesagt, dass er einfach nur zu dem Busunternehmen gegangen war, das unserem Haus in New York am nächsten war, und mich so in Texas gefunden hatte.

Sobald er in Brownsville mit seiner freundlichen, viel zu redseligen Bevölkerung angekommen war, war es ein Leichtes gewesen, das Motel ausfindig zu machen, in dem ich übernachtet hatte. Dort hatte er meine Telefonnummer vom Manager bekommen.

Geld und Drohungen brachten Leute zum Reden, auch wenn sie es nicht tun sollten. Aber so war das Leben und ich hätte mir dessen bewusster sein sollen. Ich hatte dem Motelmanager viel zu sehr vertraut. Ich hatte ihm erzählt, dass ich eine Stelle als persönliche Assistentin bekommen hatte und bei meinem neuen Boss wohnen würde. Ich hatte ihm jedoch nicht Chases Namen genannt.

Der Mann aus New York hatte von dem Manager das Datum erfahren, an dem ich das Motel verlassen hatte. Dann hatte er sich die Lokalzeitungen besorgt, die um dieses Datum herum veröffentlicht worden waren, und die Anzeige für eine persönliche Assistentin von Chase Duran entdeckt. Das war alles, was er gebraucht hatte, um genau herauszufinden, wo ich war.

Sobald er das getan hatte, hatte er meinen Vater benachrichtigt, der mich umgehend angerufen hatte. Mit seinen Drohungen hatte er mich genau da gehabt, wo er mich haben wollte. Irgendwie hatte der Kerl, der mich gefunden hatte, auch herausgefunden, dass ich mit Chase in einer Beziehung war. Als mein Vater mir gesagt hatte, dass ich mich dem Mann ergeben müsste, der vor dem Tor von Chases Haus wartete, weil er sonst meinen Freund töten würde, hatte ich keine Wahl gehabt.

Zumindest war der Partner meines Vaters so nett gewesen, mir genau zu erklären, wie er mich gefunden hatte. Ich vermutete, dass er das nur getan hatte, damit er prahlen konnte, wie schlau er war.

Mein vierter und letzter Fehler war gleichzeitig ein Anlass zu Freude und Trauer. Mein erstes Mal Sex ohne Verhütung hatte mir eine Überraschung beschert.

Ich hatte den Morgen damit verbracht, die Tage seit meiner letzten Periode zu berechnen. Als ich bis vierzig gezählt hatte, hatte ich gewusst, dass etwas nicht stimmte. Ich hatte meine Perioden nie genau im Auge behalten, aber ich wusste verdammt gut, dass dazwischen nicht mehr als dreißig Tage vergingen.

Mit einem locker sitzenden T-Shirt, einer Baseballkappe und einer dunklen Sonnenbrille war ich in dieselbe Apotheke gegangen, in der ich die Verhütungsmittel gekauft hatte. Dieses Mal hatte ich einen Schwangerschaftstest gekauft.

Buchstäblich fünf Minuten nach dem Test hatte ich den Anruf von meinem Vater bekommen. Weitere fünf Minuten später war ich zu dem schwarzen Cadillac gegangen, wo der Mann aus New York mit dem schwarzen Anzug und dem Fedora-Hut mich freundlich begrüßt und mir mitgeteilt hatte, wie er mich gefunden hatte. Dann hatte er die Hintertür geöffnet, um mich einsteigen zu lassen.

Eine Sekunde lang hatte ich mir eingeredet, dass es vielleicht nicht so schlimm wäre, wenn ich auf dem Rücksitz Platz nehmen durfte. Aber das hatte nur dazu gedient, dass niemand sah, wie er mich fesselte und in den Kofferraum steckte.

Nachdem wir die Stadt verlassen hatten, hatte ich mir noch mehr Sorgen gemacht. Er hatte mir befohlen, aus dem Auto zu steigen. Dann hatte er mich gefesselt, mich in den Kofferraum gelegt und mir einen Knebel in den Mund gesteckt, bevor er mich in der Dunkelheit eingeschlossen hatte.

Ich war auf dem Rücksitz still gewesen und hatte keine Notwendigkeit für diese Behandlung gesehen. Vermutlich gingen sie mit allen Leuten, die sie töten wollten, so um.

Ich hätte am nächsten Tag heiraten sollen. Ich hatte nicht einmal die Gelegenheit gehabt, darüber nachzudenken, wie ich Chase sagen sollte, dass ich schwanger war. Ich hatte keine Gelegenheit gehabt, über irgendetwas nachzudenken.

Hätte er sich über die Neuigkeit gefreut? Was empfand ich überhaupt bei dem Gedanken, ein Baby zu bekommen? Wäre es ein Junge oder ein Mädchen geworden?

All das spielte keine Rolle mehr, jetzt, da mein Ende mit jeder Meile, die wir in Richtung New York zu meinem Vater zurücklegten, näher rückte. Mein größtes Bedauern war, dass mit mir auch unser Baby sterben würde.

Natürlich bereute ich auch, Chase am Tag vor unserer Hochzeit ohne Erklärung verlassen zu haben. Ich wusste, dass er denken würde, ich hätte kalte Füße bekommen und wäre einfach abgehauen. Mein Herz schmerzte bei der Vorstellung, dass er verletzt sein könnte. Aber ich hoffte, dass er seine verletzten Gefühle weit genug beiseiteschieben würde, um zu bemerken, dass ich die wenigen Dinge, die ich besaß, zurückgelassen hatte.

Ich war nur mit den Kleidern an meinem Körper weggegangen – dem weiten T-Shirt, den ausgebeulten Shorts und den Flip-Flops –, sonst nichts. Die Baseballkappe und die Sonnenbrille, die ich in der Apotheke getragen hatte, hatte ich aufs Bett geworfen, kurz bevor ich mit dem Schwangerschaftstest ins Badezimmer gegangen war. Meine Handtasche hing immer noch an dem Haken in der Küche, da ich durch die Hintertür hereingekommen war, nachdem ich den Range Rover geparkt hatte. All meine Sachen waren immer noch dort.

Wenn er mich nur ein bisschen kannte, würde er wissen, dass ich so viel wie möglich mitgenommen hätte, wenn ich ihn verlassen hätte. Ich hätte auch meine Handtasche nicht einfach vergessen. Und im Schlafzimmerschrank im Gästehaus war auch noch der Karton.

Darin lagen alle Antworten darauf, wohin ich gegangen war. Es gab kein Bargeld mehr, aber ein Foto von meiner Mutter und mir, als ich ein Baby gewesen war. Sie hatte das Datum und meinen Namen auf die Rückseite des Bildes geschrieben. Sowohl mein Führerschein als auch meine Sozialversicherungskarte waren in dem Karton. Chase würde endlich meinen richtigen Namen herausfinden.

Falls er hineinschaut.

Ich wusste, dass die Wahrscheinlichkeit hoch war, dass er das Gästehaus gar nicht durchsuchte – besonders nicht einen Schrank, der leer sein sollte. Aber ich musste hoffen, dass er jeden Winkel und jede Ritze nach einer Erklärung für meine Abwesenheit absuchen würde.

Die Tüte und die Verpackung, in der der Schwangerschaftstest gewesen war, waren in dem Mülleimer im Badezimmer gelandet. Der Schwangerschaftstest selbst war auf der Ablage neben dem Waschbecken gewesen, während ich auf das Ergebnis gewartet hatte. Aber ich hatte ihn ebenfalls in den Mülleimer geworfen, kurz bevor ich das Haus verlassen hatte.

Ich war mir sicher, dass mein Verschwinden Chase fürchterlich verletzt hatte. Aber wenn er in den Mülleimer schaute, würde er den Test finden und hoffentlich wissen, dass ich ihn nicht einfach verlassen hatte. Nicht während ich mit seinem Baby schwanger war.

Mein Handy musste irgendwo unter dem Bett sein. Ich war wütend über den Anruf meines Vaters gewesen und hatte es gegen die Wand geschleudert. Ich war mir ziemlich sicher, dass es unter dem Bett gelandet war. Wenn Chase meine Nummer anrief, würde er es finden.

Wenn er mein Handy fand, könnte er den letzten eingegangenen Anruf sehen. Und wenn er die Nummer zurückrief, würde mein Vater vielleicht antworten.

Das wäre schrecklich.

Ich hatte nicht daran gedacht, dass Chase die Nummer zurückrufen könnte, sonst wäre ich das Handy losgeworden. Wenn er meinem Vater in irgendeiner Weise drohte, würde das den Tod für ihn bedeuten.

Chase wusste, dass mein Vater höchstwahrscheinlich in der Mafia war, also musste ich beten, dass er nicht dumm genug war, einem Mann in dieser Position zu drohen. Aber ich hatte keine Ahnung, was Chase tun würde. Wir waren noch nie in so einer Situation gewesen – wie viele Leute könnten das schon von sich behaupten? Das machte es unmöglich zu wissen, wie Chase reagieren würde.

Als ich in der Dunkelheit lag, wusste ich, dass wir uns nicht gut genug kannten, um irgendwelche Vorhersagen darüber treffen zu können, was der jeweils andere tun würde. Soweit Chase wusste, hatte ich das Haus meines Vaters verlassen, ohne es einer Menschenseele zu sagen, und war durch das halbe Land gereist, um mich vor ihm zu verstecken. Aber er hatte keine Ahnung, warum ich das getan hatte.

Wenn Chase feststellte, dass ich weg war, dachte er vielleicht, dass ich einfach jemand war, der irgendwann sein Zuhause aufgab. Er könnte denken, dass ich irgendwie verrückt war und ihm diese Seite von mir nur noch nicht gezeigt hatte.

Er könnte sogar denken, dass mein Verschwinden vor unserer Heirat ein Segen für ihn war. Und er würde den Mülleimer vielleicht gar nicht durchsuchen. Er könnte einfach den Müllsack herausziehen, zubinden und wegwerfen, ohne zu wissen, was sich darin befand.

Selbst wenn er den positiven Schwangerschaftstest finden würde, könnte es nicht zu meinen Gunsten sein. Ich hatte ihm gesagt, dass ich mich um die Verhütung kümmern würde – würde er denken, dass ich gelogen hatte? Und er hatte bestimmt nicht versucht, mich zu schwängern. Vielleicht würde er beim Anblick des Testergebnisses dankbar dafür sein, dass ich einfach weggegangen war, sodass er sich nicht um ein Baby kümmern musste.

Bei diesem Gedanken liefen Tränen über meine Wangen. Ich wusste, dass Chase nicht so denken würde, und ich fühlte mich schrecklich, weil ich es mir vorstellte. Ich versuchte nur, mich irgendwie zu beruhigen. Wenn er wütend auf mich war, wäre das viel besser, als wenn er sich durch mein Verschwinden verletzt fühlte.

Ich hatte ihm nie wehtun wollen. Ich liebte den Mann wirklich. Wenn ich ihn nicht von ganzem Herzen geliebt hätte, hätte ich ihn in diese Sache hineingezogen. Ich hätte ihm alles erzählt und mir von ihm helfen lassen, obwohl es sein Leben gefährdet hätte. Ich wäre nicht zu dem schwarzen Cadillac gegangen und hätte mich niemals zurück in die Hände meines Vaters begeben. Ich hätte Chase angerufen und ihn herkommen lassen, um den Kerl zu vertreiben, den mein Vater geschickt hatte.

Aber ich liebte Chase Duran und es war undenkbar, ihn in Gefahr zu bringen. Auch wenn es bedeutete, dass ich – und unser ungeborenes Baby – sterben mussten.

Chase hatte nichts getan, um die Strafe zu verdienen, die mir bevorstand. Er war nicht wie ich in eine gefährliche Familie hineingeboren worden. Er sollte nicht das gleiche Schicksal erleiden wie ich.

Ich war diejenige, die unser Baby in diese Situation gebracht hatte. Es war allein meine Schuld, weil ich Chase gegenüber nicht ehrlich gewesen war, in welcher Gefahr ich schwebte – und dass ich ihn ebenfalls in Gefahr gebracht hatte.

Als ich versuchte, die Tränen zurückzuhalten und mich mit meinem unvermeidlichen Tod abzufinden, tröstete ich mich damit, dass zumindest Chase in Sicherheit war.

Das machte alles viel einfacher.

KAPITEL SIEBENUNDZWANZIG

CHASE

Eine Stunde verging und dann zwei. Erst war ich verletzt und wütend gewesen, aber inzwischen machte ich mir große Sorgen. Also rief ich meine Brüder an, damit sie zu mir kamen und mir dabei halfen, herauszufinden, was los war. Alle drei tauchten gleichzeitig auf und wollten wissen, warum ich sie angerufen und ihnen gesagt hatte, dass es einen Notfall gab.

Ich öffnete die Haustür, um sie hereinzulassen. „Ich bin froh, dass ihr hier seid."

Cayces besorgter Gesichtsausdruck und sein scharfer Ton sagten mir, dass er nicht in der Stimmung für Förmlichkeiten war. „Was ist der Notfall?"

„Kommt rein und ich erzähle euch alles darüber." Ich führte sie ins Wohnzimmer und wartete darauf, dass sie sich setzten, bevor ich weitersprach. „Arabella ist weg."

Callan verdrehte die Augen. „Was hast du erwartet? Wenn du dich mit jemandem Anfang Zwanzig einlässt, kannst du kaum erwarten, dass er reif genug ist, ehrlich zu dir zu sein, wenn er sich einfach noch nicht bereit fühlt. Zum Beispiel dafür, nach nur einem Monat Beziehung zu heiraten."

Cayce nickte. „Jeder hat das kommen sehen außer dir, Chase."

Sogar Chance stimmte ihnen zu. „Ja, Mann. Du hast bei ihr viel zu schnell gemacht. Glaube mir. Ich bin ihr altersmäßig am nächsten und mit siebenundzwanzig noch nicht bereit für die Ehe." Er sah mich an. „Wie alt ist sie?"

Ich kniff in meinen Nasenrücken und wusste, dass dieses Gespräch nicht so verlaufen würde, wie ich es mir erhofft hatte. „Dreiundzwanzig."

„Meine Güte. Sie ist noch jünger, als ich dachte!" Chance schüttelte den Kopf. „Du hast alles ruiniert. Tut mir leid, aber es stimmt."

„Sie hat nichts mitgenommen. Nicht einmal ihre Handtasche oder ihr Handy. Wer verlässt das Haus nur in den Kleidern, die er trägt?" Ich war so zornig auf meine Brüder, die mir nicht zu glauben schienen, dass ich in die Küche stürmte und mir ein Glas Jack Daniels eingoss.

Einer nach dem anderen trottete in die Küche, um nachzusehen, was ich machte. Cayce kam zuerst herein und nahm an der Theke Platz. „Du sagst also, dass sie überhaupt nichts mitgenommen hat?"

„Ja." Ich umklammerte das Glas, als wäre es eine Art Rettungsleine.

Callan kam als Nächster herein und nahm neben Cayce Platz. „Vielleicht kommt sie zurück. Vielleicht ist sie einfach nur spazieren oder laufen gegangen, um Dampf abzulassen oder sich vor der Hochzeit zu beruhigen."

„Ich bin seit zwei Stunden zu Hause. Davor war sie auch schon eine Weile weg. Ich weiß das, weil die Wassernäpfe der Hunde ausgetrocknet waren. Es musste Stunden her gewesen sein, dass sie ihnen Wasser gegeben hatte. Glaubt ihr wirklich immer noch, dass sie einfach die Nerven verloren hat?"

Chance kam zuletzt, holte ein Bier aus meinem Kühlschrank

und setzte sich neben Callan. „Was haben die Überwachungskameras aufgezeichnet?"

Ich stand wie erstarrt da und fühlte mich wie ein gottverdammter Idiot. „Ich habe noch nicht nachgesehen."

Chance warf die Hände in die Luft. „Verdammt noch mal, Chase! Das solltest du als Erstes tun!"

Gefolgt von meinen Brüdern, rannte ich ins Wohnzimmer. „Kommt schon, Leute."

„Wir sind direkt hinter dir, Chase", sagte Chance.

Ich öffnete meinen Laptop, klickte die Aufnahmen an und spulte sie zu diesem Morgen zurück. „Okay, sie steht gerade auf." Es gab keine Kamera im Schlafzimmer, aber im Flur, und bei offener Tür war ein Teil des Schlafzimmers zu sehen. Als die Bettdecke von ihren nackten Brüsten rutschte, rief ich: „Schließt eure Augen!" Ich überzeugte mich davon, dass keiner meiner Brüder mein Mädchen ansah. „Gut. Ich sage euch, wann ihr wieder hinsehen könnt."

Ich beobachtete, wie Arabella sich streckte und aus dem Bett stieg, bevor sie nackt ins Badezimmer ging. Sie schloss die Tür und ich spulte die nächste halbe Stunde vor, bis sie in ein Handtuch gewickelt wieder herauskam. Sie ging zum Schrank, zog sich an und kam mit einem weiten Shirt, Shorts und Flip-Flops zurück.

„Können wir unsere Augen jetzt wieder aufmachen? Ich schlafe gleich ein", sagte Callan.

„Ja, sie ist jetzt angezogen." Wir sahen, wie sie das Schlafzimmer verließ und den Flur entlangging. Dann zeigte die Kamera in der Küche sie dabei, wie sie durch die Hintertür ging. Die Außenkameras hatten aufgezeichnet, wie sie die Hunde aus ihrem Zwinger ließ, ihre Futter- und Wassernäpfe füllte und ein paar Minuten mit ihnen spielte, bevor sie sie wieder in ihren Zwinger zurückbrachte.

„Verbringt sie die Vormittage immer so?", fragte Callan.

„Ich denke schon. Ich habe sie noch nie überwacht. Ich kenne ihren üblichen Zeitplan nicht." Sie ging wieder in die Küche und dann zurück in unser Schlafzimmer, wo sie erneut zum Schrank ging und mit einer meiner Baseballkappen und ihrer Sonnenbrille wiederkam. Sie nahm ihre Handtasche von dem Haken in der Küche, wo sie immer war, und ging dann durch die Hintertür hinaus. Die Kamera in der Garage neben dem Gästehaus zeigte, wie sie hineinging und dann im Range Rover herausfuhr, bevor sie das Grundstück verließ.

„Bis jetzt ist alles normal", sagte Cayce. „Nicht wahr?"

„Ja, bis jetzt." Ich spulte vor, bis die Kamera am Tor sie bei der Heimkehr zeigte. „Okay, ich wusste, dass sie zurückgekommen ist, weil ich das Auto in der Garage gesehen habe."

Wir saßen alle da und sahen uns an, wie sie das Auto parkte und dann in die Küche kam. Sie hängte ihre Handtasche an den Haken und hielt eine kleine Plastiktüte in der Hand.

„Diese Tüte ist von Hannah's Pharmacy", sagte Callan.

„Glaubst du, sie ist vielleicht krank und im Krankenhaus?", fragte Chance. „Ich meine, die Tüte ist aus der Apotheke. Vielleicht war ihr nicht gut und sie hat sich etwas besorgt, um sich besser zu fühlen, aber es hat nicht funktioniert."

„Die Haustür stand weit offen. Vielleicht hat sie einen Krankenwagen gerufen und die Sanitäter haben vergessen, die Tür zu schließen. Das würde erklären, warum sie nichts mitgenommen hat." Darüber hatte ich noch gar nicht nachgedacht.

„Glaubst du nicht, dass sie zumindest versucht hätte, dich anzurufen oder dir eine Textnachricht zu schicken?", fragte Cayce.

„Ja, das hätte sie ganz bestimmt getan, wenn sie es gekonnt hätte …"

„Lasst uns einfach sehen, wie es weitergeht", sagte Callan und zeigte auf den Bildschirm. „Sie geht den Flur zurück und hat immer noch die kleine Tüte in der Hand."

Sie ging ins Schlafzimmer und ließ die Tür zum Glück offen. Aber dann betrat sie das Badezimmer und schloss die

Tür hinter sich. „Vielleicht ist sie wirklich krank", murmelte ich. „Sie hat die Tüte mit ins Badezimmer genommen. Ich meine, sie sieht nicht so aus, als würde sie sich schlecht fühlen, aber wer weiß? Sie hat neulich erwähnt, dass sie Bauchschmerzen hatte, aber seitdem hat sie nichts mehr darüber gesagt."

Als sie aus dem Badezimmer kam, sahen wir, wie sie sich auf das Fußende des Betts setzte. Aufgebracht bedeckte sie ihr Gesicht mit ihren Händen. Aber dann stand sie auf, sah zur Decke hoch und sagte etwas, das nicht zu verstehen war. „Die Kamera im Flur ist zu weit entfernt, um den Ton aufzunehmen", erklärte Cayce.

Sie drehte sich um und blickte mit einem Lächeln im Gesicht in die Kamera. „Jetzt scheint sie glücklich zu sein."

Sie zog ihr Handy aus der Tasche und das Lächeln verschwand, als sie darauf blickte. „Das sieht nicht gut aus", sagte Callan. „Als wäre sie irgendwie geschockt oder so."

Als Nächstes nahm sie den Anruf entgegen, aber wir hörten nur undeutliches Gemurmel. Sie wandte sich von der Kamera ab, ließ die Schultern hängen und warf das Handy gegen die Wand. Es landete unter dem Bett.

„Dort habe ich das Handy gefunden." Ich wusste, dass sie einen Anruf von jemandem bekommen haben musste, von dem sie nicht gerne gehört hatte. „Ich frage mich, wer sie angerufen hat."

„Du hast das Handy gefunden?", fragte Chance.

„Ja." Ich zog es aus meiner Tasche und legte es auf den Tisch. „Ich gehe ins Badezimmer und sehe nach, was in der Tüte aus der Apotheke war."

Als ich dort ankam, sah ich keine Spur von der Tüte. Aber ich bemerkte, dass etwas im Mülleimer war. Als ich dorthin ging, fand ich etwas Seltsames darin. „Ist das ein Tampon?"

Ich umwickelte meine Hand mit Toilettenpapier, griff hinein und hatte ein Stäbchen in der Hand. Es war überhaupt kein

Tampon. Ich stieß den Atem aus, als ich einen Schwangerschaftstest mit einem Pluszeichen anstarrte. „Heilige Scheiße!"

Wie ein Zombie taumelte ich zurück ins Wohnzimmer und stellte fest, dass meine Brüder die Überwachungsaufnahmen angehalten hatten, während ich weg war. Arabella stand genau da, wo sie gewesen war, als ich weggegangen war. Ich hielt das Stäbchen hoch, aber es kamen keine Worte aus meinem Mund.

Cayce keuchte. „Oh, verdammt!"

Callan und Chance sahen verwirrt aus und Callan fragte: „Was ist das für ein Ding?"

Cayce kam zu mir und sah sich den Schwangerschaftstest an. „Sie ist schwanger."

„Nein", zischte Chance.

„Oh mein Gott", flüsterte Callan.

Ich zog das Toilettenpapier von meiner Hand, wickelte das Stäbchen darin ein und legte es auf den Tisch. „Ich muss herausfinden, was mit ihr passiert ist", brachte ich schließlich heraus, obwohl ich immer noch einen Kloß im Hals hatte.

Ich startete das Video erneut und sah zu, wie sie zurück ins Badezimmer ging. Dann verlor ich sie aus den Augen. Schließlich kam sie zurück und ging den Flur entlang in die Küche, wo sie den Verlobungsring abnahm, den ich ihr am Vorabend gegeben hatte. Sie legte ihn dort auf die Theke, wo ich ihn gefunden hatte.

„Sie hat den Ring abgenommen?", fragte Cayce. „Aber warum? Sie hat gerade erst erfahren, dass sie ein Baby von dir bekommt."

„Ich hasse es, derjenige zu sein, der es ausspricht", sagte Callan. „Aber was ist, wenn sie weiß, dass es vielleicht nicht von dir ist, Chase?"

„Es ist von mir", knurrte ich. „Ich weiß es einfach. Wir waren vielleicht nicht lange zusammen, aber sie war mir treu. Das ist mein Baby. Und ich weiß nicht, warum sie ihren Ring abgenommen hat. Für mich ergibt das alles keinen Sinn." Mein Herz raste und schmerzte. „Ich muss sie finden."

Wir sahen zu, wie sie durch die Haustür nach draußen ging

und sie offenließ. Dann zeigten die Außenkameras, wie sie die Einfahrt bis zum Tor hinunterlief. Sie tippte den Code ein und das Tor öffnete sich. Dann bog sie nach rechts ab und ging die Straße entlang, bis sie außer Reichweite der Kamera war.

„Glaubst du, dass das alles ist, Chase?", fragte Cayce. „Hast du irgendwelche Beweise dafür gesehen, dass sie danach zurückgekommen ist?"

„Ich muss mir noch ein bisschen mehr ansehen. Vielleicht kommt sie wirklich zurück." Ich konnte meine Augen nicht von dem Bildschirm lösen. „Das kann nicht das Letzte sein, was ich von ihr sehe."

Chance ergriff Arabellas Handy und hielt es hoch. „Chase, hast du Zugriff auf ihr Handy?"

„Ja. Ich habe den Code." Ich wusste nicht, was das nützen könnte. „Wie soll mir das dabei helfen, sie zu finden?"

„Der Anruf. Wenn er sie wütend genug gemacht hat, ihr Handy an die Wand zu schleudern, könnte er etwas mit ihrem Verschwinden zu tun haben. Wenn es noch funktioniert, kannst du vielleicht sehen, welche Nummer sie angerufen hat. Verdammt, sie könnte sogar mit einem Namen in ihrem Adressbuch gespeichert sein." Chance reichte mir das Handy. „Du musst es versuchen."

Ich nahm das Handy, gab ihren Code ein und ging zur Anrufliste, wobei ich feststellte, dass der letzte Anruf von mir gekommen war. Aber der Anruf davor war von einer unbekannten Nummer gekommen und sie hatte ihn angenommen. „Kann einer von euch online nach dieser Nummer suchen?"

Cayce setzte sich an meinen Schreibtisch und ich nannte ihm die Nummer.

„Sie stammt aus Queens in New York", sagte Cayce.

„Ihr Vater", flüsterte ich und rannte aus dem Zimmer. Meine Brüder folgten mir, als ich in das Gästehaus stürmte und im Schlafzimmerschrank auf dem obersten Regal den Karton wiederfand.

„Was ist das?", fragte Chance.

„Arabella hat das aus irgendeinem Grund hier zurückgelassen." Ich öffnete den Karton und fand nur wenige Dinge darin. Ein Foto einer Frau, die ein Baby in den Armen hielt. Auf die Rückseite waren die Worte *Arabella und ich, 16. September 1998* gekritzelt worden. Ich hielt ihren Führerschein und ihre Sozialversicherungskarte hoch, von denen sie behauptet hatte, sie verloren zu haben.

„Ihr Name ist nicht Arabella Loren, sondern Arabella Lorenzi. Jetzt habe ich ihre Adresse in Queens. Sie hat mir erzählt, dass sie dort im Haus ihrer Eltern gelebt hat."

Cayce schüttelte den Kopf, während er mich beobachtete. „Chase, was wirst du jetzt tun?"

„Ich werde so schnell wie möglich zu dieser Adresse gehen." Ich wusste, dass ihr Vater sie gefunden hatte. Er musste ihr gedroht haben, damit sie hinausging zu dem Mann, der damit beauftragt worden war, sie nach Hause zu bringen.

„Ich rufe unsere Cousins in Austin an und frage, ob sie uns ihren Jet ausleihen, damit du so schnell wie möglich dorthin kommst, Chase", sagte Cayce zu mir. „Pack deine Sachen."

„Danke." Ich wollte den Raum verlassen, um mich fertig zu machen, als ich mich an etwas erinnerte. „Oh, ähm, Leute? Noch etwas", sagte ich und sah einen nach dem anderen an. „Ihr Vater ist höchstwahrscheinlich in der Mafia."

„Dann brauchst du Waffen und Munition, Bruder", antwortete Callan, ohne zu zögern. „Du musst deine Identität so gut verbergen, wie du kannst. Sie dürfen nicht wissen, wer du bist oder woher du kommst."

Ich war meinen Brüdern noch nie in meinem Leben so dankbar gewesen.

Aber jetzt, da sie mir geholfen hatten, so weit zu kommen, war es höchste Zeit, meine Frau zurückzuholen.

KAPITEL ACHTUNDZWANZIG

ARABELLA

Ich hatte so viele Stunden im Kofferraum gelegen, dass es draußen dunkel geworden war, als das Auto anhielt und ich endlich herausgelassen wurde. „Wir übernachten hier", sagte der Mann. Er band mich los und nahm den Knebel aus meinem Mund. „Ein Ton, und du bekommst mein Messer zu spüren, bevor ich dich wieder in den Kofferraum stecke."

Ich nickte und wusste es besser, als ihn zu reizen. Er half mir aus dem Wagen und ich sah, dass wir vor einem schäbigen Motel waren. Meine Beine waren taub, nachdem ich die ganze Zeit zusammengekauert gewesen war. Ich würde nicht so schnell wegrennen können.

Ich musste mich an dem Mann festhalten, um nicht hinzufallen. Er führte mich in ein kleines Zimmer mit zwei Einzelbetten und schloss die Tür hinter uns ab. „Kann ich auf die Toilette gehen?"

„Ja. Dusche auch. Mach, was du willst. Es gibt kein Fenster da drin. Der einzige Ausweg ist diese Tür. Und du wirst nicht an mir vorbeikommen. Versuche es nicht einmal."

„Das werde ich nicht." Ich humpelte ins Badezimmer und stützte mich mit einer Hand an der Wand ab, um das Gleichgewicht zu halten. Ich drehte mich zu ihm um und fragte: „Kann ich etwas zu essen haben?"

Er zog etwas aus seiner Jackentasche und warf es zu mir. „Das ist alles, was ich habe."

Als ich das Ding auffing, stellte ich fest, dass es ein Schokoriegel war. „Danke." Ich nahm ihn mit ins Badezimmer und schloss die Tür hinter mir ab. Der Raum war widerlich. Kakerlaken krabbelten herum, sobald ich das Licht anmachte. „Igitt."

Ich ging auf die Toilette, aß den Schokoriegel, trank aus einem der beiden Plastikbecher etwas Wasser und wusch mich dann so gut es ging in der ekelhaften Dusche.

Als ich mich gerade wieder angezogen hatte, klopfte der Mann an die Tür. „Bist du endlich fertig, Mädchen?"

„Ja, Sir. Ich bin fertig." Ich kehrte zurück ins Zimmer und setzte mich auf die Ecke eines der Betten. Dann strich ich mit den Fingern durch meine Haare und benutzte das Gummiband, das ich immer an meinem Handgelenk trug, um sie zu einem unordentlichen Knoten zusammenzufassen.

„Wir bleiben nicht lange hier. Nur ein paar Stunden, damit ich mich ausruhen kann, bevor ich weiterfahre. Ich kann nicht zulassen, dass du wegläufst, während ich schlafe."

„Was soll das?", fragte ich und keuchte, als er eine Nadel in meinen Oberarm rammte und mir etwas injizierte. „Hey, was ist das?"

„Ein Beruhigungsmittel."

Das war das Letzte, woran ich mich erinnerte. Als ich das nächste Mal aufwachte, war ich gefesselt, geknebelt und wieder im Kofferraum. Von dem Beruhigungsmittel war ich benommen und mein Mund war staubtrocken.

Als wir wieder anhielten, hatte ich Angst, dass er mir noch eine Spritze geben würde. Ich machte mir Sorgen über die Auswirkungen, die es auf das Baby haben würde. Sobald wir also ein weiteres schäbiges Motelzimmer betraten, ging ich schnell auf die Toilette, machte mich mit einem Waschlappen ein wenig sauber und ging dann ins Bett. Ich schloss sofort meine Augen und tat, als würde ich schlafen, damit er mir nichts verabreichte.

Ich war hellwach, als er an meiner Schulter rüttelte und mich vor Tagesanbruch zurück zum Auto trug. Aber das zeigte ich ihm nicht. Er fesselte meinen schlaffen Körper wieder und stopfte mir den Knebel in den Mund.

Da ich wusste, dass wir seit zwei Tagen unterwegs waren, nahm ich an, dass wir es an diesem Tag nach Queens schaffen würden und nicht noch eine Nacht in einem heruntergekommenen Motel verbringen müssten. Was auch immer mein Schicksal war, es kam näher. Aber ich war zu fast allem bereit. Hauptsache, ich musste nicht länger gefesselt im Kofferraum eines Autos liegen.

Es war vielleicht nicht so lange her, aber es fühlte sich an, als wären eine Million Jahre vergangen, seit ich Chases Haus verlassen hatte. Ich fragte mich, was er dachte und wie er sich fühlte. Ich fragte mich, ob es möglich war, dass ich lebend aus dieser Sache herauskam und zu ihm zurückkehrte.

Die Chancen standen schlecht. Ich war so schwach wie ein neugeborenes Kätzchen. Ich konnte nicht kämpfen, selbst wenn mein Leben davon abhing. Mit meinem Vater zu verhandeln war meine einzige Hoffnung.

Wenn ich um mein Leben und das meines ungeborenen Babys flehte und bettelte, würde uns das vielleicht beide retten. Ich würde versprechen, nie einer Menschenseele davon zu erzählen, was ich in jener Nacht gesehen hatte. Ich würde auf die Bibel schwören. Ich würde alles tun, damit er mich nicht umbrachte.

Auch wenn ich den Rest meines Lebens in meinem Zimmer in seinem Haus verbringen müsste. Ich würde absolut alles tun, um am Leben zu bleiben und unser Baby zu beschützen.

Ich hörte, wie der Mann am Steuer telefonierte. „Ja, wir werden heute gegen Mitternacht da sein. Nein, ich habe niemandem etwas erzählt. Das ist zwischen dir und mir, Beto. Mach dir keine Sorgen. Ich weiß, dass du nicht willst, dass sich jemand in deine Familienangelegenheiten einmischt."

Also wissen nur mein Vater und dieser Kerl, was er mit mir vorhat?

Die Stimme meines Vaters drang aus den Lautsprechern der Freisprechanlage. „Die Polizei stellt Fragen über meine Frau. Das Letzte, was ich gebrauchen kann, ist, dass sie meine Tochter finden und sie fragen, was sie weiß."

„Ich bin froh, dass ich sie zuerst für dich gefunden habe, Beto."

„Ja, das war gut. Aber lass uns darüber Stillschweigen bewahren. Ich mag es nicht, wenn zu viele Leute wissen, was ich mache. Außer Arabella und dir weiß niemand, was mit meiner Frau passiert ist. Ich will, dass es so bleibt. Und niemand außer dir und mir wird wissen, was mit meiner Tochter passiert ist. Sonst bist du der Nächste auf meiner Liste, Joey."

„Verstanden. Kein Grund zur Sorge. Ich schicke dir eine Textnachricht, wenn ich in der Gasse hinter deinem Haus anhalte."

„Nein, komm nach vorne. Ich habe gesehen, wie dort hinten verdächtige Fahrzeuge patrouilliert haben. Die Cops scheinen zu denken, dass sie etwas finden können, wenn sie sich dort herumtreiben. Sie werden nicht erwarten, dass ich vorne etwas tue. Ich komme nach draußen, um Arabella zu holen, lege eine Decke über sie und trage sie direkt durch die Haustür hinein. Aber ich lasse das Licht aus. Die Cops werden hinten nichts mitbekommen." Er lachte und mir lief ein Schauder über den Rücken.

Der Mann, der Joey hieß, lachte ebenfalls. „Diese Polizisten sind dumme Bastarde."

„Ja", stimmte mein Vater ihm zu. „Keiner von denen hat die geringste Vorstellungskraft. Ich warte auf deine Nachricht. Bis später, Joey."

Mein Vater und seine Partner hielten sich für klüger als alle anderen. Sogar klüger als die Polizei. Es machte mich krank, dass sie mit so vielen Verbrechen davongekommen waren. Ich betete, dass sowohl mein Vater als auch dieser Joey bekommen würden, was sie verdienten. Was auch immer das war. Es war mir egal. Ich wollte nur Gerechtigkeit für den Tod meiner Mutter – und meinen Tod, wenn es soweit war. Gerechtigkeit für die Auslöschung meines Lebens und das meines ungeborenen Kindes. Ich betete inständig dafür, dass der Gerechtigkeit Genüge getan werden würde.

Irgendwann während der Fahrt schlief ich ein, aber ich wachte auf, als ich spürte, wie das Auto anhielt. Kurz darauf ging der Motor aus.

Mein Körper war steif und angespannt. Es tat weh, als mein Gehirn an die Arbeit ging und versuchte herauszufinden, wie ich aus dieser Situation herauskommen könnte. Ich war jetzt zu Hause. Ich kannte die Gegend. Wenn ich von hier wegkommen könnte, könnte ich bei jemandem Zuflucht finden. Bei irgendjemandem, der mich vielleicht beschützen könnte, bis die Polizei kam.

Ich wusste, dass ich fürchterlich aussehen musste. Jeder, der mich kannte, würde verstehen, dass ich in Gefahr war. Links war das Haus von Miss Seinfeld. Sie war viel zu alt, um wirklich helfen zu können.

Rechts war das Haus einer meiner besten Freundinnen. Ihre Eltern würden mir helfen. Ich musste nur dorthin. Ich würde aus dem Kofferraum springen und zu dem Haus hüpfen, wenn es nötig wäre.

Ich würde alles tun, was ich tun musste, um am Leben zu bleiben. Wenn die Polizei meinen Vater beschattete, könnten Beamte in der Nähe sein und mich beschützen.

Ich hörte, wie Joeys glänzende schwarze Schuhe auf dem Bürgersteig klapperten, als er hinter das Auto trat, um mich herauszulassen. Ich hielt den Atem an und versuchte, Kraft für meine Flucht zu sammeln.

Ich schaffe das!

„Entschuldigung", sagte eine vertraute Männerstimme.

„Können Sie mir sagen, wo ich den nächsten Starbucks finde?"

Mein Herz setzte einen Schlag aus und Tränen traten in meine Augen.

Es musste Einbildung sein. Die Stimme klang, als würde sie Chase gehören. Aber er konnte auf keinen Fall hier sein.

„Verschwinden Sie", sagte Joey. „Sie sind zur falschen Zeit am falschen Ort."

„Ich glaube nicht. Ich glaube, ich bin genau zur richtigen Zeit am richtigen Ort", sagte der Mann, der sich genauso anhörte wie Chase.

Ich wand mich verzweifelt und es gelang mir, beide Füße hochzuziehen und gegen das Metall des Kofferraums zu treten, was ein polterndes Geräusch verursachte. Ich versuchte zu schreien und obwohl der Knebel meine Worte dämpfte, war etwas zu hören.

„Hauen Sie ab", knurrte Joey. „Wenn Sie nicht sofort von hier verschwinden, werden Sie es bereuen."

„Machen Sie den Kofferraum auf."

„Verdammt noch mal!", schrie Joey. „Sehen Sie das? Ich ramme Ihnen dieses Messer zwischen die Rippen, wenn Sie nicht abhauen – jetzt!"

Ich hörte einen Schuss, aber der Knall wurde von irgendetwas gedämpft. Direkt hinter dem Auto fiel etwas mit einem dumpfen Schlag auf den Boden und mein Herz hörte auf zu schlagen, als ich mir vorstellte, wie Chase auf dem Bürgersteig verblutete.

„Hey, was ist hier los?", hörte ich meinen Vater schreien.

Dann ertönte ein weiterer Schuss, diesmal laut und deutlich. Der Kofferraum sprang auf und Chase sah auf mich herab. „Ich habe dich, Liebling." Er zog den Knebel aus meinem Mund, hob mich hoch und trug mich zu einem Auto, das direkt hinter dem schwarzen Cadillac geparkt war. Er setzte mich vorsichtig auf den Beifahrersitz. „Lass uns von hier verschwinden."

Ich nickte und konnte ihn kaum durch die Tränen sehen, die meine Augen füllten.

KAPITEL NEUNUNDZWANZIG

CHASE

Sobald ich weit genug vom Tatort entfernt war, hielt ich an und befreite Arabella von ihren Fesseln. Ich streichelte ihre Wange und hielt die Tränen zurück, als ich ihren Zustand sah. „Ich bin so glücklich, dich gefunden zu haben."

„Ich auch", schluchzte sie. „Ich muss dir etwas sagen, Chase."

„Über das Baby?" Ich nickte. „Ich habe den Schwangerschaftstest im Badezimmer gefunden." Ich suchte nach etwas, um Arabella dabei zu helfen, ihre Tränen zu trocknen, aber ich hatte nichts.

Das Auto war ein Mietwagen, den ein Pilot meiner Cousins für mich besorgt hatte, damit mein Name nicht mit dieser Gegend in Verbindung gebracht werden konnte. Das Letzte, was ich gebrauchen konnte, war, von der Mafia gejagt zu werden, weil ich ein paar ihrer Mitglieder getötet hatte. Da es sich um einen Mietwagen handelte, gab es keine übrig gebliebenen Servietten oder dergleichen. Ich riss ein Stück vom Saum meines Shirts ab und reichte es ihr.

Sie nahm es und putzte sich damit die Nase. „Und wie denkst du darüber?"

Ich hatte in den letzten Tagen so viele Emotionen durchgemacht, aber ich konnte endlich eine davon in dem Ozean der Gefühle ausmachen. „Ich bin froh, dass ich dich und unser Baby wiederhabe. Du hast keine Ahnung, wie viel Angst ich um euch beide hatte. Ich habe den Karton entdeckt, den du in dem Schrank im Gästehaus versteckt hattest, Arabella Lorenzi. So habe ich die Adresse deines Vaters herausgefunden. Als ich die Vorwahl von Queens in deinem Anrufprotokoll gesehen habe, wusste ich, dass er dich hierherbringen würde. Ich bin schon seit drei Tagen hier und warte darauf, dass du auftauchst."

„Wie konntest du dir so sicher sein, dass ich in dem Auto war? Ich weiß, dass der Kerl außerhalb der Reichweite der Kamera am Tor geparkt hat. Ich habe so sehr gehofft, dass er zu Hause etwas getan hatte, das dir einen Hinweis darauf geben würde, wer mich entführt hat. Aber er hat seine Spuren wie ein Profi verwischt." Sie rieb mit den Händen über ihre Arme und versuchte, die Blutzufuhr anzuregen. „Oh Gott, ich bin so froh, diese verdammten Fesseln los zu sein."

Ich war auch froh darüber. Sie gefesselt und geknebelt im Kofferraum eines Autos zu sehen, war etwas gewesen, das ich nie vergessen würde. Es verletzte mein Herz auf eine Weise, die ich nicht für möglich gehalten hätte. „Mithilfe meiner Brüder konnte ich alle möglichen Informationen sammeln. Einer von ihnen ging zum Nachbarhaus rechts neben uns, in die Richtung, in die du gegangen bist. Er hat die Nachbarn überredet, uns ihre Sicherheitsaufnahmen zu zeigen. Darauf waren ein vorbeifahrender schwarzer Cadillac und das Nummernschild klar zu erkennen. Durch das New Yorker Kennzeichen und den Zeitpunkt der Videoaufnahme wusste ich, dass wir das richtige Auto hatten. Als es hier vorfuhr, wusste ich also, dass du darin sein musstest. Du hast keine Vorstellung davon, wie schnell mein Herz vor Aufregung geschlagen hat. Es war verrückt."

„Dem Himmel sei Dank für dich und deine Brüder." Sie seufzte und legte den Kopf zurück. „Ich bin in guten Händen."

„Das bist du wirklich, Liebling." Ich strich mit meiner Hand über ihre Haare, die verfilzt und klebrig waren. Ich musste eine Dusche für sie finden – hoffentlich würde sie sich dann zumindest ein wenig besser fühlen. „Wir haben uns auch die Sicherheitsaufnahmen unseres Hauses angesehen. Dadurch habe ich dein Handy entdeckt und gesehen, dass eine New Yorker Nummer der letzte Anruf war. Ich wusste, dass dein Vater dahinterstecken musste."

Es gab immer noch Fragen, die ich ihr stellen musste, zum Beispiel, warum er so fest entschlossen gewesen war, sie zurückzubekommen, dass er ihre Entführung angeordnet hatte. Aber ich würde sie nicht bedrängen. Nicht mehr. Ich hatte es satt.

„Wow." Sie lächelte mich an. „Mein Mann ist verdammt klug."

„Um ganz ehrlich zu sein, hat mein Gehirn ein paar Stunden gebraucht, um den Rest von mir einzuholen. Mein Herz hat die Führung übernommen, als ich herausfand, dass du weg warst. Es ist in Millionen Stücke zerbrochen und ich konnte keinen klaren Gedanken mehr fassen. Ich fing an zu denken, dass du mich nie wirklich geliebt hast und weggegangen bist, weil ich ein Idiot war und dich unter Druck gesetzt hatte, mich zu heiraten."

Eine Träne lief über ihre Wange und sie streichelte mit ihren Knöcheln meine stoppelige Wange. „Ich hatte Angst, du würdest denken, ich hätte dich verlassen. Aber ich habe mich an der Hoffnung festgehalten, dass du herausfinden würdest, was los war. Um ehrlich zu sein, war mir nie in den Sinn gekommen, dass du mich finden könntest. Das war nicht einmal auf meinem Radar. Aber ich bin so froh, dass du es getan hast. Du bist mein Held." Sie legte ihre Hand auf ihren Bauch. „Du bist *unser* Held."

„Du machst mich ganz verlegen." Ich fand nicht, dass ich etwas getan hatte, das ein anderer Mann, der eine Frau von ganzem Herzen liebte, nicht auch tun würde.

„Kein Grund zur Verlegenheit. Du bist unglaublich. Superman

ist nichts gegen dich, Chase Duran. Fahren wir jetzt zurück nach Texas?", fragte sie. „Weil ich vorher dringend etwas essen und trinken muss. Eine Toilette wäre auch großartig."

Ich startete den Motor und fuhr in Richtung Flughafen. „Ich hätte nicht hier anhalten und Zeit verschwenden sollen. Natürlich brauchst du jetzt alle möglichen Dinge. Du warst drei verdammte Tage im Kofferraum eines Autos gefangen. Ich werde dich also nicht den ganzen Weg nach Hause mit dem Auto fahren lassen. Wir fliegen zurück."

„Hast du meinen Führerschein mitgebracht, damit ich ein Ticket kaufen kann?" Sie betrachtete ihre schmutzigen Kleider. „Ich weiß nicht einmal, ob sie mich in diesem Zustand in ein Flugzeug lassen – ich sehe furchtbar aus."

„Wir fliegen mit dem Privatjet meiner Cousins. Ich habe dir frische Kleidung mitgebracht – ich dachte, du möchtest dich nach dieser Tortur vielleicht umziehen. Essen und Wasser gibt es auch im Jet. Aber ich kann irgendwo anhalten, um dir sofort etwas zu besorgen, wenn du willst."

„Nein. Lass uns von hier verschwinden. Ich habe so lange durchgehalten. Ich kann noch ein bisschen länger durchhalten. Der Partner meines Vaters hat jede Nacht ein paar Stunden angehalten, sodass ich die Toilette benutzen und etwas trinken konnte. Ich werde es schaffen. Wir sind sowieso nur etwa eine halbe Stunde vom Flughafen entfernt."

Ich konnte nicht glauben, wie ruhig sie war nach allem, was sie durchgemacht hatte. Vielleicht war es der Schock oder vielleicht war sie einfach so.

„Ich muss dir sagen, dass ich tief von dir beeindruckt bin, Arabella. Ich dachte, du wärst ein weinendes Wrack und zu schwach, um auch nur zu reden."

„Chase, ich bin so erleichtert, dass es vorbei ist. Ich bin in Sicherheit! Mein Vater kann mir nichts mehr tun. Er kann nie wieder jemanden verletzen." Ihre Augen weiteten sich. „Mein Gott, Chase. Du hast zwei Männer für mich getötet."

„Und ich würde es jederzeit wieder tun. Aber darüber dürfen wir niemals reden. Ich will nicht ins Gefängnis kommen oder die Mafia zum Feind haben." Ich nahm an, dass sie nur zu gut wusste, wie man ein Geheimnis bewahrte.

„Die Mafia wird dich nicht suchen, Chase. Oder mich. Ich habe meinen Vater und den Kerl, der mich gefunden hat, belauscht. Sie waren die Einzigen, die davon wussten." Sie sah weg und dann zurück zu mir. „Okay, Zeit für totale Ehrlichkeit. Der wahre Grund, warum ich aus dem Haus meines Vaters geflohen bin, ist, dass ich miterlebt habe, wie er meine Mutter getötet hat."

„Du hast was?" Ich wusste, dass ihr Vater böse gewesen war, aber das war unglaublich. „Du hast *gesehen*, wie er deine Mutter getötet hat?"

Sie nickte und schluckte schwer. „Sie haben sich mitten in der Nacht gestritten und ich bin davon aufgewacht. Unsere Schlafzimmer waren nicht weit voneinander entfernt und ihre Tür stand weit offen. Ich schlich mich an, um sie zu belauschen. Meine Mutter war wütend auf ihn, weil er ihren Bruder ermordet hatte."

„Mein Gott, Arabella." Es war zu viel, um es so schnell zu verarbeiten.

„Ich weiß." Sie sah grimmig aus. „Meine Mutter hat es nicht kommen sehen, aber ich schon. Ich habe gesehen, wie mein Vater ihr in den Hinterkopf schoss. Sie fiel zu Boden und ich schwöre dir, dass ich ihre Stimme in meinem Kopf hörte, die mir sagte, dass ich weglaufen sollte. Also rannte ich so weit weg, wie ich konnte. Ich habe dir nicht alles erzählt, weil ich Angst hatte, dass es dein Leben in Gefahr bringen würde."

„Arabella, ich wünschte, du hättest mir vertraut, aber ich verstehe, warum du geschwiegen hast." Ich streichelte ihre Schulter und dachte darüber nach, was ich hätte tun können, um die Entführung zu verhindern, wenn sie mir die Wahrheit gesagt hätte. Ich hätte den Bastard früher getötet.

„Chase, ich habe dir vertraut. Aber ich wusste nicht, wie du reagieren würdest. Ich hatte Angst, du könntest dich davonschleichen und versuchen, ihn zu töten, wenn du es genau wissen willst. Und dieser Gedanke hat mich fürchterlich erschreckt."

Es spielte keine Rolle, dass wir erst einen Monat zusammen waren – sie kannte mich gut. „Die Vergangenheit lässt sich nicht ändern, Arabella. Es ist sinnlos, darüber nachzugrübeln."

Als wir uns dem Flughafen näherten, starrte sie aus dem Fenster und sagte leise: „Weißt du, wenn ich erst einmal richtig zur Ruhe gekommen bin, werde ich wahrscheinlich eine ganze Weile weinen." Sie drehte ihren Kopf, um mich anzusehen. „Kannst du damit umgehen?"

„Natürlich", sagte ich sanft. „Ich denke, jeder, der so etwas durchgemacht hat, hätte einen Nervenzusammenbruch. Und ich bin an deiner Seite, um dir auch dabei zu helfen. Ich bin hier, Liebling. Du kannst dich immer auf mich verlassen."

Sie blickte mich mit anbetungsvollen Augen an. „Ja, das sehe ich jetzt. Und ich bin dir so dankbar. Wirklich."

Ich bog ab, um zu dem Rollfeld zu gelangen, auf dem der Jet wartete, und hatte den Drang, sie so schnell wie möglich von diesem Ort wegzubringen. Ihr Leben musste höllisch traumatisch gewesen sein, wenn sie mit so einem Vater aufgewachsen war. Aber darüber würde sie sich nie wieder Gedanken machen müssen. Ich würde ihr Leben von nun an zu einem wahr gewordenen Märchen machen. Sie hatte keine Ahnung, was sie erwartete. „Und ich bin dir auch wirklich dankbar. Wir haben noch unser ganzes Leben vor uns. Du, ich und das Baby."

Bei ihrem Lächeln wurde mir warm ums Herz. „Und unsere Hunde. Vergiss Jürgen und Günter nicht. Eine fünfköpfige Familie – das klingt perfekt."

„Du liebst diese Hunde, nicht wahr?" Ich grinste, als ich neben dem Jet anhielt. „Warte hier. Erlaube mir, meine große Liebe die Treppe hinaufzutragen."

Augenblicke später, als wir sicher im Jet waren, half ich ihr, sich auszuziehen, damit sie duschen konnte. Meine Cousins hatten bei ihrer hochmodernen Boeing 747 keine Kosten gescheut.

Arabella sah sich um, als ich die Dusche aufdrehte. „Das ist ein fantastisches Flugzeug."

„Ich weiß. Ich werde mit meinen Brüdern darüber sprechen, ob wir auch eines kaufen können. Kannst du dir vorstellen, wohin wir mit unserem eigenen Jet fliegen könnten?" Ich zog sie an mich und umarmte sie zärtlich. „Dich wieder in meinen Armen zu halten ist das perfekte Ende eines tagelangen Albtraums. Ich liebe dich, Arabella. Zweifle nie daran, wie sehr ich dich liebe."

Mit einem tiefen Seufzer sagte sie: „Ich könnte niemals an deiner Liebe zu mir zweifeln. Und ich könnte niemals jemand anderen so lieben, wie ich dich liebe."

Auch nach drei Tagen im Kofferraum eines Autos war sie immer noch wunderschön. „Ich lasse dich duschen und lege dir die Kleidung hin, die du danach anziehen kannst. Du wirst bestimmt ewig unter der Dusche bleiben wollen, aber versuche, nicht zu lange zu brauchen, damit wir abheben können. Es sind vier Stunden Flug bis nach Hause. Sobald wir dort sind, kannst du den ganzen Tag in der Badewanne liegen. Aber zuerst müssen wir einen Arzt finden, der sich um euch beide kümmert." Ich legte meine Hand auf ihren Bauch und konnte immer noch nicht glauben, dass ich bald Vater werden würde. Es war so viel passiert und es hatte so viel zu tun gegeben, dass ich keine Zeit gehabt hatte, darüber nachzudenken. Aber jetzt hatten wir alle Zeit der Welt.

„Danke, Chase." Sie strich mit der Hand über meinen Dreitagebart. „Und wenn wir nach Hause kommen, solltest du darüber nachdenken, den Bart zu behalten. Ich mag ihn. Er steht dir verdammt gut."

„Ich habe ihn nur wachsen lassen, weil ich das Auto nicht länger verlassen wollte, als unbedingt nötig war. Einer der

Piloten hat die Gegend abgesucht, wenn ich zurück zum Jet geeilt bin, um schnell zu duschen und mich umzuziehen. Sobald ich fertig war, saß ich wieder im Auto und wartete auf deine Ankunft. Es waren drei lange Tage, Liebling. Ich sehne mich danach, mit dir in unser normales Leben zurückzukehren."

Mit all der Liebe, die ich für sie empfand, küsste ich zärtlich ihre Lippen.

„Und diesmal gibt es keine Eile. Versprochen."

EPILOG

ARABELLA

E*in Jahr später ...*
Als ich unsere zwei Monate alte Tochter in meinen Armen hielt, konnte ich immer noch nicht glauben, dass Chase und ich jetzt Eltern waren. „Meine kleine Maria, du hast die grünen Augen deines Vaters und die dunklen Haare deiner Mutter." Sie legte ihre kleinen Finger um meinen Zeigefinger und sah mich an. Jedes Mal, wenn ich sie betrachtete, musste ich lächeln. „Ich habe dich nach meiner Mutter benannt. Ich wünschte, du hättest sie kennengelernt. Sie war eine gute Frau. Ich werde dir alles über sie erzählen, wenn du alt genug bist, um zu verstehen, was ich sage."

Sie murmelte etwas und ich hatte das Gefühl, sie wollte mit mir reden. Ich trug sie zum Schrank, damit ich etwas zum Anziehen finden konnte. Chase und ich hatten unser erstes Date seit der Geburt des Babys und ich wollte gut aussehen.

Chase hatte mich verwöhnt und mir teure Kleidung, Schuhe und Handtaschen gekauft – was auch immer ich wollte, er hatte es mir geschenkt. Ich machte immer noch alles für ihn, was ich früher als persönliche Assistentin getan hatte, aber ich wurde nicht mehr dafür bezahlt. Als seine Verlobte gehörten diese Dinge einfach zu unserem gemeinsamen Leben.

Ich brauchte das Gehalt ohnehin nicht mehr. Nach dem Tod meines Vaters hatten die Behörden in Queens endlich herausgefunden, dass er meine Mutter ermordet hatte. Jetzt, da beide tot waren, war ich die Alleinerbin. Also bekam ich das Haus, das Geld auf den Bankkonten und die Lebensversicherungen der beiden.

Ich wollte das Haus nie wieder betreten, also hatte ich es von einem Immobilienmakler verkaufen lassen. Bei dem Verkauf hatte ich ebenfalls gut verdient. Mit all dem Geld, das ich geerbt hatte, hatte ich ein leerstehendes Restaurant in Brownsville gefunden und gekauft.

Ich hatte jemanden mit viel Restauranterfahrung eingestellt, um es für mich zu leiten, da ich nicht riskieren wollte, Fehler zu machen. Ich wusste noch nicht, wie ich es allein führen sollte, aber ich würde es lernen. Außerdem hatte ich mein Baby, um das ich mich kümmern musste, und ich wollte es auf keinen Fall vernachlässigen.

Ich war also das kreative Talent hinter dem Restaurant, das passenderweise nach meiner Mutter und meiner Tochter benannt war. *Maria's Authentic Italian Restaurant* hatte eine Woche vor der Geburt eröffnet – und es war vom ersten Tag an ein Erfolg gewesen.

Ich hatte die Rezepte so geschrieben, dass die drei Köche, die der Manager engagierte, sie jederzeit zur Hand hatten. Und ich hatte ihnen beigebracht, wie man die Gerichte perfekt zubereitete. Ich war an allem beteiligt, von der Speisekarte über das Layout bis hin zu dem Innen- und Außendesign im Stil des alten Italiens. Es war wirklich mein Restaurant. Nur musste ich nicht viele Stunden am Tag dort verbringen, um sicherzustellen, dass es erfolgreich war. Ich delegierte alle Aufgaben an die richtigen

Leute, sodass sowohl für mich als auch für meine Mitarbeiter alles großartig lief.

Mit Chases Hilfe war mein Leben von einem Albtraum zu einem Märchen geworden. Da ich mir keine Sorgen mehr darüber machen musste, gefunden oder getötet zu werden, hatte ich mich endlich richtig in der Stadt eingelebt. Ich hatte mich einer Gruppe junger Mütter angeschlossen und dort Freundinnen gefunden. In der Gegend, in der wir wohnten, hatte ich während meiner Schwangerschaft angefangen, spazieren zu gehen, und bald war ich jeden Abend von ein paar Nachbarn begleitet worden. Wir hatten unsere Nachbarn zu Grillabenden eingeladen und waren zum Abendessen und zu besonderen Anlässen in ihren Häusern gewesen. Das Leben war schön. Das Leben war normal. Das Leben war gut.

Es verging kein Tag, an dem ich nicht an meine Mutter dachte. Aber ich hatte unser Zuhause in Queens noch nie vermisst. Genauso wenig wie New York.

Das Leben in Brownsville war viel besser als alles, was ich mir jemals hätte vorstellen können. Ich wollte nie wieder weg von dort. Die Nähe zum Strand war wundervoll für mich. Zum Glück teilte Chase meine Liebe zu dem Ort, an dem er aufgewachsen war.

Hier war unser Zuhause und das würde es immer bleiben. Hier würden wir unsere Kinder großziehen. Seine Brüder schienen das Gleiche vorzuhaben. Unsere Kinder würden mit ihren Onkeln, Tanten, Cousins und Cousinen aufwachsen.

Maria hatte mütterlicherseits keine Großeltern mehr, aber väterlicherseits hatte sie einen großartigen Grandpa und eine liebevolle Grandma. Sie waren zu ihrer Geburt aus Florida angereist und eine Woche bei uns geblieben, nachdem wir aus dem Krankenhaus nach Hause gekommen waren. Chases Mutter war die Beste. Und ich hatte gesehen, dass es ihr das Herz gebrochen hatte, als die Zeit für sie gekommen war, in ihr Haus in Florida zurückzukehren und Maria zu verlassen.

3

Wenn ich etwas ändern würde, dann die Entfernung zwischen uns. Ich wollte, dass unsere Tochter so viele Menschen wie möglich in ihrem Leben hatte, die sie liebten. Ich wollte, dass sie alles hatte, was mir verwehrt gewesen war.

Mein Handy klingelte und ich ging zum Nachttisch, wo ich es hingelegt hatte. Ich sah, dass es Chases Mutter war, und fragte mich lächelnd, ob sie ahnte, dass ich gerade an sie gedacht hatte. „Hallo, Connie."

„Arabella! Wie geht es meiner Enkelin heute Morgen?"

„Sie ist so glücklich wie immer. Ich halte das Handy an ihr Ohr."

Als ich es tat, hörte ich, wie ihre Großmutter sagte: „Grandma vermisst dich, Schatz. Aber ich habe eine Idee und ich denke, dass sie dir und meinem anderen Enkelkind gefallen könnte."

Ich brachte das Handy wieder an mein Ohr und fragte: „Was für eine Idee, Connie? Ich fände es wunderbar, wenn du und Cory Maria und Clarisse öfter sehen könntet. Die Mädchen brauchen ihre Großeltern, weißt du." Zurie hatte Clarisse jeden Tag mitgebracht, während Connie und Cory die Woche bei uns verbracht hatten. Ich wusste, dass Clarisse sie auch sehr vermisste.

„Ich habe Chase schon von meiner Idee erzählt. Er kann dich über alle Details informieren. Ich hoffe, euch alle bald wiederzusehen, Arabella. Bye."

Was hat sie vor?

———

HASE

. . .

E ine Woche später ...
    „Du erinnerst dich bestimmt daran, wie ich gesagt habe,
dass wir nichts überstürzen müssen, oder?", fragte ich Arabella.

Sie reichte mir das Baby, während ich an der Kücheninsel saß.
„Ja, ich erinnere mich. Kannst du Maria halten, solange ich an
diesem neuen Rezept arbeite?"

„Natürlich." Ich drückte meine Tochter an meine Brust und
strich mit meiner Wange über ihre weichen, flaumigen Haare. Ich
genoss jeden Moment, den ich mit ihr verbringen durfte. „Nun,
ich dachte, da meine Eltern und meine Großeltern in das Strand-
haus ziehen, das meine Brüder und ich gekauft haben, könnten
du und ich darüber nachdenken, dort zu heiraten. Es ist eine
wunderschöne Villa. Ich kann mir keinen besseren Ort für eine
Hochzeit vorstellen."

„Glaubst du, deine Eltern und deine Großeltern würden so
etwas veranstalten wollen? Es ist viel Arbeit." Sie holte ein paar
Tomaten aus dem Kühlschrank und stellte einen Topf mit Wasser
auf den Herd.

„Wir können es tun, bevor sie dort einziehen. Auf diese Weise
hat es keine Auswirkungen auf sie." Wir waren seit einem Jahr
verlobt, also konnte mir niemand vorwerfen, etwas zu übereilen.
„Sie werden Anfang nächsten Monats einziehen. Das gibt uns
fünf Tage, um alles zu organisieren. Die Villa ist bereits möbliert,
das wird also kein Problem sein. Und das derzeitige Personal hat
sich bereiterklärt, zu bleiben, sodass wir uns auch keine Sorgen
um die Einstellung von Mitarbeitern machen müssen."

„Mein Restaurant könnte das Essen für den Empfang liefern."
Sie sah mich mit leuchtenden Augen an. „Die Villa ist groß genug,
um all unsere Freunde einzuladen. Das Einzige, worüber ich
nicht glücklich bin, ist, dass deine Eltern nicht dabei sind."

Ich hatte mir schon gedacht, dass sie das sagen würde. „Sie
werden damit beschäftigt sein, ihren Umzug vorzubereiten. Aber
ich habe eine Idee. Wir können Webcams aufstellen, damit meine

Eltern und meine Großeltern das Ganze auf ihrem Computer verfolgen können."

„Ich weiß nicht. Das ist nicht sehr traditionell." Sie legte eine der Tomaten in das kochende Wasser, holte einen Löffel und nahm sie wieder heraus. Dann entfernte sie die Haut ab.

„Nein, das ist es nicht. Aber es ist der beste Weg, um die Hochzeit unserer Träume zu feiern, bevor sie in die Villa einziehen. Dort ist eine prächtige Treppe. Ich kann mir vorstellen, wie du sie in einem fließenden weißen Hochzeitskleid aus Seide herunterkommst. Denke nur daran, wie die Abendsonne aussehen würde, wenn sie vor der Glaswand untergeht. Es wäre die perfekte Kulisse für die schönste Braut aller Zeiten."

„Wie könnte ich widersprechen, wenn du solche Dinge sagst? Lass uns die Hochzeit planen. Wir müssen uns beeilen."

Drei hektische Tage später stand ich am Fuß der Treppe und wartete darauf, dass Arabella zu mir herunterkam. Die Villa war voller Gäste. Arabella hatte sich in der Stadt einen Namen gemacht und mehr Freunde gefunden, als ich zählen konnte.

Es war kaum zu glauben, dass erst ein Jahr vergangen war, seit sie in die Stadt gekommen war. Sie hatte sich in dieser kurzen Zeit unglaublich weiterentwickelt. Es war vielleicht nicht geplant gewesen, dass alles so schnell ging, aber für uns schien es völlig natürlich zu sein.

Wir hatten uns vor unserer Verlobung erst einen Monat gekannt. Am nächsten Tag hatten wir festgestellt, dass wir Eltern werden würden. Ein paar Monate später hatte sie ein Restaurant gekauft und danach war es genauso schnell weitergegangen.

Arabella war die stärkste, entschlossenste und mutigste Frau, die ich je gekannt hatte. Sie hatte unermüdlich in dem Restaurant gearbeitet, das eine Woche vor der Geburt unserer Tochter eröffnet worden war, und alle Gäste mit offenen Armen und kostenlosem Wein begrüßt. Am Morgen des Geburtstermins waren wir ins Krankenhaus gefahren und sie hatte die kleine Maria zur Welt gebracht.

Erstaunlicherweise war Arabella nur zwei Wochen später jeden Tag mit dem Baby zum Restaurant gefahren, um sicherzustellen, dass alles dort reibungslos lief. Sie hatte sogar innerhalb weniger Tage eine prunkvolle Hochzeit organisiert. Sie war jemand, der Wunder vollbrachte, und ich war dankbar dafür, dass sie meine Frau wurde.

Der Hochzeitsmarsch erklang in dem großen Raum und dann erschien sie. Ein dünner Schleier bedeckte ihr Gesicht und ihr Kleid schwang bei jedem Schritt, den sie auf dem Weg zu mir machte, um ihre Beine.

Ich konnte kaum atmen. Ich konnte kaum klar denken. Ich konnte kaum glauben, dass dieser Tag endlich gekommen war.

Als sie den letzten Schritt machte, nahm ich ihre Hand und flüsterte: „Bist du dir sicher, dass du bereit dafür bist?"

„Ich war mir in meinem ganzen Leben noch nie so sicher. Lass es uns offiziell machen." Sie bewegte sich mit vollendeter Eleganz, als wir Seite an Seite zu Johnny gingen, meinem alten Freund, der uns als Bezirksrichter trauen würde.

Die Flammen tanzten im Kamin, als wir davor stehenblieben. Ihr Knistern war in der plötzlichen Stille zu hören, während alle darauf warteten, dass wir unsere Gelübde ablegten.

In diesem Moment wusste ich, dass wir es geschafft hatten. Arabella und ich hatten endlich unser Glück gefunden.

Ende.

PROTECTED BY MY BOSS
ERWEITERTER EPILOG

Ein Jahr später ...

C hase

Unser erster Hochzeitstag!
Ich konnte es kaum erwarten, dass Arabella sah, was ich für uns gekauft hatte. Es hatte noch nie so viel Spaß gemacht, Milliardär zu sein, wie an diesem Tag. Noch nie in meinem Leben hatte ich so viel Geld für etwas ausgegeben. Meine Hände zitterten, als ich den Vertrag unterschrieb. „Also, das ist es dann. Sie gehört jetzt mir, oder?"

„Sie gehört jetzt Ihnen, Mr. Duran. Und sie ist bereits vollständig bezahlt." Mitchell Legrand, der Yachtmakler, schnippte mit seinen langen Fingern und schickte dadurch seinen Assistenten weg, ohne ein einziges Wort zu ihm zu sagen. „Erlauben Sie mir, Ihnen Ihre neue Crew vorzustellen."

„Jetzt sofort?" Ich war überrascht darüber, dass die Crew bereits verfügbar war. „Sind alle schon hier?"

„Natürlich." Sein Lächeln war strahlend. Das sollte es auch sein. Er hatte gerade eine ordentliche Verkaufsprovision erzielt. Zehn Prozent von vierzig Millionen Dollar waren nicht zu verachten. „Ich habe ein Team für Sie zusammengestellt, das eines Präsidenten würdig wäre. Die Yacht benötigt elf Besatzungsmitglieder. Ich habe nur die Besten für Sie und Ihre Familie eingestellt, Mr. Duran."

„Sie haben gesagt, dass die Crew die ganze Zeit auf der Yacht bleibt. Hat sie nie frei?" Ich wollte nicht, dass irgendjemand die ganze Zeit an einem Ort bleiben musste.

„Der Kapitän bestimmt die Dienstzeiten der Crew. Während die Yacht im Hafen liegt, nehmen sich alle ein paar Tage frei. Wenn Sie die Yacht nutzen möchten, können Sie den Kapitän rund um die Uhr anrufen und ihm sagen, wohin Sie möchten. Er erstellt dann einen Reiseplan und schickt ihn Ihnen umgehend zu. Denken Sie daran, dass Sie die Crew vierundzwanzig Stunden im Voraus informieren müssen, bevor Sie einen Ausflug machen, damit genug Zeit ist, um Vorräte zu kaufen und die Yacht startklar zu machen. Und sagen Sie Bescheid, wie viele Gäste an Bord kommen, damit genug für alle da ist."

„Ich hatte noch nie jemanden, der das alles für mich erledigt hat." Es war ein bisschen überwältigend für mich, elf Leute zu haben, die auf Abruf bereitstanden. „Das ist großartig."

„Mit Geld kann man fast alles kaufen." Er steckte die Hände in die Taschen und ging zu dem riesigen Fenster mit Blick auf den Hafen voller teurer Yachten. „Sie ist eine wahre Schönheit. Sie haben eine gute Wahl getroffen."

Ich gesellte mich zu ihm ans Fenster und betrachtete die Yacht, mit der ich Arabella in wenigen Stunden überraschen würde. „Ich kann es kaum erwarten, sie meiner Frau zu zeigen."

„Sie wird sie bestimmt lieben."

Jemand räusperte sich und wir drehten uns um und sahen,

wie Mitchells Assistent mit fünf Männern und vier Frauen in sein Büro kam. Alle trugen elegante schwarzweiße Uniformen mit goldenen Verzierungen.

„Ich bin beeindruckt", sagte ich bewundernd. „So etwas hätte ich mir nicht einmal im Traum vorstellen können."

Der Kapitän, der ein gestärktes weißes Hemd mit vier goldenen Streifen auf den Schultern trug, streckte die Hand aus. „Mr. Duran, es ist mir ein Vergnügen, Sie kennenzulernen. Ich bin Kapitän Joaquin Zaragoza. Bei uns sind Sie und Ihre Lieben in guten Händen, das kann ich Ihnen versichern. Fünfzehn Jahre lang habe ich für die besten Kapitäne der Welt gearbeitet. Und genauso lange bin ich nun selbst Kapitän auf den Yachten großer Persönlichkeiten – seien es Könige, Prinzen oder Rockstars."

„Wow." Ich war tief beeindruckt. „Nun, wir sind nicht wie diese Leute. Wir wurden nicht mit viel Geld geboren, sondern haben hart gearbeitet, um das zu werden, was wir sind. Seien Sie also auf ganz normale, sehr bodenständige Menschen vorbereitet. Wir brauchen keine Sonderbehandlung."

Zwei weitere Männer und eine Frau stellten sich neben ihn. Er sah die Frau an und sagte: „Das ist meine erste Offizierin. Taylor Landing. Sie kommt in der Kommandohierarchie direkt nach mir." Er sah den Mann zu seiner Linken an. „Das ist Zeus Goddard, einer der Matrosen. Der andere Mann ist auch Matrose und heißt Joel Montel."

Eine der anderen Frauen trat vor. „Erlauben Sie mir, mich vorzustellen, Mr. Duran. Ich bin Robin Spurlock, die Chefstewardess. Es ist meine Aufgabe, das Bordpersonal zu beaufsichtigen." Sie streckte ihre Hand aus und wies zu dem jungen Mann zu ihrer Rechten. „Das ist Paul Ramirez. Er ist in unserem Team für die schweren Arbeiten zuständig." Links von ihr erschien noch eine Frau. „Und das ist Janet Morrison. Gemeinsam sorgen wir dafür, dass Ihre Yacht makellos bleibt und Ihr Zuhause auf hoher See Ihnen den Komfort eines 5-Sterne-Hotels bietet. Sie können damit rechnen, verwöhnt zu werden. Dafür sind wir schließlich hier."

Ein stämmiger Mann trat vor und die drei Crewmitglieder, die mir gerade vorgestellt worden waren, wichen einen Schritt zurück. Sie waren offensichtlich ein eingeschworenes Team, das bestimmt gut zusammenarbeitete. „Ich bin Gaston Lefevre, Ihr Koch." Eine junge Frau kam zu uns. „Und das ist Caroline O'Doul, meine Souschefin. Wir kreieren unvergessliche Gerichte für Sie und Ihre Gäste."

„Ich kann es kaum erwarten, Ihre Kreationen zu probieren, Gaston!" Mir lief schon bei dem Gedanken daran, was sich die beiden für uns ausdenken würden, das Wasser im Mund zusammen.

Der letzte Mann kam zu mir, während die anderen zurücktraten. „Und ich bin Johnny Sloan, der Chefingenieur." Er fuhr mit der Hand über sein gestärktes weißes Hemd. „Sie werden mich und die anderen beiden Ingenieure, die mit mir zusammenarbeiten, um alles auf Ihrer neuen Yacht am Laufen zu halten, selten sehen. Es ist ein Vollzeitjob, der nie wirklich endet, auch nicht im Hafen. Deshalb sind meine Kollegen gerade nicht hier. Sie überprüfen den Maschinenraum, damit wir heute Abend bereit sind, aufzubrechen. Wenn Sie einem von uns das nächste Mal begegnen, werden wir wahrscheinlich orangefarbene Overalls tragen. Aber keine Angst – wir sind keine entflohenen Häftlinge." Er lachte. „Wenn wir beim Wassertransfer helfen oder in Kontakt mit Ihnen und Ihren Gästen kommen, ziehen wir unsere Uniformen an, damit Sie sich keine Sorgen machen müssen, dass unser Aussehen jemanden erschreckt."

Alle waren so professionell. Ich fragte mich, wie sich meine Familie in ihrer Gegenwart verhalten würde. „Nun, Sie müssen auch keine Angst vor uns haben. Sie sind kultivierter als wir. Ich werde sicherstellen, dass Sie wie die Profis behandelt werden, die Sie eindeutig sind. Das wird ein großartiges Erlebnis."

„Wir sorgen dafür, dass all Ihre Ausflüge großartige Erlebnisse für Sie und Ihre Gäste werden", sagte der Kapitän. „Jetzt müssen wir alle zurück zur Yacht, um die Vorbereitungen für heute Abend abzuschließen. Sie und Ihre Frau Arabella feiern Ihren ersten Hochzeitstag mit einer siebentägigen Reise von Port Isabel nach St. Lucia in der Karibik – auf dem Weg dorthin können Sie zahlreiche Inseln besuchen und danach bringen wir Sie direkt zurück zu Ihrer kleinen Tochter Maria."

Ich war sprachlos und völlig begeistert. „Können wir uns alle einfach beim Vornamen nennen? Damit würde ich mich viel wohler fühlen." Ich legte meine Hand auf meine Brust. „Ich bin Chase."

„Gerne, Chase," sagte der Kapitän. „Wir freuen uns darauf, Sie auf eine Reise mitzunehmen, die Sie und Ihre Frau niemals vergessen werden."

———

ARABELLA

„Eine Augenbinde? Wirklich, Chase? Ich glaube nicht, dass das nötig sein wird." Er hatte mir bereits erzählt, dass wir eine Kreuzfahrt zu einer Insel in der Karibik machen würden.

„Bitte mach mit", flehte er mit einem Grinsen, dem ich nicht widerstehen konnte.

„Ich verstehe nicht, warum du das tun willst, aber okay." Mein Mann war manchmal so bezaubernd, dass es unmöglich war, ihm einen Wunsch abzuschlagen.

Er band mir die Augenbinde um den Kopf und sagte: „Lass mich dir einen Vorgeschmack auf die Überraschung geben. Wir reisen nach St. Lucia. Auf dem Weg dorthin werden wir aber bei anderen Inseln anhalten."

Ich war mir nicht sicher, wie ein Kreuzfahrtschiff einfach an einer kleinen Insel anhalten könnte. „Wie soll das funktionieren?"

„Du wirst sehen."

13

Ich spürte, wie sich der Truck in Bewegung setzte. „Wie lange muss ich das Ding tragen?"

„Fünf Minuten."

„Chase, es gibt keinen Hafen in der Nähe, der so groß ist, dass ein Kreuzfahrtschiff dort anlegen kann." Er hatte einen Plan – das konnte ich in meinen Knochen spüren. „Was schwebt dir vor, Mister?"

„Lass dich überraschen." Er lachte und ich fragte mich, ob wir wirklich eine Kreuzfahrt machen würden.

„Ich habe für eine Kreuzfahrt gepackt, Chase."

„Ich weiß."

Ich lehnte mich zurück und versuchte, mich nicht zu fragen, was er vorhatte. Stattdessen würde ich geduldig darauf warten, dass er sein Ziel erreichte. Als ich spürte, wie der Truck anhielt, griff ich nach der Augenbinde. „Gut, jetzt kann ich dieses Ding endlich abnehmen."

„Nein!" Er packte meine Hand. „Warte. Ich helfe dir beim Aussteigen und wir machen einen kurzen Spaziergang. Dann werde ich dir die Augenbinde abnehmen."

„Chase, das ist völlig übertrieben. Ich werde stolpern."

„Ich lasse nicht zu, dass du hinfällst." Er stieg aus, öffnete meine Tür und ergriff meine Hand. „Du wirst diese Überraschung lieben."

„Glaubst du?"

Er legte seinen Arm um mich, zog mich mit sich und blieb dann stehen. Ich konnte Seeluft riechen, also wusste ich, dass wir am Meer waren. Das Kreischen der Möwen sagte mir, dass wir dem Wasser sehr nahe waren. Und das Plätschern der Wellen ließ mich vermuten, dass wir auf einem Pier oder dergleichen standen.

Meine Beine begannen zu zittern und Chase hielt mich fester. „Nur noch ein paar Schritte, Liebling."

„Es wirkt nicht so, als würden wir gleich an Bord eines Kreuzfahrtschiffs gehen."

Er blieb stehen und flüsterte mir ins Ohr: „Das machen wir auch nicht."

Die Augenbinde löste sich von meinem Kopf und ich blinzelte ein paarmal, um wieder richtig sehen zu können. Wir standen vor etwas, das einfach nur wunderschön war. „Du hast eine Yacht für uns gemietet?" Ich bedeckte meinen Mund mit meinen Händen, als ich das spektakuläre Schiff vor uns betrachtete.

„Nein, ich habe diese Yacht nicht für uns gemietet."

Ich starrte ihn an und hatte keine Ahnung, warum er mir hier die Augenbinde abgenommen hatte, wenn das nicht das Schiff war, mit dem wir verreisen würden. „Chase, was soll das?" Ich sah mich nach etwas weniger Großartigem um. Etwas, das eher Chase' Stil entsprach. „Also, wie gelangen wir zu dieser Insel, wenn nicht mit dieser Yacht oder mit einem Kreuzfahrtschiff?"

„Oh, wir nehmen diese Schönheit hier."

Er redete um den heißen Brei herum und ich hatte genug davon. „Chase Duran, sag mir sofort, was hier los ist!"

„Ich habe die Yacht gekauft. Für uns. Jetzt können wir mit unserer Familie und unseren Freunden die ganze Welt bereisen."

„Hör auf, dich über mich lustig zu machen." Diese Yacht musste Millionen von Dollar gekostet haben. „Chase, du hast dieses Ding nicht gekauft."

Hinter uns erschien eine Frau. „Wie ich sehe, haben Sie Ihre Braut gefunden, Mr. Duran."

Chase lächelte. „Robin, ich habe Ihnen doch gesagt, dass Sie mich Chase nennen sollen. Das ist meine Frau Arabella."

„Robin?", fragte ich völlig verwirrt. „Kennt ihr euch?"

Sie nickte. „Ich arbeite für Sie, Arabella. Ich bin die Chefstewardess auf Ihrer neuen Yacht. Ist sie nicht herrlich?"

„Chase?" Ich bekam kaum Luft. „Du hast dieses Ding gekauft? Für uns?"

„Kommen Sie an Bord. Ich führe Sie gerne herum, Arabella", sagte die nette junge Frau, als sie die Treppe neben dem riesigen Schiff hinaufstieg.

Ich war so fassungslos, dass ich mich nicht rühren konnte. Chase schob mich vorwärts. „Komm schon. Ich kann es kaum erwarten, dass du alles siehst."

„Chase, du hast uns dieses Prachtstück also wirklich gekauft? Es ist wie eine Villa auf dem Meer." Überall, wo ich hinsah, glänzte die Yacht. „Und so sauber."

„Danke", sagte Robin mit einem Lächeln, als sie das Deck betrat. „Wir tun unser Bestes, damit immer alles brandneu aussieht."

„Wie groß ist dieses Ding?" Von unserem Standort aus konnte ich nicht einmal das andere Ende des Schiffes erkennen.

„Die Yacht ist fünfzig Meter lang", sagte sie mir. „Es gibt mehrere Ebenen mit verschiedenen Ess- und Sitzbereichen, plus fünf Kabinen, in denen jeweils zwei Personen schlafen können. Sie haben hier Platz für bis zu zehn Gäste."

„Also, was denkst du, Arabella?", fragte mich Chase mit einem sexy Grinsen. „Habe ich deine Träume wahr gemacht?"

„Ich habe nicht einmal gewagt, von so etwas Großartigem zu träumen." Ich konnte nur seufzen, als ich ihn umarmte. „Das Leben mit dir ist eine nie endende Überraschung, Chase. Ich liebe es. Und ich liebe dich, weil du daran gedacht hast, etwas so Herrliches für uns und unsere Familie zu kaufen."

Ich kann ihm unmöglich ein noch besseres Geschenk machen.

CHASE

Sobald wir unsere Reise angetreten hatten, machte ich es mir auf dem Mitteldeck unserer neuen Yacht auf einem Liegestuhl bequem. Plötzlich kam Arabella mit etwas in der Hand zu mir. „Hier ist mein Geschenk für dich zu unserem Hochzeitstag." Sie legte eine kleine Schachtel, die mit orangefarbenem Geschenkpapier umwickelt und einer schwarzen Schleife verziert war, in meine Hand. „Ich habe es allerdings nicht für dich gekauft. Ich habe es selbst gemacht. Irgendwie. Das meiste davon hat jemand anderes gemacht, aber ich war auch daran beteiligt."

Ich löste die Schleife, zog den Deckel von der Schachtel und fand etwas Rechteckiges darin. Der beigefarbene Stoff, der darum gewickelt war, machte es mir unmöglich, das Geschenk zu sehen. „Was ist das, Arabella?"

Sie setzte sich neben mich und spielte nervös mit ihren Händen. „Etwas, von dem ich wusste, dass du es noch nicht hast."

Als ich das Ding auspackte, stellte ich fest, dass es ein Buch war. Und auf dem Cover war unser Hochzeitsfoto. „Ein Hardcover-Buch?" Es war ziemlich dick und ich hatte keine Ahnung, was darin stand. Aber es hatte den Titel *Die Geschichte von Chase und Arabella – Eine himmlische Verbindung*. Ich war mir nicht sicher, was das bedeutete. „Hast du ein Buch geschrieben, Liebling?"

„Nein." Sie schüttelte den Kopf. „Ich bin keine Schriftstellerin. Das habe ich schnell erkannt, als ich versucht habe, mich hinzusetzen und unsere Geschichte aufzuschreiben. Es ist mir nicht schwergefallen, die Handlung zu skizzieren, aber daraus einen Roman zu machen war ein ganz anderes Thema. Also habe ich eine Ghostwriterin engagiert. Ich fand es sehr passend, schließlich hat mich ein Geist überhaupt erst zu dir geführt."

Das war mir neu. „Seit wann glaubst du das?"

„Nun, schon seit einiger Zeit. Es war die Stimme meiner Mutter, die mir sagte, dass ich weglaufen sollte, nachdem mein Vater sie erschossen hatte. Mom war auch diejenige, die mir das Foto von sich und mir und das Bargeld in dem Karton in der Speisekammer hinterlassen hatte. Damals, als das alles passierte, habe ich überhaupt nicht darüber nachgedacht. Ich war geschockt und benommen. Also bin ich einfach in den nächsten Bus gestiegen. Ich kann mich nicht einmal daran erinnern, bewusst eine Entscheidung getroffen zu haben, wohin ich gehen wollte."

„Soll das heißen, dass Brownsville gar nicht dein Ziel war?"
Auch das war mir neu.

„Nicht, dass ich wüsste. Ich bin irgendwie hier gelandet. Ich
bin mir nicht sicher, warum." Sie nahm meine Hand und hielt sie
an ihr Herz. „Aber ich bin unheimlich froh darüber, dass es so
gekommen ist."

„Ich auch, Liebling. Ich auch." Ich küsste ihre Wange. „Du bist
das Beste, was mir je passiert ist. Ich würde es immer wieder so
machen. Alles."

Sie blinzelte ein paarmal, bevor sie fragte: „Auch das, was du
in Queens gemacht hast?"

Sie meinte, ihren Vater und den Mann, der sie in seinem
Auftrag entführt hatte, umzubringen. „Sogar das, was ich in
Queens gemacht habe." Ich nahm es nicht auf die leichte Schulter.
Die beiden waren die einzigen Menschen, die ich je getötet hatte.
Aber ich hatte es für die Frau getan, die ich liebte – ich hatte
keine Skrupel, sie vor den bösen Menschen auf dieser Welt zu
schützen.

Mit einem Nicken sagte sie: „Öffne das Buch."

Ich tat es, sah die erste Seite und musste lächeln. *„Für meinen
geliebten Ehemann, ohne den es keine Geschichte zu erzählen gäbe."*
Seufzend fragte ich mich, ob sie schon immer insgeheim so
romantisch gewesen war. „Liebling, hast du das geschrieben?"

„Ja. Wie gesagt, ich war an der Erstellung dieses Buches
beteiligt."

„Nun, das ist ein herrlicher Satz. Ich wette, du könntest ein
ganzes Buch schreiben, wenn du es wirklich wolltest." Ich ermu-
tigte meine Frau gerne bei allem, was sie tat.

„Es ist nicht so, dass ich nicht versuchen will, ein Buch zu
schreiben, aber mit dem Restaurant und Maria bleibt mir dafür
zu wenig Zeit. Und ich verbringe auch gerne Zeit mit dir."
Achselzuckend fuhr sie fort: „Ich bin zufrieden mit der Arbeit der
Ghostwriterin. Sie hat meine Notizen genommen und etwas

18

Wunderbares daraus gemacht. Ich werde dich nicht zwingen, es zu lesen, aber du solltest es dir wirklich näher ansehen."

„Wie wäre es jetzt?" Der Koch bereitete gerade das Abendessen für uns zu, also hatten wir Zeit. Ich blätterte die Seite um. *„In der Dämmerung stand er im Garten, ohne zu ahnen, dass ich ihn beobachtete."* Meine Augen wanderten zu ihr. „Hast du mich verfolgt, Liebling?"

„Nein." Sie schüttelte den Kopf. Aber dann nickte sie. „Vielleicht ein bisschen. Du bist so heiß. Ich konnte nicht anders, als dich heimlich anzustarren."

„Keine Sorge. Das geht mir auch so."

„Du starrst dich selbst an?" Sie lachte und schmiegte sich an meinen Hals.

„Nein. Ich starre dich an. Immer noch, wenn du die Wahrheit wissen willst. Du bist die schönste Frau der Welt. Und unsere Tochter ist das schönste kleine Mädchen der Welt."

„Ich glaube, du bist ein wenig voreingenommen." Sie legte ihren Arm um meine Schultern und lehnte ihren Kopf daran. „Ich bin vielleicht auch voreingenommen, aber ich denke genauso über unsere süße Kleine. Sie ist das niedlichste Kind, das ich je gesehen habe."

Plötzlich fiel mir ein, dass ich noch nie viel über ihre Mutter gefragt hatte. Wenn sie glaubte, ihre Mutter hätte sie irgendwie zu mir geführt, war es vermutlich an der Zeit, über die Frau zu sprechen, die sie so tragisch verloren hatte. „Erinnert dich Maria manchmal an deine Mutter?"

„Fast jeden Tag." Sie hob ihren Kopf, um mir in die Augen zu sehen. „Chase, glaubst du an Wiedergeburt?"

Wiedergeburt?

———

ARABELLA

Seine geweiteten Augen sagten mehr als tausend Worte. Ich hatte zu viel gesagt und kam mir jetzt dumm vor. „Vergiss es. Du musst das nicht beantworten. Das ist eine verrückte Frage."

„Nein, das stimmt nicht." Er nahm meine Hand und rieb sanft mit seinem Daumen über meine Knöchel. „Du vermisst sie. Und natürlich siehst du sie in unserer Tochter. Durch ihre Adern fließt das Blut deiner Mutter. Es tut mir leid, dass ich das bis jetzt nicht bemerkt hatte."

„Was meinst du?"

„Dass du deine Mutter mehr denn je vermisst. Du solltest zu einer Trauerbegleiterin gehen. Es ist so viel passiert, dass du noch gar keine Zeit hattest, richtig zu trauern. Und es ist überhaupt nichts Falsches daran, deine Mutter in deiner Tochter wiederzuerkennen. Ich finde es wundervoll, dass du sie in ihr sehen kannst." Er zuckte mit seinen breiten Schultern. „Und wie könnte ich behaupten, dass es so etwas wie Wiedergeburt nicht gibt? Es ist nicht so, als ob ich jemals darüber nachgedacht hätte. Vielleicht ist Maria tatsächlich die Wiedergeburt deiner Mutter. Wie dem auch sei, du liebst sie beide und wirst es immer tun."

„Danke, dass du mich nicht auslachst." Ich hatte schon seit einiger Zeit darüber nachgedacht, aber ich hatte zu viel Angst davor gehabt, es anzusprechen und wie eine Idiotin zu klingen. „Nun, die Geschichte geht irgendwie in diese Richtung, deshalb habe ich dich danach gefragt."

„Jetzt bin ich neugierig." Er las weiter. Zuerst las er laut, aber dann wurde er still und vertiefte sich in die Geschichte. Ich machte einen Spaziergang auf dem Mitteldeck und bewunderte das Funkeln der Lichter auf dem Wasser, als wir unseren ersten Zwischenstopp erreichten – eine einsame Insel, die wir uns nach Ansicht des Kapitäns nicht entgehen lassen durften.

Später, als wir das beste Abendessen meines Lebens genossen, glühte mein Körper unter den bewundernden Blicken, die mein

Mann mir immer wieder zuwarf. „Ich kann kaum glauben, dass du dir diese erstaunliche Geschichte ausgedacht hast, Liebling. Ich konnte mich kaum davon losreißen, um zum Essen zu kommen."

„Wie gesagt, ich habe das Buch nicht geschrieben." Ich wollte mich nicht mit fremden Federn schmücken.

„Komm schon, diese Geschichte ist ganz dein Stil. Ich weiß, dass du viel mehr davon geschrieben hast, als du zugibst. Du bist eine Frau mit vielen Talenten."

Hitze brannte in meinen Wangen, als ich rot wurde. „Oh, hör auf, mir zu schmeicheln."

„Es ist keine Schmeichelei, wenn es wahr ist."

Ich sah mich auf der luxuriösen Yacht um und fragte mich, wie es sein konnte, dass ich so viel Glück hatte. „Hast du dich jemals gefragt, warum es uns so gut geht, Chase?"

„Weil wir dafür gearbeitet haben. Uns wurde nichts geschenkt." Er machte eine Pause und fügte dann hinzu. „Nun, das Startkapital für die Gründung unseres Unternehmens ist meinen Brüdern und mir gegeben worden, aber wir haben etwas daraus gemacht, mit dem wir bereits jetzt Geld verdienen. Die Läden am Strand müssten uns nicht einmal für den Strom bezahlen, den wir ihnen liefern, weil sie ihn für unser Projekt testen. Aber sie wollten es trotzdem tun, also haben wir bereits Einnahmen. Und es werden immer mehr. Aber das liegt nur daran, wie hart wir gearbeitet haben. Und du hast alles dafür getan, um dein Restaurant zu einem Erfolg zu machen. Ich meine, wo sonst in Brownsville, Texas, gibt es so gutes, authentisches italienisches Essen?"

„Haben Sie etwas über authentisches italienisches Essen gesagt?", fragte jemand von der Crew.

Ich drehte mich um und stellte fest, dass es Caroline war – die Souschefin. „Ich koche gerne authentisches italienisches Essen. Und ich habe ein Restaurant eröffnet, das fast vom ersten Tag an erfolgreich war. Warum fragen Sie?"

21

Caroline lächelte uns strahlend an. „Weil unser Koch hier in der klassischen französischen Küche ausgebildet ist. So wie ich auch. Wir würden uns beide sehr freuen, wenn Sie uns zeigen könnten, wie man italienische Gerichte zubereitet. Wir sind immer daran interessiert, unsere Fähigkeiten zu verbessern."

Das brachte mich auf eine Idee. „Ich kann mit Ihnen beiden einen Deal machen."

„Einen Deal?", fragte sie aufgeregt.

„Chase hat mir gesagt, dass Sie auf der Yacht bleiben, wenn wir angedockt sind."

„Ja, das machen wir."

„Nun, vielleicht möchten Sie die Gelegenheit nutzen, sich etwas dazuzuverdienen – hin und wieder. Es ist nicht jeden Abend. Nicht einmal jede Woche. Aber mein Restaurant bietet Event-Catering an. Ich könnte sogar noch einen Schritt weiter gehen und persönliches Catering anbieten. Sie, der Koch und ein oder zwei andere Crewmitglieder könnten das übernehmen. Es wäre bestimmt profitabel. Beim Catering könnten wir unsere Spezialitäten kombinieren. Sie bereiten Ihre Gerichte zu und meine Köche kochen das, was ich ihnen beigebracht habe."

Chase grinste von einem Ohr zum anderen. „Verdammt, Liebling. Ich schwöre, du hast ein Talent dafür, alles, was du anpackst, zu einem Erfolg zu machen."

„Ich werde mit dem Koch sprechen und ihn fragen, was er davon hält. Aber ich bin auf jeden Fall dabei. Ich würde gerne mehr Geld verdienen. Und in meinem Lebenslauf würde es auch gut aussehen."

Nach dem Abendessen gingen Chase und ich in unsere Kabine und rissen einander die Kleider vom Leib, sobald wir die Tür hinter uns schlossen. „Ich weiß nicht, was mich an geschäftlichen Entscheidungen so erregt, aber ich brenne für dich, mein geliebter Ehemann."

Er vergrub seine Hände in meinen Haaren und fiel mit mir aufs Bett. „Das geht mir genauso. Dir dabei zuzusehen, wie du

deine Ideen umsetzt, macht mich höllisch heiß auf dich, Süße."
Seine Lippen eroberten meinen Mund mit einem so sinnlichen
Kuss, dass sie ihn fast versengten.

Wir wälzten uns auf dem riesigen Bett herum, bis wir in der
Mitte landeten und ich oben war. Ich setzte mich auf ihn und ritt
ihn wie den Hengst, der er war. „Ich kann dir gar nicht oft genug
sagen, wie glücklich du mich machst, Chase Duran. Deine Frau
zu sein ist wie ein wahr gewordener Traum. Es ist, als wäre mein
Leben ein Märchen."

„Genauso soll unsere Ehe sein, Liebling. Wir haben unser
Happy End gefunden und es geht immer weiter."

Ende

DAS TRAINING DER HERRIN

Protected By My Boss Bonusgeschichte

Max ist einer der besten Hundetrainer in Texas, aber als sich die Besitzerin eines verwöhnten Chihuahuas noch unmöglicher benimmt als ihr kleiner Höllenhund, steht er einer ganz neuen Herausforderung gegenüber.

———

„Warte, Chase. Ich muss diesen Anruf annehmen." Ich sah auf den Bildschirm meines iPhones. „Es ist Maya, meine Assistentin."

Ich hatte keine Gelegenheit, auch nur ein Wort zu sagen, bevor sie mich anknurrte: „Wird auch Zeit, dass du an dein verdammtes Telefon gehst."

Ich zog eine Augenbraue hoch, weil ich nicht daran gewöhnt war, dass jemand so mit mir redete. Ich brachte Hunden bei, gehorsam zu sein. Und ich erwartete von Menschen genauso gute Manieren wie von meinen Hunden. „Maya, ich hoffe, du hast einen guten Grund dafür, mich so anzuschnauzen. Hast du einen Dorn in der Pfote?"

„Du weißt, dass ich es hasse, wenn du mit mir redest, als wäre ich ein Tier. Aber ja, irgendwie habe ich tatsächlich einen Dorn in der Pfote. Und dieser Dorn hat einen Namen", sagte sie und seufzte laut. „Bridget."

„Und wer ist Bridget? Und warum sollte mich das interessieren?"

„Ich gehe rein und hole uns Bier, Max", sagte Chase und überließ mich meinem Telefonat.

„Danke, Mann." Ich trainierte Chase Durans Schäferhunde, seit sie Welpen gewesen waren. Aber ich war nicht nur sein Hundetrainer – wir waren gute Freunde geworden.

„Bridget. Fällt dir auf, wie ich ihren Namen ausspreche, Max? Er wird ganz normal geschrieben, aber sie besteht darauf, dass die Leute ihn auf eine ausgefallene Art aussprechen."

„Sagst du deshalb Breedgeet?" Ich musste lachen. „Als wäre sie eine französische Dame oder so etwas?"

„Ja, so ähnlich. Aber eine Dame ist sie bestimmt nicht. Ganz im Gegenteil – sie ist eine launische Schlampe."

Ich nahm an dem Tisch im Garten Platz und lächelte Chase an, als er mit zwei Bierflaschen wiederkam. „Danke, Kumpel."

„Telefonierst du immer noch?" Er stellte das Bier vor mich, als ich nickte. „Dann gebe ich dir noch etwas Privatsphäre. Ich gehe auf die andere Seite des Hauses und bringe die Hunde in ihren Zwinger."

Nickend sagte ich zu Maya: „Du musst mir noch erklären, was mich die Laune einer Frau angeht, die ich noch nie getroffen habe."

„Du bist der neue Trainer ihrer Chihuahua-Hündin. Deinen Vorgänger hat sie gerade erst gefeuert. Er war der fünfte Trainer in weniger als einem Jahr. Aber sie tut mehr, als sie nur zu feuern. Sie vernichtet sie in den sozialen Medien, auf

Yelp, Tender und jeder anderen Plattform, die sie finden kann."

„Warum soll ich für so jemanden arbeiten?" Es war nicht so, als hätte ich zu wenig Kunden.

„Weil sie auch deinen guten Ruf ruinieren wird, wenn du es nicht tust. Also habe ich sie begeistert als deine neueste – und natürlich allerwichtigste – Kundin bei uns aufgenommen. Glückwunsch, Max."

Ich kniff mir in den Nasenrücken und stöhnte: „Warum ich?"

„Warum du?", fragte Maya. „Weil du der Beste bist. Auf jeden Fall musst du dich beeilen. Du hast heute Abend um sechs Uhr einen Termin mit ihr."

„Nein, das habe ich nicht. So spontan mache ich gar nichts und das weißt du auch." Ich ließ mich von niemandem herumkommandieren.

„Du sollst nur die Hündin kennenlernen. Miss Penelope Prima Puentes. Das ist auch Bridgets Nachname – Puentes."

„Bridget Puentes, hm?" Das klang nicht wirklich knallhart. „Also gut, ich werde ihre Hündin treffen, aber danach gehört mein Freitagabend wieder mir. Und ich werde ihr sagen, dass sie dich nächste Woche anrufen soll, um einen echten Beratungstermin zu vereinbaren. Und zwar zu meinen normalen Geschäftszeiten, Maya. Wir dürfen keine Angst zeigen. Vergiss das nicht."

„Das ist leichter gesagt als getan, Boss. Ich freue mich schon auf ihren Anruf. Das war Sarkasmus, falls du es nicht verstanden hast."

„Seit wann bist du so witzig, Maya?" Ich trank die Hälfte des Bieres.

„Wenn ich nicht lerne, darüber zu lachen, muss ich weinen oder schreien. Du wirst schon sehen. Bis dann."

„Bye." Ich stand auf und sagte Chase, dass ich gehen musste. Dann machte ich mich auf den Weg zu der Adresse, die Maya mir in einer Textnachricht geschickt hatte.

Ich musste zugeben, dass es mich etwas beunruhigte, als ich herausfand, dass mich die Adresse in die beste Gegend der Stadt führte, in der zahlreiche Villen die makellos gepflasterte Straße säumten.

Das Tor war offen, als ich die Adresse erreichte. Der Rasen war genauso perfekt wie bei allen Grundstücken in der Straße und hohe Palmen zierten die gewundene Auffahrt. Am Eingang standen zu beiden Seiten der weißen Flügeltür Marmorstatuen.

Großartig. Ich habe es hier mit einer verwöhnten Göre zu tun. Das wird die Hölle.

Ich klingelte an der Tür und ein Mann, der wie ein entfernter Verwandter von Lurch aus der Adams Family aussah, erschien. „Sie müssen der Hundetrainer sein. Bitte kommen Sie herein. Die Herrin erwartet Sie schon."

Er nennt sie Herrin?

Ich folgte ihm in die riesige Villa. „Das ist ein schönes Haus."

„Danke. Die Herrin liebt ihre Villa fast so sehr, wie sie ihre Hündin liebt." Er blieb stehen und drehte sich um, um mich anzustarren. „Wir mögen es nicht, wenn jemand unsere Herrin nicht respektiert."

„Wer ist *wir*?", musste ich fragen, da ich sonst niemanden sah.

Er wandte sich von mir ab und ging weiter. „Hier sind überall Augen. Vergessen Sie das nicht, Maximilian."

„Oh, mein Name ist nicht Maximilian, sondern Max. Meine Mutter war eine einfache Frau, also hat sie mich einfach nur Max genannt." Meinen Nachnamen benutzte ich so gut wie nie. Es war der Nachname meines Vaters und da er sich nie die Mühe gemacht hatte, mich kennenzulernen, machte ich mir nicht die Mühe, seinen Nachnamen zu verwenden.

„Das wird der Herrin nicht gefallen. Lassen Sie sich besser etwas Formelleres einfallen, damit sie Sie so nennen kann." Er klopfte vorsichtig an eine geschlossene Tür.

Es kam keine Antwort und ich fragte: „Ist die Herrin nicht in ihrem Zimmer?"

Diese Frau ist ein Witz.

BRIDGET

Monticellos Klopfen erschreckte mich, als ich mich gerade frisch geschminkt hatte. Ich nahm mir einen Moment Zeit, um mein makelloses Gesicht im Spiegel zu betrachten, bevor ich meinen Platz auf dem Sofa einnahm. Ich drapierte den weißen Morgenmantel aus Satin über meinen Oberschenkeln, um ihre prächtige Form zu betonen, schnippte mit den Fingern und gab meinem Butler das Zeichen, dass er den Hundetrainer hereinlassen sollte.

Die Tür öffnete sich langsam. Zuerst schien niemand davor zu stehen. Aber dann füllte der Schatten eines Mannes den Türrahmen. Er war riesig. Ein Tier von einem Mann. Aber was hätte ich sonst von jemandem erwarten sollen, der beruflich gefährliche Hunde trainierte. „Sie müssen Maximilian sein."

„Nein." Er betrat den Wohnbereich neben meinem Schlafzimmer und schloss die Tür hinter sich. „Einfach nur Max." Er berührte die Krempe seines Cowboyhuts aus Stroh, stellte sich in seinen schlichten braunen Cowboystiefeln vor mich und lächelte dabei wie die Katze, die den Kanarienvogel gefressen hatte. „Und Sie müssen Miss Bridget sein." Er sprach meinen Namen falsch aus.

Und das machte mich wütend, weil ich seiner Assistentin genau erklärt hatte, wie er ihn aussprechen sollte. Ich wusste, dass er meine Autorität auf die Probe stellte. „Sagen Sie es richtig."

Er sah sich im Zimmer um. „Nicht übel. Ihre Familie muss wohlhabend sein."

„*Ich* bin wohlhabend." Ich hasste es, wenn irgendjemand etwas anderes annahm. „Nicht, dass das alles von Bedeutung wäre."

„Sie haben recht. Wo ist die Hündin, die ich heute Abend treffen soll?" Er kam mit entschlossenen Schritten auf mich zu.

Er wusste, dass er ein gutaussehender Mann war. Und er wusste, wie er seinen muskulösen Körper am besten präsentierte. Es amüsierte mich, dass er zu glauben schien, dass er nur seine Muskeln spielen lassen musste, damit ich vor ihm auf die Knie sank.

Idiot.

„Sind Sie mit Manieren überfordert, Monsieur?" Er musste noch korrigieren, wie er meinen Namen ausgesprochen hatte. „Ich habe Sie gebeten, meinen Namen richtig zu sagen. Machen Sie das jetzt."

„Oh, meinen Sie etwa so?", sagte er mit einem übertriebenen Südstaatenakzent. „Breedgeet. Wie *parakeet*. Oder *feet*. Hauptsache ‚eet'. So soll ich es sagen, hm?"

Ich war nicht daran gewöhnt, dass die Leute so mit mir redeten. Aber ich wollte ihn nicht wissen lassen, dass er mich wütend machte. „Ja", sagte ich so ruhig, als wäre ich überhaupt nicht aufgebracht. Aber ich war es. Sehr sogar!

„Dann nennen Sie mich Max. Nicht Maximilian. Nicht Monsieur. Ich bin Amerikaner. Ein ganz normaler, gewöhnlicher Amerikaner."

Er versuchte, mich zu verspotten, aber das würde ich nicht zulassen. „Ich kann sehen, was *Sie* sind. *Ich* bin es nicht. Ich gehöre als direkte Nachfahrin des Hauses Bourbon zum französischen Hochadel. Ich bin Erbin von keinem Geringeren als dem französischen König Ludwig dem Sechzehnten. Natürlich mütterlicherseits."

„Natürlich", sagte er sarkastisch. „Weil Ihr Nachname definitiv nicht französisch ist. Er ist spanisch. Puentes bedeutet Brücken. Und Brücken sollen überquert werden."

Ich blinzelte ihn an und hatte keine Ahnung, was er damit sagen wollte. Aber es klang respektlos. „Ich werde Sie wissen lassen …"

Ich hatte keine Chance, meinen Satz zu beenden, bevor er mir mit drei schnellen Schritten näherkam. „Das wird nicht funktionieren."

„Sie haben Miss Penelope noch nicht einmal getroffen. Woher wollen Sie wissen, ob es funktioniert oder nicht?"

„Ich habe Sie kennengelernt. Und wenn diese Hündin ihrer Besitzerin ähnelt, wird es ganz sicher nicht funktionieren."

„Also geben Sie sich geschlagen, bevor Sie auch nur einen Blick auf meine entzückende, vollblütige Chihuahua-Hündin geworfen haben?" Ich konnte nicht glauben, dass der beste Hundetrainer in Texas so wenig Vertrauen in seine Fähigkeiten hatte, mit schwierigen Tieren umzugehen.

„Wenn Sie Ihre Hündin verwöhnt haben – und davon gehe ich aus –, ist sie bestimmt untrainierbar. Wenn ich ihr etwas beibringe und Sie ihr den gleichen Mist durchgehen lassen wie früher, dann wird das nicht funktionieren."

„Ich verabscheue Schimpfwörter, Max!" Ich sagte seinen Namen, damit er wusste, dass ich es ernst meinte.

„Und ich verabscheue verwöhnte Gören." Er wirbelte herum und marschierte zur Tür.

Also blieb mir nichts anderes übrig, als aufzuspringen und die Tür zu meinem Schlafzimmer aufzureißen. „Warten Sie!"

Miss Penelope regte sich auf ihrem flauschigen Bett aus rotem Satin und Diamantnieten. Ihre großen braunen Augen betrachteten mich liebevoll. Dann legte sie ihren Kopf zurück, schnupperte ein paarmal in die Luft und die Hölle brach los – wie immer, wenn jemand außer mir in ihrer Reichweite war.

Ein entsetzliches Knurren drang aus ihrem winzigen Mund. Aber dieser Mund hatte spitzere Zähne als ein Piranha und Miss Penelope fletschte sie unheilverkündend.

Sie rannte direkt auf ihn zu. Ich versuchte mein Bestes, sie zu fangen, bevor sie ihn erreichen konnte, aber es nützte nichts. Sie war blitzschnell. „Achtung!"

„Was zum Teufel soll das?" Er sprang zur Seite und versuchte, ihren Zähnen zu entkommen. „Halt! Beruhige dich! Verdammt! Verschwinde!"

Als er zur Tür sprang, machte er ihre Wut nur noch schlimmer. Sie duckte sich, umrundete seine Beine so elegant wie eine kleine Ballerina und überholte ihn auf dem Weg zur Tür. Miss Penelope entblößte ihre glänzenden weißen Zähne – die ich dreimal am Tag von einem der Zimmermädchen putzen ließ – und hielt den Mann, von dem ich gehofft hatte, dass er meine wilde Hündin erziehen würde, in Schach.

„War einer ihrer Vorfahren ein Tasmanischer Teufel?", fragte er, als er auf das Sofa stieg, auf dem ich zuvor gesessen hatte.

„Ich habe Ihnen gesagt, dass sie ein vollblütiger Chihuahua ist." Ich hob meine Hündin hoch. Sie hörte nicht auf zu knurren und ihr Körper vibrierte angespannt, aber sie schnappte nicht nach mir. Ich war die Einzige, die so viel Glück hatte. Ich schmiegte meine Wange an sie, um Max zu zeigen, wie süß sie sein konnte. „Sehen Sie nicht, dass sie ein Engel ist?"

„Das ist Luzifer auch. Dieses Ding ist kein Hund. Es ist nicht von dieser Welt, sondern kommt direkt aus der Hölle." Er zuckte zusammen, als Miss Penelope anfing, ihn laut anzubellen.

„Bitte achten Sie auf Ihre Worte. Ich bin sicher, dass sie Englisch versteht. Und vielleicht auch etwas Spanisch. Der Gärtner spricht Libanesisch und ich glaube, sie beherrscht diese Sprache auch. Sie ist ein Genie, aber auch sehr emotional. Sie braucht Hilfe, Max. Ihre fachkundige Hilfe. Bitte lassen Sie uns nicht im Stich wie alle anderen. Bitte, Max. Sie sind unsere letzte Hoffnung."

Jetzt bin ich so tief gesunken, dass ich bettle. Was ist los mit mir?

———

MAX

Das kleine Ding war wie eine Dynamitstange. Die Hündin zitterte am ganzen Körper, als sie mich anknurrte, ohne ihre großen, dunklen Augen jemals von mir zu nehmen.

Es half nicht, dass die Frau, die sie hielt, einen flehenden Tonfall angeschlagen hatte. Ich fühlte mich wie Obi-Wan Kenobi, als Prinzessin Leia um seine Hilfe gebeten und ihm gesagt hatte, dass er ihre letzte Hoffnung sei.

Also hatte ich – wie jeder andere Held auch – keine andere Wahl, als ...

Die Hündin wand sich aus Bridgets Armen und schnappte nach meiner Kehle. Sie konnte allerdings nicht hoch genug springen, also versuchte sie, mir in den Knöchel zu beißen. Aber ich trug Cowboystiefel aus Leder. „Sie könnte einen Zahn verlieren."

Bridget hob die höllische Kreatur schnell hoch und hielt sie so eng an ihre Brust gepresst, dass ich nicht anders konnte, als ihr üppiges Dekolleté und ihr dünnes Spitzen-Negligé zu bemerken. Was seltsam war, denn es war schon sieben Uhr abends. „Sie haben sie provoziert!"

„*Ich* habe sie provoziert?" Ich würde die Schuld für dieses Fiasko nicht auf mich nehmen. „Sie haben sie nicht im Griff. Regel Nummer eins ist, Ihren Hund zu kontrollieren, Prinzessin. Sie scheinen diese extrem einfache Regel aber noch nicht zu beherrschen."

„Dann bringen Sie es mir bei." Zornig stand sie kerzengerade vor mir, sodass ihre Brüste noch größer wirkten. Ihre volle Unterlippe zitterte ein wenig, als sie die Tränen zurückhielt.

Etwas an dem widersprüchlichen Ausdruck in ihrem hübschen Gesicht berührte mein Herz. Es setzte einen Schlag aus. Dafür war der nächste Schlag umso lauter. „Äh, haben Sie das gehört?"

„Was?"

„Nichts." Ich war froh, dass sie es nicht gehört hatte. „Ich glaube, ich war der Einzige, der es hören konnte. Egal. Wissen Sie, ich bin kein Held. Und auch kein Wunderheiler. Ich bin Hundetrainer. Das ist alles."

Während sie das knurrende Monster, aus dessen Maul Schaum drang, umklammerte, flehte sie: „Dann trainieren Sie sie für mich. Bitte, Max. Ich liebe sie. Aber ich kann sie nirgendwohin mitnehmen, wenn sie nicht mit diesem schrecklichen Verhalten aufhört."

„Warum lassen Sie sie nicht einschläfern?", schlug ich vor.

Aber ihr gequälter Gesichtsausdruck sagte mir, dass das nicht in Frage kam. „Haben Sie nicht gehört, wie ich Ihnen gesagt habe, dass ich sie liebe?"

Etwas sagte mir, dass ihr dieser bösartige, kleine Höllenhund aus einem besonderen Grund etwas bedeutete. „Wer hat Ihnen diese Hündin geschenkt?"

Wenn sie von irgendeinem Exfreund ist, muss sie auf meine Hilfe verzichten.

Ihre dichten falschen Wimpern flatterten, als sie auf den Boden sah. „Mein Vater hat sie mir einen Tag geschenkt, bevor er bei einem tragischen Autounfall gestorben ist."

Verdammt!

Eine Träne lief über ihre geschminkte Wange und mein Herz setzte einen weiteren Schlag aus. *Vielleicht bekomme ich einen Herzinfarkt oder so.* „Okay, ich mache es. Aber Sie müssen mir versprechen, dass alle Regeln, die ich für Ihre Hündin aufstelle, gelten. Sie müssen sich auch daran halten. Wenn nicht, war es das mit meiner Hilfe." Ich hatte noch mehr zu sagen und konnte nicht glauben, dass ich es wirklich aussprach, aber die Worte kamen trotzdem aus meinem Mund: „Und ich übernehme diesen Auftrag kostenlos."

„Ich werde Sie dafür bezahlen." Ihr Lächeln sagte mir, dass sie sehr glücklich über mein Geschenk an sie war. „Aber wenn Sie darauf bestehen, kann ich Ihr großzügiges Angebot nicht ablehnen."

„Sicher." Ich musste Nachforschungen anstellen, wenn ich alles beheben wollte, was mit dieser Hündin nicht stimmte. „Okay, ich werde einen Tag brauchen, um eine Vorstellung davon zu bekommen, was ich mit ihr machen kann. Und wenn wir uns wiedersehen, dann in meinem Revier."

„Also wollen Sie, dass ich sie zu Ihnen bringe? In Ihr Haus?" Sie sah ein wenig misstrauisch aus. „Ich weiß nicht. Ich habe sie noch nie irgendwohin mitgenommen. Sie ist so schwer zu bändigen."

„Wenn Sie meine Hilfe wollen, müssen Sie tun, was ich sage. So ist es nun einmal." Ich hatte das Gefühl, dass es Bridget nicht schaden würde, zu erkennen, dass sie nicht jeden mit ihrem Temperament herumkommandieren konnte. Das hatte die Hündin anscheinend von ihr gelernt. „Ich schicke Ihnen eine Textnachricht mit meiner Adresse und erwarte, dass Sie pünktlich dort auftauchen. Ich brauche mindestens eine Stunde Ihrer Zeit. Vielleicht zwei. Penny ist ein schwieriger Fall."

„*Miss Penelope*", korrigierte sie mich mit einer hochgezogenen Augenbraue.

„Nein. Sie können nicht weiterhin so tun, als wäre sie eine Adlige. Und Sie selbst sollten auch damit aufhören. Sie haben behauptet, eine direkte Nachfahrin von Ludwig dem Sechzehnten zu sein, richtig?"

„Sie erinnern sich daran", sagte sie mit einem Lächeln.

„Ja. Und wenn ich mich richtig erinnere, wurde er während der Französischen Revolution enthauptet. Und diese Enthauptung signalisierte das Ende der Monarchie. Es gibt also keinen Grund mehr, Prinzessin Bridget zu spielen. Sie können hier eine ganz normale Amerikanerin sein. Es macht ziemlich viel Spaß, wenn man ein wenig aus sich herausgeht."

Ich beobachtete, wie sich ihre Hand bewegte, während sie das braune Fell ihrer Hündin streichelte. „Ich soll aus mir herausgehen?"

Erst jetzt bemerkte ich, dass der Chihuahua aufgehört hatte

zu bellen. Er zitterte nicht mehr, sondern lag im Halbschlaf in ihren Armen und schenkte mir keine Beachtung. „Sehen Sie sich das an. Ich glaube, ich habe herausgefunden, was Pennys Problem ist."

„Wirklich?"

Ja. Du bist es.

———

BRIDGET

Etwas an Max erweckte in mir ein seltsames, aber gutes Gefühl. Mein Vater war erst vor einem Jahr ums Leben gekommen und ich hatte es noch nicht verkraftet. Meine Mutter war bei meiner Geburt gestorben, also hatte mich mein Vater großgezogen.

Ich war seine kleine Prinzessin gewesen. Er hatte mir Geschichten darüber erzählt, dass meine Mutter eine echte französische Adlige gewesen war und sie sich wahnsinnig geliebt hatten. Vielleicht hatte er mich verwöhnt. Vielleicht hat ihn der Verlust der Liebe seines Lebens, als ich auf die Welt kam, dazu gebracht, mir mehr zu geben, als ich bekommen sollte.

Es war mir schwergefallen, Freunde zu finden und mich bei anderen beliebt zu machen. Mein Vater hatte mich aber geliebt und ich war glücklich damit gewesen. Bis er gestorben war und mich ganz allein auf der Welt zurückgelassen hatte.

Aber er hatte mir Miss Penelope geschenkt, oder Penny, wie Max sie nannte, also hatte ich immer noch ein kleines Stück von ihm. Und sie liebte mich so sehr, wie ich sie liebte.

Also fuhr ich zu Max, so wie er es mir aufgetragen hatte. Ich hatte große Hoffnungen, dass er meinen Schatz zähmen konnte.

Er öffnete die Tür zu seinem bescheidenen Zuhause, bevor ich klingeln konnte. „Komm rein, Bridge."

Ich hielt die zitternde Penny in meinen Armen und musste lächeln, weil er eine verkürzte Form meines Namens verwendet hatte. „Sie mögen Spitznamen." Ich war darüber nicht wütend oder aufgebracht. Ausnahmsweise. Ich konnte sehen, dass er es nett meinte. „Mein Vater hat mich *mon petit* genannt."

„Seine Kleine. Das ist süß." Er trat zurück, damit ich eintreten konnte. „Willkommen, Prinzessin."

Ich sah mich in dem kargen Wohnzimmer um und ging langsam hinein. „Ähm, wäre es unhöflich von mir zu fragen, warum Sie so wenig Möbel in Ihrem Wohnzimmer haben?"

„Ja." Er schloss die Tür. „Lassen Sie Penny runter."

„Aber sie zittert. Sie hat Angst", argumentierte ich.

Er hob eine dunkle Augenbraue. „Was habe ich Ihnen gestern gesagt?"

Ich musste mich beherrschen, um ihn nicht anzuschnauzen. Aber er war der Experte und unsere letzte Chance. „Okay." Ich beugte mich vor und legte meine arme, zitternde Hündin auf den Fliesenboden. „Sie ist es gewohnt, auf Teppichen zu liegen."

„Sie wird es überleben."

Penelope blieb direkt zu meinen Füßen. „Sie hat noch nie mein Haus verlassen. Sie muss furchtbar nervös sein."

„Sie orientiert sich an Ihrer Stimmung." Er streckte seine Hand aus. „Ich habe uns etwas zu essen gemacht. Kommen Sie mit. Sie wird uns folgen."

„Sie knurrt nicht. Und sie bellt auch nicht." Ich nahm seine Hand und was danach geschah, fühlte sich wie Magie an.

Blitze durchdrangen meinen Arm und dann meinen ganzen Körper. Ich atmete scharf ein und sah in Max' dunkle Augen. Er lächelte. „Kommen Sie schon."

Ich tat, was er sagte, und Penny kam tatsächlich mit uns. Sie schnupperte an allem, was sie fand, und entfernte sich dabei immer weiter von mir. „Ähm, kommt sie hier zurecht?"

„Mein Haus ist extra für Hunde gesichert." Er zog einen Stuhl an dem kleinen Tisch hervor. „Nehmen Sie Platz. Ich habe meine Spezialität für uns gekocht."

Als ich den Teller vor mir sah, musste ich lachen. „Ihre Spezialität sind also Ravioli aus der Dose, Max?"

„Ganz genau. Woher wissen Sie das?" Er setzte sich. „Keine Sorge. Ich kenne mich mit der Mikrowelle aus. Guten Appetit. Oder soll ich *Bon Appetit* sagen?"

„Sie sind wirklich erstaunlich", sagte ich. „Ich meine, Sie sind ein guter Hundetrainer. Penny hat sich noch nie so verhalten."

„Also nennen Sie sie jetzt auch Penny." Er nickte, während er seine Gabel mit Ravioli belud. „Gut."

„Ich denke, Sie haben recht. Wenn ich möchte, dass sie sich normal verhält, muss ich sie wie eine normale Hündin behandeln."

Er starrte auf die Wassergläser, die er auf den Tisch gestellt hatte. Dann sah er mich an. „Wie wäre es mit Wein?"

„Das klingt großartig."

Er holte eine Flasche Rotwein und füllte zwei Gläser. „Also, wie wäre es, wenn wir das hier nicht mehr als Training bezeichnen, sondern es stattdessen eine Verabredung nennen?"

„Eine Verabredung?" Die Vorstellung gefiel mir. Aber ich war es nicht gewohnt, dass die Leute so nett zu mir waren. „Was ist los, Max?"

„Ich will mit dir ausgehen, Bridge."

Ich fiel fast vom Stuhl. Nicht nur, weil er mich plötzlich duzte, sondern weil mein sonst so wütender kleiner Chihuahua auf Max zukam und ihn mit großen braunen Augen ansah. Er zog etwas aus seiner Tasche und hielt es der Hündin hin, die ihm aus der Hand fraß. Sie setzte sich und sah ihn unverwandt an. Dann legte sie sich hin, schloss die Augen und schien einzuschlafen.

Ich war mir nicht sicher, was ich gerade gesehen hatte, aber ich wusste, dass es praktisch ein Wunder war. „Weißt du was? Ich würde mich auch gerne mit dir verabreden, Max."

„Cool." Er aß mehr Ravioli. „Iss. Ich habe ein Dessert, das dir den Atem rauben wird."

Ich hatte keine Ahnung, was er vorhatte, aber ich aß die sechs Ravioli, die er mir serviert hatte, und sah dann zu, wie er unsere Teller mitnahm, um kurz darauf mit zwei Desserttellern zurückzukommen. Jeder davon wurde von nichts Geringerem als einem Twinkie geziert.

„Du weißt wirklich, wie man ein Mädchen verwöhnt." Ich lachte, als er den Teller vor mich stellte. „Vielleicht könnte ich dich morgen zu einem Date einladen."

„Vergiss es. Ich habe eine Regel. Ich bin der Mann und ich führe die Frau aus. Das ist eine Alpha-Mann-Sache."

Oh, verdammt.

„Nun, das muss sich ändern. Denn wenn ich meinen Status als Adlige aufgeben soll, musst du deinen Status als Alpha-Mann aufgeben. Zumindest werden wir diese Rollen ablegen, während wir zusammen sind. Einverstanden?" Ich würde mich mit nichts anderem zufriedengeben.

„Ich wusste gleich, dass ich dich mag." Er nickte und steckte sich die Hälfte des zuckersüßen Desserts in den Mund. „Einverstanden."

Haben wir gerade unser Happy End gefunden?

Ende

 Erstellt mit Vellum

CPSIA information can be obtained
at www.ICGtesting.com
Printed in the USA
BVHW040025191121
621855BV00024B/172